# 백악기의 추억

## 백악기의 추억

ⓒ 박희섭, 2010

초판 1쇄 인쇄 2010년 5월 6일
초판 1쇄 발행 2010년 5월 12일

지은이    박희섭
펴낸이    강병철
주 간     정은영
편 집     임홍열
디자인    전의숙
제 작     시명국
영 업     조광진, 안재임, 김상윤
마케팅    박현경, 김경진

펴낸곳    자음과모음
주 소     출판등록 2001년 5월 8일 제20-222호
         121-753 서울시 마포구 동교동 165-1 미래프라자빌딩 7층
         전화 l 편집부 02) 324-2347 l 총무부 02) 325-6047~8
         팩스 l 편집부 02) 324-2348 l 총무부 02) 2648-1311
         이메일 l erum9@hanmail.net

ISBN    978-89-5707-482-4 (03810)

잘못된 책은 교환해드립니다.
저자와의 협의하에 인지는 붙이지 않습니다.

이 도서는 2009년 한국문화예술위원회 창작기금을 지원받아 출간되었습니다.

# 백악기의 추억

박희섭 장편소설

자음과모음

**차례**

백악기의 추억 6

작가의 말 322

나는 세계의 가장자리까지 걸어간 것 같은 느낌을 받았다. 내가 관심을 가진 것이, 타인에게는 허무나 공허 또는 공포의 원인이기조차 했다. 그것이 무엇에 관한 공포인지 나는 설명할 방법이 없다. 시간과 공간, 원인과 결과와 같은 일정한 법칙을 뛰어넘는 사건이 있을지도 모른다는 생각이 왜 잘못이란 말인가? 그것은 비상식적인 것도, 세상을 떠들썩하게 만들 일도 아니었다.

카를 구스타프 융 『기억, 꿈, 성찰』

## 1

사체는 응급실 안쪽 구석진 곳에 안치돼 있었다. 흰 타일로 장식된 사각의 공간에 놓인 하얀 시트가 덮인 이동식 철제 침대는 마치 설치미술을 보는 느낌을 주었다. 침상을 향해 다가간 의사가 가운 주머니에 찌르고 있던 손을 꺼냈다. 침대에 덮여 있던 합성수지 시트가 걷히자 반쯤 으깨놓은 감자를 연상시키는 사체의 얼굴이 드러났다.
…… 대략 스물쯤 되었을까. 후드가 달린 붉은 면 재킷에 청바지, 짧은 스포츠머리를 한 젊은이는 완벽한 체념 상태로 자신을 방치해두고 있었다. 그를 이 지경으로 몰고 온 현실은 이제 그에게 어떤 영향도 끼치지 못할 것이다.
우형근 형사는 눈앞에 펼쳐진 장면을 하나의 서술적 문장으로 만들어보았다. 오래전부터 작가를 꿈꾸어온 그만의 독특한 버릇이었다. 그렇게 하면 나름의 문장 연습이 될뿐더러 종군기자처럼 관찰자적인 시점에서 현실을 냉정하게 바라볼 수가 있었다.

"직접사인은 혈흉과 긴장성 기흉으로 인한 호흡부전에다 다발성 장기부전입니다."

의사가 사체를 내려다보며 건조한 음성으로 말했다. 삼십대 초반의 의사는 밤새 당직을 섰던지 수염자리가 거뭇하고 피곤한 기색을 보였다.

형근은 찬찬히 사체의 상태를 살폈다. 죽기엔 너무 많은 미래가 담긴 나이였다. 실패를 해도 열 번은 괜찮을 생고무 같은 나이. 하지만 그도 한때 비슷한 나이에 좌절감을 못 이겨 자살을 꾀한 적이 있었다. 다행인지 불행인지 목숨은 건질 수 있었지만.

"별다른 건 없었습니까?"

마 경사가 자주 빨아서 꾀죄죄한 의사의 가운에 달려 있는 플라스틱 명찰에 눈길을 주며 물었다. 잠깐 마 경사의 얼굴을 건너보던 의사가 묻는 의도를 짐작했는지 고개를 끄덕였다.

"물론입니다. 전형적인 추락사 증상입니다."

유서는 없었지만 주변 목격자들의 증언이나 당시 추락 현장에 있었던 친구의 말로는 오늘 새벽 무렵 변사자가 느닷없이 상가 빌딩 옥상으로 올라가서 곧장 뛰어내렸다니까 범죄와는 별 관련이 없을 터였다.

"죽기엔 너무 젊지 않아요? 하여간 요즘 젊은이들은 제 목숨 아까운 줄 모른다니까……."

평소 감정을 잘 드러내는 편인 마 경사가 연민과 비난이 뒤섞인 말을 내뱉었다. 아침부터 변사자 검시에 나선 게 기분 나빠서만은 아닌 듯했다. 마 경사에게 서른 넘지 않는 두 명의 남동생이 있다는 얘기를 들은 기억이 떠올랐다. 경찰에 재직하는 큰형을 믿고 걸핏하면 사고나 치고 다니는, 집안에서 내놓은 트러블메이커인 모양이었다.

"다 젊은 혈기 탓에 성질을 못 이겨 그런 거지."

그가 심드렁하게 대답했다.

"그게 어디 성질 때문이겠어요. 뻔뻔해서 그렇죠."

뜻밖의 반응에 그가 마 경사를 건너보았다.

"뻔뻔하다니?"

"자신의 감정만 중요시하고 주변 사람 생각은 하나도 안 한 거 아닙니까. 남아서 슬퍼할 가족들 입장을 약간만 생각해도 이처럼 걸레짝처럼 생명을 던질 리 없잖습니까."

"뭐, 남모를 이유가 있었겠지."

형근이 약간 냉소적으로 대꾸했다.

"이제 끝난 겁니까?"

의사가 두 사람의 얘기 중간에 끼어들었다.

"예. 시체검안서만 작성해주시면 됩니다."

"그럼 절 따라오시죠."

의사가 사무실 컴퓨터로 시체검안서를 작성하는 동안 마 경사가 가까운 자판기에서 종이컵에 든 커피를 뽑아 들고 왔다. 커피는 달기만 할 뿐 지독하게 맛이 없었다.

"어젯밤에 일이 많았나 보지?"

두어 모금 홀짝거리며 그가 물었다.

조금 전 출근을 하려고 연립주택을 나섰을 때 핸드폰이 울렸다. 야간 당직조의 마 경사였고, 변사자 검시를 하려고 하니 그에게 곧장 병원 응급실로 왔으면 좋겠다는 연락이었다. 법률상 변사자 검시에는 두 명의 경찰 관리가 참여하도록 정해져 있었다.

"말도 마십시오. 밤새 눈 한번 못 붙였습니다. 절도미수에 집단폭행, 게다가 자해 소동까지 벌어지는 통에 소변보고 연장 털 시간도 없었습니다."

마 경사가 한숨을 푹 내쉬었다.

"자해 소동은 뭐야?"

"신천동 사는 어떤 미친놈이 마누라가 잠자리를 거부한다고 부엌칼을 들고 난동을 부렸지 뭡니까."

밤새 이곳저곳 쫓아다니느라 법석을 떨었겠군. 대강의 상황이 짐작되었다. 24시간 당직근무를 서다 보면 어떤 날은 조용하지만 재수가 없을라치면 밤새 사건이 줄을 잇는 경우가 있다. 어젯밤이 그런 경우였을 것이다. 가뜩이나 요즘은 관내에 성행하는 성매매 업소와 불법 게임방, 노래방 매춘행위 단속까지 겹치기로 뛰어야 하는 처지였다.

"고생했군. 하긴 요즘 워낙 이상한 놈들이 많아놔서……."

그가 마 경사를 위안하듯 말했다. 한참 서랍을 뒤진 끝에 도장을 찾아낸 의사가 검안서에 날인했다.

"여기 면허 번호를 적지 않으셨군요."

의사에게서 검안서를 받아들던 마 경사가 지적했다.

\*

　삼월 중순의 아침 대기는 습기를 머금어 차고 눅눅했다. 경찰서 주차장에 차를 세워둔 두 사람은 곧장 형사계 사무실로 향했다. 정복 차림에 '춘계 교통질서 확립주간'이라고 적힌 노란 어깨띠를 두른 교통계 소속 경찰들이 돌고래 떼처럼 우르르 복도로 몰려나왔다.
　형사2계 사무실은 주야간 교대시간임에도 의외로 한산했다. 궂은일을 맡아 하는 막내둥이 장 순경도 보이지 않았다. 두주불사하는 체질로 팀원들 사이에 황고래라는 별명을 가진 황호영 형사가 그가 들어서는 것을 보자 반가운 표정으로 가벼운 목례를 보냈다.
　서른네 살의 나이에 백 킬로그램에 육박하는 비대한 몸을 가진 그는 요즘 들어 선식 다이어트에 관심을 보이고 있지만 별 효과를 보지 못하는 눈치였다. 스물여덟에 순경 시험으로 들어와서 아직 경장에 머물고 있다. 그래도 무난한 성격이어서 고된 형사 생활에도 별반 불만을 내색 않고 잘 지내는 편이다.
　황 형사의 책상 건너편엔 서른 중반의 조그마한 몸집을 가진 피의자 사내가 앉아 있다. 어제 오후에 유부녀 강간미수범으로 잡혀온 자였다. 덩치 큰 황 형사와 마주 앉아 있는 게 초등학생처럼 작아 보였다. 하지만 얇은 입술에 세모꼴의 눈매를 가진 사내는 상습 강간 전과자로 경찰 조사에 이골이 난 자세였다. 지금도 수갑 찬 손을 이리저리 움직여 종이학 접기를 하고 있다.
　"양 형사는 아직 출근 안 했나?"

그가 갈색 가죽 반코트를 벗어 의자 등받이에 걸며 물었다.
"양 형사와 이 경장은 출근하자마자 변사 사건 현장으로 나갔어요."
당직을 서느라 얼굴빛이 더욱 검어 보이는 황 형사가 랩탑 컴퓨터 자판에 얼굴을 박은 채 응답했다.
"변사 사건?"
형근이 자신도 모르게 말끝을 한 옥타브 높였다. 아까 사무실 입구에서 헤어져 화장실에 들렀다가 돌아오던 마 경사가 영문 모를 얼굴을 하고 황 형사와 그를 번갈아 쳐다보았다.
"예. 조금 전 여덟시경에 모텔 주인으로부터 신고가 들어왔어요. 뭐, 함께 투숙했던 젊은 남녀가 동반자살을 했다던가."
"그랬어?"
그는 내심 혀를 찼다. 요즘 들어 변사 사건이 부쩍 잦아졌다는 느낌이 순간적으로 뇌리를 스쳐갔다. 이틀 전에도 두 건의 변사 사건이 발생했었다. 한 건은 상가 옥상에서 갑자기 투신했고, 다른 건은 자신이 사는 아파트 베란다에서 투신 사망한 건이었다. 공통점이라면 모두 이십 대 초반의 젊은 남자라는 점이었다. 작년까지만 해도 이곳 동구 지역에서 일어난 변사 사건은 사나흘에 한 번꼴에 그칠 정도였다. 그것도 대부분 살기 어려워진 노년층이었다. 수상한 의혹이 머릿속에서 작은 회오리를 일으키려다 제풀에 잦아들었다.

마 형사 말처럼 경박한 세태 탓인지도 모르지.

그는 의자를 당겨 앉았다. 구두를 벗어 책상 구석 자리에 단정히 두고 바닥에 놓인 체크무늬 실내화로 갈아 신었다.

……동부경찰서 형사계 우형근 경위의 하루는 구두를 실내화로 갈아 신는 걸로 극히 평범하게 시작되었다. 하지만 그날, 그의 운명이 송두리째 바뀌는 일이 일어났다.
　별 의미도 없는 두어 줄의 문장이 그의 머릿속을 개미 떼처럼 꼬물대며 지나갔다. 그는 머리를 흔들어 문장을 털어냈다. 대중소설에나 쓰일 법한 평범하기 짝이 없는 문장으로 여겨졌다.
　"팀장님, 이것 좀 봐주십시오. 어제 열심히 하긴 했는데 잘되었는지 모르겠습니다."
　어느 틈에 다가왔는지 팀의 막내인 장용주 순경이 뒷머리를 긁적이며 서류를 내밀었다. 진술조서였다. 그제 장 순경이 직접 차량 절도 피의자를 불러서 작성한 것인데 내용이 너무 두서가 없고, 허투루 된 문장이 많아서 새로 작성해오라고 돌려보냈던 것이다.
　서너 장 넘겨보던 그는 입맛을 다셨다. 약간 나아지긴 했지만 부분적으로 미숙하고 문맥이 제대로 맞지 않는 부분 역시 적지 않았다.
　"약간만 더 하면 되겠어."
　그의 말에 잔뜩 긴장했던 장 순경의 얼굴이 환하게 밝아졌다. 신명 나서 자리로 돌아가는 장 순경의 뒷모습을 보자니 그는 요즘 자신이 좀 변했구나 하는 씁쓰레한 기분을 맛보았다. 이삼 년 전 같았으면 어림없을 일이었다. 만사 제쳐두고 잘못된 부분을 꼬치꼬치 지적했을 것이다.
　이러구러 늙어가는 게지. 더 잃을 것도, 더 욕망할 것도 없는 나이, 이 나이쯤 되면 누구나 적당주의자가 되는 법이니까.
　간단히 마음을 접은 그가 책상 위에 올려놓은 조간신문의 헤드라인을 건성으로 읽고 있을 때 허리춤에 찬 휴대폰이 울렸다.

"우형근 형사님이세요?"

젊은 여자 특유의 맑고 윤기 어린 목소리였다.

"그런데요?"

"권영근 정신과 의원입니다."

그의 눈길이 사무실 벽에 걸린 대형 접시 크기의 원형 스테인리스 시계에 멎었다. 아홉시 사십오분. 약속 시간까지는 아직 한 시간가량 여유가 있었다. 전화가 오지 않았으면 오늘도 깜빡 잊고 넘길 뻔했다.

원래는 어제 병원을 방문하겠노라고 약속을 해둔 터였다. 그러나 예기치 못한 사건이 발생하는 통에 사정하여 겨우 오늘 오전으로 약속을 미뤄두었던 것이다. 정해진 시간에 방문하겠다는 대답을 하려던 찰나에 막 두 사람이 사무실로 들어서는 게 보였다. 경찰 정복을 걸친 몸집이 통통한 남자는 형사과장이었고, 그 곁의 키가 늘씬한 젊은 남자는 생소한 얼굴이었다.

"이거 미안합니다. 죄송하지만 두 시간쯤 뒤로 미루면 어떨까요. 갑자기 피치 못할 업무가 생겨서……."

그가 휴대폰에 대고 우물쭈물 궁색한 변명을 늘어놓았다. 간호사는 그에게 몇 번 따지듯 말하다간 이번엔 약속을 꼭 지키라며 한발 물러섰다.

"우 팀장, 여기 새 식구를 소개할게."

두꺼비란 별명을 가진 과장이 팔을 들어 키가 큰 젊은 청년의 어깨를 두드렸다.

"새로 2계 계장을 맡을 강영준 경감이야. 서울시경서 근무했는데, 알고 보니 나한테는 경찰대학 후배가 되더군. 우 팀장이 동생처럼 여기고 잘 좀 도와주도록 해."

서른두셋이나 되었을까. 짧은 장교머리를 한 그는 단정하고 활기차 보였다. 균형 잡힌 체격에 감청색 계통의 싱글 양복도 꽤 어울려 보였다. 결코 손해를 보고 살 것 같지 않는 현대 젊은이들의 영악스러움 같은 게 느껴졌다. 한편으론 왠지 모르게 세상물정 모르고 정규 코스를 거쳐온 인텔리 같은 분위기도 풍겼다.

전형적인 지식형 인간이로군. 용케 시험을 잘 쳐서 경찰대학을 졸업하고, 약간의 행정적 실무를 익힌 뒤로 일선 서에 곧장 배치받아 온 거겠지.

그는 새파랗게 젊은 친구가 상관으로 온 것에 대해 적잖은 당혹감을 느꼈다. 순경을 거쳐 경위까지 올라오는 동안 여러 경험을 했지만 지금처럼 막냇동생뻘이나 될 법한 젊은 상관을 맞이하는 건 처음 있는 일이었다.

사실 따져보면 사법조직에서 직업적 경륜이나 근무 연한은 별 의미가 없었다. 아직 입가에 젖비린내도 가시지 않은 애송이 검사가 있는 반면에 환갑에 가까운 순경도 있는 법이니까. 형근은 새삼 조직 사회의 경직성과 부조리를 생각하며 쓴 입맛을 다셨다.

"우 경위님, 잘 부탁드립니다."

젊은 상관이 비위 좋게 먼저 손을 내밀었다. 푸른빛이 날 정도로 말끔히 면도한 얼굴이 좀 뻔뻔하고 예의가 없어 보였다. 뒤편에서 마 형사와 황 형사, 그리고 장 순경이 관심 어린 눈길로 돌아가는 상황을 살폈다. 계장 자리는 보름째 공석으로 있었다. 몇 년 동안 계장을 지냈던 최경감은 관내 오락실과의 뇌물유착 관계가 폭로되는 바람에 지난달 말에 옷을 벗었고, 그동안 적임자가 나타나지 않아 자리를 비워두었던 것이다.

"저야말로……."

형근이 어물쩍하게 악수를 받았다. 젊은 계장의 손은 여자의 손처럼 매끄럽고 부드러웠다.

"저녁에 회식 자리를 가지면 나도 좀 불러주게."

농담처럼 말을 던진 과장이 땅딸막한 몸집을 흔들며 사무실을 빠져나갔다.

"어이, 장 순경. 여기 계장님 책상 좀 정리해드려."

그가 턱으로 그동안 비워둔 안쪽의 책상을 가리키며 말했다. 오늘부터 젊은 친구 눈치 봐가며 일을 해야 할 판이군. 그가 마음속으로 투덜거렸다. 조직 사회란 그런 점에서 철저하다는 걸 형근은 누구보다 잘 알았다. 새파랗게 젊든, 아니꼽게 생겼든 간에 상관은 상관인 셈이었다.

"업무에 관해선 차차 듣기로 하지요."

양복 상의 단추를 끄르며 젊은 계장이 말했다. 막 의자에 앉으려는 형근을 향해 계장이 물어왔다.

"오후에 시간 좀 내주실 수 있겠죠?"

형근이 양손으로 책상을 짚은 엉거주춤한 자세로 그를 바라보았다.

"관내를 둘러볼까 하는데 안내를 좀 해주셨으면 해서요. 지구대 직원들도 좀 소개시켜주시고……."

강 계장의 말은 거의 명령에 가까웠다. 그는 마지못해 고개를 끄덕였다. 제길, 처음부터 코를 눌러놓으려는 수작인가. 책상 건너편에서 보고 있던 마 형사가 짧고 의미심장한 미소를 보냈다. 젊은 상관 모시고 잘해보라는 무언의 위로와 약간의 조롱이 담긴 표정이었다.

곧이어 변사 사건에 출동했던 양동일 경사와 이병태 순경이 모텔 변사 사건의 목격자로 보이는 노랑머리 청년을 데리고 사무실로 들어섰다. 인원이 늘어나면서 난로 위의 물이 달아오르듯 사무실이 조금씩 소란스러워지기 시작했다.

*

신축한 빌딩 삼층의 진료실 내부는 천장부터 벽면까지 온통 흑백 일변도여서 현대적이고 청결하긴 했지만 왠지 어항 속에 들어앉은 것처럼 차갑고 정적인 느낌을 주었다. 유일하게 색감이 있는 것은 그가 앉은 이태리제 적갈색 물소가죽 소파였는데 너무 편해서 친구끼리 잡담을 나누기 위해 준비된 자리처럼 여겨졌다.

이마가 반 넘어 벗겨진 의사는 학자처럼 둥근 뿔테 안경에다 상체가 듬직하고 각진 턱에 구레나룻까지 무성해서 왠지 역술가를 했다면 어울릴 법한 인상이었다. 가끔 술자리를 가지곤 하던 중학교 동창을 통해 소개받은 정신과 전문의였다. 어느 날 동창과 함께한 술자리에서 우연히 그가 부쩍 심해진 건망증에 대해 이야기했고, 동창은 자신과 어릴 적 동네 친구에다가 고등학교 동기인 의사를 그에게 소개해주기로 했다.

알량한 동창의 소개 덕분인지 모르지만 의사는 친절한 어조로 그에 관한 이런저런 질문들을 물어왔다. 대체로 그의 일상생활에 관한 것들이었다. 평소 주량은 얼마나 되는지, 수면은 잘 취하는지, 대인 관계는 원만한지, 직장생활에서 받는 스트레스는 어느 정도인지 등등.

그가 생각하기엔 별로 소용없을 것 같은 시시콜콜한 사항들이었다. 평소 피의자를 앞에 두고 미주알고주알 캐묻는 게 그의 직업상의 일이었지만, 반대로 의사에게 질문을 받게 되자 괜한 잘못을 저지른 학생처럼 어색하고 주눅이 들었다. 그건 그가 정신과 의원을 간질이나 정신질환, 그보다는 못해도 의처증이나 알코올중독, 우울증 따위의 정신적으로 문제가 있는 사람만이 찾아가는 곳이란 인식을 가졌기 때문이기도 할 것이다.

형근은 의사의 책상 위에 놓인 로댕의 〈생각하는 사람〉 모조 청동조각상에 두었던 눈길을 거두어 뒤편 창밖으로 보냈다. 반쯤 열린 흰색 롤블라인드 사이로 높다란 인텔리전트 빌딩이 보였고, 그 벽면 한쪽에 항문외과 전문이란 주황색 간판이 눈에 들어왔다.

현대사회에선 어떤 분야건 전문화하지 않고선 살아남기 어렵다는 어떤 경제지에서 읽었던 기사가 뜬금없이 그의 머리를 지나갔다. 정신병과 항문질환 두 가지 모두 현대에 들어오면서 부쩍 늘어난 병이라는 점을 그는 새삼 깨달았다. 문득 예전에 그가 도경 강력과에 근무할 때 직원 하나가 치질로 몹시 고생을 했던 일이 기억났다. 소주와 매운탕이라면 정신을 놓는 그 직원은 사무실에선 항상 중앙에 구멍이 뚫린 도넛처럼 생긴 방석을 애인처럼 끼고 살았다.

치질을 생각하자 오류 년 전인가, 세 식구가 모처럼 여름 피서차 동해안에 놀러 갔을 때 해변의 갯바위에서 보았던 말미잘이란 생명체의 기이한 생김새가 연상되었다. 묘하게 마음을 끄는 생체 구멍과 그 주위에서 여인의 음모처럼 돋아나 부드럽게 흔들리던 무성한 촉수들. 신기하게 여긴 그가 말미잘 구멍 속에 손가락을 넣어 장난을 치고 있으려니 뭔가 싶었던지 아내가 다가왔다. 여기 손가락을 넣어 흔들어봐, 기분이 이상해 하고 그가 말했을 때 당시 아내는 어휴 저질 변태 어쩌구 하며 눈살을 찌푸렸던 것이다.

"언제부터 건망증이 시작되었는지 기억나십니까?"

그가 엉뚱한 상상을 하고 있다는 걸 눈치챘는지 의사가 정색을 하고 물었다.

"아마 작년 초부터일 겁니다."

정확하진 않지만 건망증을 의식하게 된 건 작년 봄을 전후해서일 것이다. 건망증은 장마철의 습기처럼 기척 없이 찾아왔고, 이후로 쇠붙이에 녹이 슬듯 알게 모르게 그의 일상에 영향을 미치기 시작했다. 무얼 하든 조금씩 잊는 게 많아졌다. 긴요한 약속을 잊어버려 상대의 원망을 듣기도 했고, 어떤 일을 하려다가 자신이 무엇을 하려 했는지를 잊고 우두망찰한 적도 있었다.

지난주만 해도 그랬다. 도심에서 흉기를 빼들고 격렬하게 저항하는 젊은 소매치기를 제압하여 수갑을 채우려는 순간 사무실 서랍 속에 수갑을 두고 왔다는 사실을 알고 몹시 난감해했던 것이다.

그뿐 아니라 언어적인 건망증도 뒤따랐다. 잘 알고 있던 사람의 이름이 떠오르지 않거나 익숙한 사물의 명칭이 떠오르지 않아 더듬거린 적도 간혹 있었다. 거봐, 젊었을 때 독한 술을 너무 빨아서 머리통이 '빠가'가 된 거야. 그게 오래되면 바로 치매가 되는 거지. 지난번에 옷을 벗은 최 계장은 그의 건망증을 그렇게 일본말을 섞어가며 제멋대로 해석했다.
"혹시 치매 전조 증상은 아니겠지요?"
그는 되도록 심각하게 보이지 않도록 조심하며 물었다. 병원에 오기 전부터 머리에 담아두었던 말이었다. 사실 그는 처음 건망증을 의식하기 시작할 때만 해도 대수롭잖게 여겼다. 너무 경찰 업무에 쫓기다 보니 그러려니 했던 것이다. 하지만 건망증은 나날이 심해졌고, 어쩌면 치매 전조 증상일지 모른다는 걱정이 찾아든 것은 예전 고모부에 관한 기억이 떠오른 다음부터였다.
거기다가 때마침 일요신문 건강 코너에 실린 치매 조기 발견과 치료에 관한 기사를 접했던 것이다. 그렇지 않으면 평소 처가와 병원은 되도록 멀리하는 게 좋다는 근거 없는 믿음을 가지고 있던 그가 다른 곳도 아닌 정신과 의원을 찾을 마음의 결정을 내리기는 쉽지 않았을 터였다. 더불어 중학교 동창의 적극적인 권유만 없었어도 그의 성격상 차일피일 미루다가 제풀에 포기하고 말았을 게 분명했다.
오래된 흑백영화〈닥터 지바고〉에 나오는 청년 장교 오마 샤리프처럼 두꺼운 쌍꺼풀을 가진 그의 고모부는 초등학교 교장을 지내다가 정년퇴직을 맞았다. 평소에 주위 사람들에게서 호인이란 평판을 들었다. 언제나 처신이 점잖았고 영국 신사처럼 말쑥한 용모에 예의가 발랐다. 그런 고모부가 어느 날 갑자기 치매 환자가 되었다. 그건 삶의 갈피 속에 교묘하게 숨겨진 덫에 걸려든 것처럼 어이없고 비감스런 일이었다.

시간을 내어 고모부 집에 병문안을 갔던 그는 우황 든 소처럼 입가에 침을 흘리는 고모부를 보면서 치매 환자는 인간과 짐승의 경계선상에 놓인 존재쯤 된다는 나름의 결론을 내렸다. 수치심을 잃어버린 고모부는 그 자신이 평생 쌓아올린 사회적 명예는 물론이고 인간적 존엄성마저 잃어가고 있었다. 그건 고모부 자신에게나 가족들에게 몹시도 수치스럽고 굴욕적인 질병이었다.

예순여섯의 나이에 급작스레 두세 살짜리 유아처럼 퇴화한 고모부의 모습은 기억하기조차 끔찍스러웠다. 가족들은 환자가 대소변을 못 가리는 것은 그나마 참아줄 수 있다고 했다. 하지만 고모부는 간병을 하는 딸에게까지 음탕한 수작을 붙였다. 주름진 눈매에 욕정에 찬 눈길을 하고 나이 마흔 넘은 딸의 손목을 잡으며 동침을 요구했던 것이다.

그의 질문에 의사가 안경 너머로 비스듬히 눈웃음을 지어 보였다.

"조금 더 검사를 해봐야겠지만 우선 보기에는 단순한 건망증 같습니다. 마흔 중반을 넘기면 누구나 한 번쯤 건망증을 경험하게 되거든요."

의사가 그의 나이를 긍정이나 하듯 말했다. 사실 마흔여섯이란 결코 적은 나이는 아니었다. 스스로 생각해도 아니 벌써, 하며 놀라워할 정도로 소위 징그러운 나이인 것이다. 예전에 그가 읽었던 소설책 중에서 '내 몸은 너무 오래 서 있거나 걸어왔다'라는 제목을 붙인 작가의 심정을 이해할 만큼 삶의 피로가 누적된 나이였다. 가령 연령을 등산에 비유할 수 있다면 그의 나이는 이미 정상을 지나서 급한 하산길에 접어든 거나 다름없었다.

"혹 건망증과 치매의 차이가 뭔지 아십니까?"

의사의 질문을 받자 그는 어리둥절해서 눈만 끔뻑거렸다.

"그게 간단해요. 볼일 보고 지퍼를 올리지 않는 건 건망증이고, 지퍼를 내리지 않고 볼일을 보는 건 치매라고들 하죠. 하하, 시중에 떠도는 난센스 퀴즈입니다."

자신의 농담이 엉뚱한 오해를 살까 염려되었는지 의사가 얼른 토를 달았다.

"단적으로 말하자면 누구와 식사했는지를 잊어버리는 경우는 건망증이라고 할 수 있지만 식사를 했는지 그 자체를 잊어버리는 경우는 치매로 진단할 수 있습니다. 가령 우 선생님처럼 단어가 떠오르지 않거나 집 안에 물건을 놔두고 다니는 경우는 대부분 건망증에 속하고, 지속적으로 찾아가던 장소를 찾지 못한다거나 자기가 어디에 있는지 그 자체를 잊어버리면 치매로 판단할 수 있는 것이죠."

건망증과 치매를 구분하는 간단한 설명이 있은 뒤로 의사는 그에게 담배를 피우느냐고 물었고, 달포쯤 전에 끊었다는 대답을 듣고는 자신의 일처럼 만족스러워했다. 술과 담배는 만병의 원인이 되죠. 특히 나이가 들면서 혈관이 노화되면 흡연 자체만으로도 뇌로 가는 혈류량과 산소 공급을 줄여서 건망증을 자심하게 할 수 있습니다.

\*

다리를 건너자 하천 고수부지로 이어지는 콘크리트 포장길이 이어졌다. 갈림길에 시민 무료 주차장을 알리는 녹색 안내판이 어정쩡한 자태로 서 있었다. 사방에 쏟아지는 햇살은 물에 씻어놓은 유리알처럼 맑고 투명했다.

"저기서 잠시 쉬다 가면 어떨까요. 전망도 좋은데……."

강 계장이 손가락으로 강변을 가리키며 말했다. 형근은 급하게 핸들을 꺾어 자신의 승용차를 강변 고수부지로 몰아넣었다. 도심 중간을 흐르는 강을 따라 드넓게 펼쳐진 고수부지엔 삼월 중순의 봄빛이 햇솜 이상으로 따사로웠다. 도로를 따라 길게 이어진 축대엔 개나리꽃이 노랗게 뒤덮였고, 잔디밭 옆 소로를 따라 트레이닝복을 입거나 자전거를 탄 사람들이 봄기운을 맞으며 운동하는 모습들이 보였다.

"여긴 참 한가로워 보이는군요."

차창을 내리며 강 계장이 말했다. 버릇처럼 코듀로이 상의 주머니에 손을 집어넣던 형근은 자신이 담배를 끊었다는 사실을 깨달았다. 육체에 깃든 습관은 지지리 오래도 가는군. 이러다가 언젠가 동기만 주어지면 다시 담배를 피우게 될지도 모르지. 주머니 속에 부스럭거리는 물체가 잡혔다. 그의 오른손에 들려 나온 것은 정신과 의원에서 처방해준 비닐 약봉지였다. 용도를 알 수 없는 빨갛고 노란 알약들이 봉지마다 일정하게 담겨 있었다.

"무슨 약입니까?"

강 계장이 그의 손에 들린 약봉지에 관심을 보였다.

"하나 드릴까?"

그가 짐짓 정색을 하고 내밀었다. 강 계장이 미소를 띠고 손을 내저었다.

"그냥 피로회복제 정도로 여기면 됩니다."

아리송한 대답에 강 계장이 알 만하다는 표정을 지었다. 형근은 쓴웃음을 지었다. 전에는 항상 담배와 듀란타 현탁액이나 오메프라졸 같은 위장약이 책상 서랍과 주머니 속을 굴러다녔다. 그건 비단 그의 사정만은 아니었다. 외근 경찰치고 일정하지 않은 근무 환경에서 비롯된 약간의 질병을 가지지 않은 직원은 거의 없었다. 시간을 못 맞춰 끼니를 넘기는 일이 비일비재하고, 매일처럼 거듭되는 잠복근무에 평균 닷새마다 돌아오는 당직을 맡다 보면 알게 모르게 몸은 제 기능을 잃고 비실거리기 마련이었다.

형근이 약봉지 하나를 떼어내서 입에 털어 넣었다. 이어 운전석 뒷좌석에 던져둔 생수병을 찾아서 두어 모금 들이켰다.

"동부서에 근무한 지 얼마나 되십니까?"

"한 이 년 남짓 되려나."

입가의 물기를 손등으로 훔친 그가 반말 비슷하게 대답했.

그전까지 그는 수도권에서 제일 발전한 한 광역시의 시경 강력과에 근무했다. 순경일 때부터 그는 사회의 법질서를 유지하는 자신의 직무에 긍지를 느꼈고, 남보다 충실하게 일했다. 유전적으로 이어받은 강건한 체력도 뒷받침되었을 것이다. 그러다 보니 범인 검거 실적도 좋았고, 근무 평점도 나쁘지 않아서 그대로 있었으면 아마 진급을 했거나 보다 좋은 자리로 옮겨갔을 것이다.

어느 날 그는 갑자기 지방 근무를 자청했다. 예상치 못한 그의 태도에 동료 직원들 모두가 의아해했다. 하지만 그들을 납득시킬 마땅한 논리적 설명이 떠오르지 않았다. 그 자신 역시 자신의 심적 변화가 어떤 연유로 생겨났는지 알지 못했다. 그건 스스로 생각해도 이상하고 미심쩍었다. 전혀 예상치 못했던 돌연한 변화였던 것이다. 어느 날 길을 가다가 갑자기 이유 없이 비틀거린 것처럼.

그날의 일을 설명하면 이랬다.

그날은 그림엽서에나 나올 법한 청명한 가을날이었다. 바람 한 점 없이 가을볕은 따사로웠고, 길가의 가로수는 저마다 알록달록 수종에 걸맞게 단풍이 들어가는 중이었다. 그날도 그는 범인을 잡기 위해 잠복근무를 하고 있었다. 그가 체포해야 할 자는 미성년자 성추행범으로, 초등학교 주변에 자주 나타나서 하굣길의 학생들을 성추행한다는 제보가 접수되었던 것이다. 중년 실업자로 위장한 채 연한 핑크색에 가까운 페인트로 칠해진 학교 담벼락에 기대어 서서 그는 무심히 한 곳을 응시하고 있었다. 그의 망막에 무르익어가는 가을 풍경과 햇볕이 하얗게 내리쬐는 교정이 보였고, 아이들의 깔깔거리는 웃음소리가 오색 비눗방울처럼 고막을 통해 들려오고 있었다.

그때 불현듯 그는 자신이 무얼 하고 있는지에 대한 의문이 솟구치는 걸 알았다. 그건 일종의 순간적인 각성과도 같은 의문이었다.

아무 생각도 없이 돌연 그런 의문이 떠오른 것은 아니었다. 어쩌면 범인이 나타나길 하염없이 기다리며 망연하게 마흔셋이라는 당시 자신의 나이를 셈해본 것도 같았다. 이어 자신의 사회적 위치와 아내와 가족 관계, 이어서 앞으로 그의 앞에 대기하고 있을 삶의 연장선상에 대해 어렴풋하게나마 생각하고 있었을 것이다.

그런 생각 끝에 불쑥, 그는 자신의 삶이 뿌리도 믿음도 없는 기계적인 시간의 연속이라는 느낌을 받았던 것이다. 굳이 설명하자면 자신의 삶이 세상과 아날로그식으로 연결된 것이 아니라, 매초마다 달라지는 디지털 시계의 숫자판처럼 하나하나 명백하게 단절되어 있다는 느낌을 계시처럼 강하게 받았던 것이다.

그건 삶의 기초를 흔드는 불온하고 위험스런 깨달음이었다. 그의 깨달음에 의하면 삶은 조각 그림 맞추기에 비유될 수 있었다. 조각 그림 자체는 커다란 바탕 그림을 전제로 하나씩 그림 조각들을 끼워 맞추는 놀이였다. 하지만 그 하루하루의 조각들이 큰 밑그림을 맞추기 위한 조각들이 아니라 그저 아무 의미 없는 하나의 별개 단위로 된 것이라면 그림 맞추기란 애초부터 무의미한, 그저 시간을 소비하는 행위에 불과한 것일 터였다.

그 생각이, 혹은 그 깨달음이 있은 후로 그는 근거 모를 정신적 공허감에 시달리기 시작했다. 인장강도를 넘는 힘을 받아서 탄력을 상실해 버린 고무줄처럼 갑자기 모든 삶이 허무하게 느껴졌고, 이렇게 의미 없이 살다가 어느 순간 갑자기 이 세상에서 사라지고 말지 모른다는 막연한 불안감이 수시로 엄습했다. 그의 이런 비관적인 사고를 삶에 대한 의지의 결핍이나 혹은 의욕 상실이라고 명명해야 할지 몰랐지만 아무튼 매사가 심드렁해졌고, 심한 충격을 받은 시계처럼 연속적이고 규칙적이던 일상들이 조금씩 비틀거리기 시작했던 것이다.

하지만 주변 사람들은 그의 내부에 일어난 변화를 이해하지 못했다. 어쩌면 그의 변화를 수용하지 못했다는 표현이 더 적당할지 모를 일이었다. 누구나 살다 보면 한두 번쯤 자신의 삶이, 삶을 위한 노력들이 부질없다고 느끼는 순간을 경험하지만 정작 그게 자신의 일은 아니라고 여기고 잊어버리는 것처럼.

세상에 설명할 수 없는 것은 없으며, 이유 없는 현실은 있을 수 없다는 걸 신념처럼 믿는 주변 사람들은 종내 그의 정신적 방황을 그와 아내와의 불화에서 찾아냈다. 사실 불혹이라는 마흔을 넘긴 나이에 이유 없는 방황은 없을 테니까. 당시 그가 아내와 불화를 겪고 있었던 것도 엄연한 사실이었다.

아내와의 불화는 참으로 오래된 일이었다. 삼 일 데이트하고, 삼 개월 즐겁고, 삼 년 싸우고, 삼십 년 후회한다는 결혼에 대한 악의에 찬 농담처럼 그와 그의 아내는 결혼한 지 일 년이 채 못 되어 약간씩 삐걱거리기 시작했다. 그러나 그는 그걸 성별과 성격, 성장 환경이 서로 다른 두 사람이 만나면서 만들어낸 일련의 불협화음이라고 단순하게 여겼을 뿐이었다.

낡고 오래된 마루를 밟을 때 나는 소리처럼 남녀 간의 그 사소한 삐걱거림들. 초저녁잠과 늦잠, 양식의 세련된 간편함과 오래된 된장찌개의 구수한 맛, 나체주의자와 오래된 체통, 각기 다른 취미활동, 이상한 말버릇과 태도, 시댁과 처가댁의 처우에 관한 균형, 현실적인 계산과 낭만적인 지출, 집안의 경제적인 주도권 문제, 감성과 이성의 차이 등등.

이런 충돌들을 겪을 때 남자들은 대개 두 가지로 반응했다. 하나는 그 변화를 인정하며 조금씩이나마 상대방에게 맞춰나가는 것. 다른 하나는 대수롭잖게 여기고 무시하고 넘어가는 것.

그는 후자를 택했다. 그건 자의적인 게 아니라, 실은 아내와 호흡을 맞추어나갈 시간적 여유를 가질 수 없었던 탓이었다. 당시 그가 담당한 사건만 해도 한 주에 통상 열 건이 넘었으니까.

일상에서 가까운 사람들로부터 받는 마음의 상처들이 끝내 육신에 악성종양을 만들어내는 것처럼 그 작은 삐걱거림들이 결국은 그와 아내를 화성과 금성만큼이나 멀리 떨어지게 만들었다.

상부에 지방 근무를 신청할 당시 그는 아내와 정식 이혼을 하지 않았을 뿐, 이미 별거에 들어간 상태였다. 법적으로 이혼하게 되면 하나뿐인 아이는 아내가 맡아 키우기로 서로 합의까지 되어 있었다.

그가 아들을 좋아하지 않은 건 아니지만, 그로선 양육할 여건이 하나도 되어 있지 않았다. 일반 회사원처럼 출퇴근 시간이 정확한 것도 아니었고, 보모를 둘 만큼 모은 재산이 있는 것도 아니었다. 그렇다고 혈육이라는 이유 하나로 손자를 봐줄 헌신적인 할머니가 있는 것도 아니었다. 별거를 하기 위해 아이의 짐을 다 쌌을 때 그가 자식을 기억할 수 있는 물품이라곤 달랑 돌잔치 액자 사진과 생일날 놀이동산에서 기념으로 찍은 몇 장의 스냅사진뿐이었다.

"이쪽 토박이라면서요?"

그의 상념을 깨고 강 계장이 물었다. 그가 어릴 적부터 여기에 산 걸 두고 하는 말일 것이다. 초등학교 이학년 무렵 가족들이 모두 인근 농촌에서 이리로 이사 온 뒤 그가 결혼할 때까지 죽 살았으니까 그런 말을 들을 만도 했다.

"그런 셈이지요."

"둘이 있을 때는 말씀 낮추십시오. 팀장님 의향이야 어떤지 몰라도 제가 듣기에 좀 불편해서 그렇습니다."

예의라기보다 자신의 불편함을 앞세우는 그의 정직함이 밉지는 않았다. 마 형사가 은근히 걱정한 대로 할 줄 아는 건 별로 없으면서 열정만 앞세워서 직원들을 들볶고, 걸핏하면 직급만 내세우는 마당쇠 스타일은 아닌 모양이었다. 하긴 그처럼 행동한다 쳐도 다른 계통에선 모를까 이쪽 경찰 외근직에선 먹혀들 리가 없을 터였다. 상관이 독촉한다고 안 잡히던 범인이 쉽게 잡히거나 풀리지 않던 사건이 순식간에 풀릴 일이 없는 것처럼.

"굳이 그렇다면야 뭐……."

그제 회식 자리에서도 강 계장이 그에게 두 번인가 귓속말로 말을 낮추라고 권했다. 소주와 맥주를 섞은 폭탄주가 돌고 얼마간 취기가 오르자 강 계장은 요즘 젊은이답게 테크노댄스도 제법 추어댔다. 어려운 신식 노래도 잘 뽑아댔고, 삼차로 간 단란주점에선 러닝셔츠 차림에 이마에 넥타이까지 매고 설쳐댔다. 형사계 전체에서 논다면 빠지지 않는 김창수 경장과 이병태 순경도 혀를 내두를 정도였다. 날카로운 외양에 비하면 사교성도 제법 있는 친구였다.

"여기는 살기가 어때요? 저로서는 어릴 적 몇 번 지나가는 길에 들렀던 기억밖에 없는 도시라서……."

"나름대로 이 도시에 대하여 들은 건 있을 거 아닌가?"

"제가 아는 거라면 분지라서 여름에 무척 덥고, 사람들 성질이 꽤나 급하고, 보수성이 강하고 일면 배타적이지만 친해지면 마음을 잘 주고,

대형 사고가 자주 일어났던 곳 정도죠, 뭐."

평균적인 대답이로군. 외지인이라면 누구나 이 지방에 대해서 가질 수 있는 가장 평범한 지식. 하긴 무엇 하나 내세울 만한 게 없는 도시긴 했다. 유명한 여름 더위와 저마다 잘난 체하는 허위의식 빼고는.

"강 계장은 고향이 어딘가?"

그는 대놓고 말을 놓았다. 이왕 말을 놓았다면 그걸로 그만인 것이다.

"태어난 곳을 고향이라고 부른다면 서울이 되겠지만 전 서울을 고향이라고 의식해본 적은 그다지 없어요. 아버지 고향이 평양 위쪽 어디라니까 그곳이 고향인가 하는 정도죠. 하지만 엄밀히 말하자면 그곳은 아버지의 고향일 뿐 저의 고향은 아니죠. 사람들은 자신이 나고 자란 작은 산골이나 농촌 마을을 고향이라고 부르지, 서울 사람이 서울을 고향이라고 부르는 경우는 거의 없잖습니까."

그럴듯한 대답이라고 그는 생각했다. 거대한 서울은 그냥 출생지일 뿐이다. 고향이라면 최소한 뼈를 묻은 조상이 있고, 잔치를 돕던 동네 사람들이 있고, 정서적 감정을 자아내는 자연이 있고, 발가벗고 멱 감던 친구와의 추억이 있는 곳이어야 마땅할 것이다. 그저 태어나고 자라난 곳이라고 다 고향처럼 친근해지는 건 아니니까.

그렇게 보면 이 도시는 자신에게 고향인 것인가? 알 수 없었다. 이 도시를 생각할 때 떠오르는 좋은 기억은 별로 없었다. 아버지의 폭력과 어머니의 투병, 가난과 실패, 가정을 무겁게 짓누르던 우울한 기억들이 묵혀둔 된장처럼 고약한 냄새를 풍기는 지역일 따름이었다.

그는 하천 건너편 도로를 따라 성냥갑처럼 줄지어 늘어선 고층 아파트들을 바라보았다. 회색과 흰색 일변도의, 마치 빵틀에 찍어낸 듯 벌집처럼 동일한 형태의 아파트 단지들은 보기만 해도 불편하고 끔찍스러웠다. 도시 미관이라곤 전혀 개의치 않는 마구잡이식 개발로 국립묘지의 비석을 총총히 세워놓은 듯한 기괴한 모양새였다.

그 옆으로 피난민 시절에 생겨난 오래된 재래시장이 있고, 그 주변 역시 얼마 전부터 도심재개발사업이 한창 진행 중에 있었다. 군데군데 허공을 가로지른 노란색 타워크레인들이 레고 블록 조립하듯 아파트를 차곡차곡 쌓아 올리고 있었다. 그 아래로 자잘하게 하천물이 흐르고 있었다. 말이 2급 하천이지 개천이나 다름없었다. 그나마 전동 펌프를 써서 하류의 물을 다시 상류로 끌어올려 흘려보내는 방식으로 겨우 하천의 흐름이나마 유지하고 있는 형편이었다.

예전에는 수량도 지금보다 풍부했었지. 물도 맑았고 학교와 거리도 가까워서 하굣길엔 갈 데 없는 아이들이 몰려들어 발가벗고 헤엄도 쳤었다. 물방개나 올챙이를 잡기도 했고. 문득 그의 뇌리에 낡은 기억 하나가 떠올랐다.

아마 초등학교 삼학년 여름 무렵이었을 것이다. 그날도 평소처럼 친구들과 하천에서 멱도 감고 물놀이도 했었다. 놀다 보니 해가 저물었고, 집으로 돌아가려니 신고 왔던 고무신이 보이지 않았다. 사 신은 지 얼마 되지 않은 진짜 타이어 표 검정 고무신이었다. 그는 울상을 지으며 맨발로 강변을 샅샅이 뒤지고 다녔다. 그러나 밤이 어둑해지도록 신발은 찾을 수 없었다.

맨발로 어깨를 늘어트린 채 집으로 돌아갔을 때 그의 부친은 무섭게

화를 냈다. 그는 몹시 두들겨 맞았다. 그런 다음 '병신 같은 놈은 다시 집에 들여놓지 말라'는 엄명과 함께 대문 밖으로 내쫓겼다.

그의 집 옆에는 길고 높다란 담을 둘러친 교회당이 있었다. 교회당 옆 담에 기대어 많이 울었다. 신발을 잃어버린 것보다 아버지에게 맞고 쫓겨난 게 더 억울했다. 어린 마음에도 너무 억울하여 교회당 대문 창살에 목을 매고 죽었으면 싶기도 했다. 원한을 품어 저승에도 이승에도 가지 못한 채 떠도는 원귀가 되는 게 두렵지 않았다면 아마 그렇게 했을 것이다.

밤이 늦었을 때 두 살 터울인 그의 형이 어둠 속에서 나타났다. 뒷짐 진 손에는 두 개의 삶은 고구마가 들려 있었다. 배고프지? 아버지 몰래 숨겨서 가져온 거야. 얼른 먹어. 그 고구마의 그 달착지근하며 목을 메이게 하던 맛은 아직도 그의 뇌리에 각인처럼 남아 있었다.

더러운 도시야.

이런 더럽고 무질서한 도시를 왜 찾아든 걸까. 무슨 추억이 있다고, 무슨 정신적 위안을 받으려고? 그 자신도 알 수 없는 결정이었다. 그가 어릴 적부터 죽 살던 이 지역 경찰서를 지원했을 때 가까운 동료들은 그를 만류했다. 아래로 내려가긴 쉬워도 위로 올라오긴 어려운 게 이쪽의 흐름이라고 했다. 하지만 그의 마음은 이미 굳어 있었다. 막연했지만 일단 내려가는 것만이 자신의 내부에서 생겨난 무풍의 바다에서 빠져나올 수 있는 방법인 것 같았다.

그래서 약간 나아지긴 했던가. 근무 환경이 바뀌어선지 아니면 익숙한 곳에 온 덕인지 다소 마음이 진정되는 듯했다. 단단하던 긴장이 풀어진 때문인지도 모르지. 그는 뒷좌석의 생수병을 집어서 한 모금 들이켰다.
 뒤편에서 빨간색 자전거를 탄 처녀가 달려와 그들이 탄 승용차 곁을 스쳐 지나갔다. 하체 선을 따라 팽팽하게 달라붙은 검은 카프리 팬츠가 인상적이었다. 은빛 바퀴살이 햇살을 조각내는 것과 머릿결이 해저의 수초인 양 바람결에 날리는 모습이 보기에도 싱그러웠다.
 그의 시선을 따라갔던 강 계장이 눈길을 돌리며 멋쩍은 미소를 흘렸다.
 "함께하게 되어서 드리는 말씀이지만, 친동생처럼 여기고 격의 없는 조언 부탁드립니다."
 강 계장이 군기가 꽉 잡힌 사관생도처럼 절도 있는 자세로 경례를 붙였다. 형근은 얼떨결에 경례를 받았지만 겁도 없이 설쳐대는 이 젊고 생기발랄한 상관을 어떻게 요리해야 할지 대책이 서지 않았다. 다 늙어가는 마당에 적당히 지내려 했더니 뜻밖으로 팔팔한 젊은 친구가 상관으로 온 것이다. 그는 쓴 입맛을 다셨다.

2

자동차 경적 소리가 멀찍이서 희미하게 들려왔다. 두터운 차광 커튼을 쳐놓은 탓에 방 안은 영화관 실내처럼 깜깜했다. 침대 머리맡을 더듬어 시계를 찾았다. 여섯시 이십육분.
형근은 상체를 일으켰다. 사이드 테이블의 미등이 켜지자 실내가 레몬 빛깔로 밝아졌다. 그는 어제 늦은 시간까지 술자리가 있었던 걸 기억해냈다. 마지막으로 술을 마신 곳은 '레인보우'란 상호의 유흥주점이었다. 거기서부터 기억이 중단되어 있었다. 그 자리에 강 계장도 있었던 듯했다. 최 사장이랑 관내 방범위원장과 부동산 중개업을 한다는 최의 친구도 있었던 것 같다. 그래, 다들 우라지게 잘들 마시고 잘들 갔겠지.
그는 옆자리의 여자를 새로운 눈으로 내려다보았다. 잠든 얼굴이 약간 부은 듯 보였다. 전체적으로 갸름한 인상에 피부가 희고 짙은 속눈썹을 가지고 있다. 그가 좋아하는 부분이었다. 특히 그녀의 둥글고 발그스레한 뺨은 레몬빛 조명 때문인지 더욱 고혹적이다. 남들은 수수한 얼굴이라지만 뜯어보면 알게 모르게 매력을 두어 개쯤은 가진 여자였다.

전유미. 서른하나.

열다섯이란 나이 차이는 좀 심한 편이다. 비록 그녀가 애인이라곤 하지만 부담스럽기는 마찬가지였다. 또한 그녀에 대해 아는 건 거의 없었다. 나이와 이름, 대학 다니는 여동생이 하나 있으며 몇 년 전에 카페를 하다가 업종을 단란주점으로 바꾸었다는 것 정도.

어쩌다가 주점에서 손님의 요청을 받고 접대부 여성을 불렀다가 싸움이 일어나는 바람에 형사입건 되었고, 사건을 담당하던 중에 우연히 그녀와 친분이 생겼다는 게 그가 아는 전부라고 할 수 있다. 오히려 그녀에 대해 그가 아는 가장 중요한 건 그녀의 살 위, 즉 음모로 덮인 삼각지 위쪽에 손가락 크기의 장미꽃 문신이 새겨져 있다는 점이었다. 삼각팬티를 입으면 겨우 가려질 듯 말 듯 아슬아슬한 위치였다.

처음 벗은 그녀의 단전 아래에 새겨진 붉은 장미 문신을 보는 순간 그는 참기 힘든 욕정을 느꼈다. 분명한 이유는 설명할 수 없지만 일종의 적의와도 같은 투지가 성욕으로 솟구쳤던 것이다. 그녀의 깨끗하고 은밀한 부위에 그처럼 값싸고 도발적인 문신을 새겨 넣을 수 있는 남자를 향한 적개심과 함께 이미 누군가 발자국을 선명히 남기고 지나간 눈길처럼 까닭 모를 슬픔 같은 걸 느꼈던 것이다.

일 년 넘게 잠자리를 같이하면서 그녀에 대해 아는 것도 하나둘 생겨났다. 그러나 그건 대부분 그녀의 몸에 관한 것이었다. 어느 부위를 어떻게 만지면 잘 흥분하고, 배란기보다는 생리 전에 욕정이 생긴다는 것.

딥 키스보다는 프렌치 키스를 좋아하고, 가끔씩은 욕실에서 자위도 한다는 것.

하지만 남자가 여인의 몸에 대하여 아는 것은 지극히 추상적이다. 또한 지극히 개인적이며 상대적일 뿐이다. 한 여인의 몸에 대하여 잘 안다고 한들 그게 정확히 알고나 있는 것인지, 또 그걸 누구에게 얘기할 성질의 것도 아닌 것이다. 자신이 알고 있는 그녀와 다른 남자가 알고 있는 그녀는 전혀 다른 별개의 여자일 수 있다. 얘기하는 방식도 다르고, 잠자리의 교태도 달라질 수 있다. 그런 까닭에 그건 안다고 할 수 있는 성질의 일이 아닌 것이다.

그나저나 그녀는 나이 든 중년 남자를 어디가 좋아서 애인으로 삼은 것일까. 젊은 남자들도 숱하게 널린 판에. 어젯밤에 그녀가 그의 귓전에 대고 사랑해, 라고 했던 말이 아직도 여운처럼 남아 있다. 어제 그만큼 술에 취했으면서도 무엇 때문에 김유신의 당나귀처럼 그녀가 운영하는 단란주점을 찾아갔던 것일까. 그래서 그녀가 영업을 끝내기를 기다렸다가 함께 이 집엘 왔던 걸까. 시공이 왜곡된다는 블랙홀에 들어선 것처럼 모든 게 희미했다.

이 침대에서 그녀를 안았던 기억은 몽환처럼 어렴풋이 남아 있다. 싸우듯 그녀를 안았고, 평소보다 훨씬 과격하고 음란하게 애무를 했던 것도 같다. 그러나 끝내 그녀의 몸을 가지지는 못했다. 지나치게 들이켠 알코올이 그의 하체까지 무능하게 만들었던 것이다.

통증을 느낄 정도로 방광이 빵빵했다. 그가 조심스레 침대에서 몸을 빼내려고 할 때 손이 다가와 그의 허리를 감았다.

"깼어? 미안해. 나, 갈 시간 되었어."

"벌써?"

그녀가 코맹맹이 소리를 하며 손을 뻗어 침대맡의 자명종시계를 집어 들었다.

"아이, 아직 삼십 분이나 여유가 있잖아."

그는 그녀가 무얼 원하는지 알았다. 하지만 욕정이 없었다. 등판 활배근을 따라 아직 분해되지 못한 알코올이 뻐근한 통증으로 고여 있는 게 느껴졌다.

"일단 화장실에 다녀올게."

그는 화장실에서 볼일을 보며 양치질을 했다. 칫솔질을 할 때마다 오줌줄기가 좌우로 요동을 쳤다. 조명 아래 사십대 중반 남자의 상반신이 거울에 들어 있다. 젊어서 운동을 했던 덕분인지 어깨가 넓고 배가 나오지 않은, 그 나이의 평균치 이상의 몸매. 그러나 어딘가 모르게 약간씩 긴장이 허물어져가는 몸매.

기둥서방.

거울에 비친 몸을 보고 있자니 난데없이 엉뚱한 단어가 스프링처럼 머리에 튀어 올랐고, 그는 서둘러 단어를 상상의 액자에서 지워냈다. 어릴 적 잠에서 깨어나 슬픈 표정을 지을 때 어머니가 해준 말이 떠올랐다. 잠에서 깨어나며 나쁜 생각부터 하면 그날은 하루 종일 나쁜 일만 일어난대. 알았지?

다시 침대에 들어가자 그녀가 그의 팔을 베개 삼아 상체를 모로 세웠다. 시트가 내려가고, 그녀의 둥근 어깨와 유방이 불빛 아래 드러났다.

적당한 크기를 가진 희고 팽팽한 유방과 군살이 없는 허리. 아직 젊음의 규격과 여유와 당당함을 갖춘 몸매.

"생각 없어."

"그럼 그냥 이야기만 해."

말은 그렇게 하면서도 그녀의 한 손이 자연스럽게 아래로 내려왔다. 여자의 손길에 잡힌 채 맥을 놓은 작은 생명체. 그는 쑥스러움과 미안함을 동시에 느꼈다. 아무래도 나이는 이겨내기 힘든 모양이군. 예전 같으면 어떡하든 한바탕 해치웠을 텐데.

어떤 입심 좋은 친구가 술자리에서 한 말이 기억났다. 여자와 남자의 전투는 원래부터 남자에게 불리하게 되어 있어. 가령 남자가 단 한 발이든 구식 권총을 들고 전투에 나서는 거라면 여자는 수십 발을 한꺼번에 쏠 수 있는 연발총을 들고 맞붙는 거잖아. 그게 어떻게 상대가 되겠어. 카사노바 같은 불멸의 명사수라면 모를까.

"어제 자기, 너무 술에 취했던걸."

"모임이 있었어. 의례적인 친선 모임."

"요즘도 바빠?"

"응, 계장도 새로 왔고 해서 말이야."

"그래도 우리 만남이 전보다 너무 뜸해진 것 알지?"

"알고 있어. 나중에 낮에 시간 나면 여기로 찾아올게."

체념했는지 아래쪽에 있던 그녀의 손이 그의 가슴으로 올라왔다. 두 손가락으로 그의 젖꼭지를 비비듯 만지작거리며 그녀가 말했다.

"남자들에게 왜 이런 게 달려 있나 몰라. 아무런 쓸모도 없으면서……."

"왜 쓸모가 없다고 그래. 요즘 흔하게 하는 성전환 수술을 하려고 할 때 만일 젖꼭지가 없으면 얼마나 곤란하겠어."

"그럼 조물주가 미리 알고 만들어놓은 거란 말이야?"

"그야 알 수 없지."

이른 아침부터 침대에서 객쩍은 소리만 나누고 있기가 민망하던 차에 그녀가 먼저 화제를 돌렸다.

"참, 박상수란 경찰 알지?"

"그래, 생각나."

얼굴이 동글납작하고 항상 미소를 띤 사십 초반의 경찰. 유미가 경영하는 단란주점의 담당 지구대 소속 경사. 두 달 전엔가 유미의 전화를 받고 나가서 마침 단속을 나온 그와 지나가는 인사처럼 나중에 한잔하자는 약속을 했었다. 까맣게 잊고 있었지만. 그날 자신의 담당 구역 단란주점의 여주인과 가까운 남자가 동부서 형사계에 근무하는 경찰이란 사실을 알고 그는 몹시 반가운 척했었다.

"어제 전화가 왔었어. 단속이 있을 거라고. 덕분에 시경 합동 단속을 피할 수 있었어."

"그래? 고마운 친구네. 조만간 전화해서 한잔 산다고 나오라고 할게. 그때 유미도 나와."

"알았어."

그녀가 입가를 당겨 만족한 미소를 지었다. 그는 그녀의 이마에 가벼운 키스를 한 뒤 침대에서 몸을 일으켰다. 서둘러 세수를 하고 나온 그가 옷을 입는 모습을 그녀가 약간 졸린 눈길로 지켜보았다. 침대 모서리에 걸터앉아 양말까지 신은 다음 몸을 일으키자 그녀가 침대에서 내려왔다. 솟아오른 유방과 다리 사이의 역삼각형 숲이 연한 불빛에 드러났다. 그는 조금 눈부셔하는 눈길로 그녀의 몸을 바라보았다.

"더 자야지?"

"자기, 배웅한 다음."

현관으로 나왔을 때 그녀가 알몸으로 뒤를 따라왔다. 현관 신발장 앞에서 그녀의 허리에 팔을 두르고 입을 맞추었다. 달짝지근한 타액이 입술에 묻어났다. 아래쪽 어딘가에서 희미하게 방전이 일어난 것 같았다.

엘리베이터를 내려서 아파트 일층 현관을 벗어났을 때 그는 무언가 잊고 나온 듯한 기분을 느꼈다. 혹 중요한 물건을 두고 나온 걸까. 그는 손으로 가슴께를 더듬었다. 밤색 세무점퍼 속주머니에 두터운 지갑이 만져졌고, 핸드폰과 허리에 찬 수갑도 온전했다.

제길, 이러다간 건망증보다 먼저 신경쇠약에 걸리겠군.

지난번 의사는 그에게 한 번으론 자세한 증상을 알아내기 힘드니 재차 병원을 방문하라고 당부했었다. 아무래도 그래야 할 것 같았다.

\*

달려온 택시가 고층 아파트 단지 입구에 멈췄다. 그는 서둘러 차비를 지불하고 택시에서 내렸다. 부하 직원으로부터 변사 사건 발생을 보고받고 곧장 현장으로 출동하는 길이었다. 관내 변사 사건이 발생하면 그에게 먼저 연락을 하라는 당부를 해두었던 것이다.

　부피를 지니지 못한 아침 햇살이 높은 아파트 건물들 사이를 옅게 빗각으로 비쳐들었다. 아파트의 그림자가 화단에 물빛 그늘을 만들어놓고 있었다. 그는 빠른 걸음으로 102동을 찾아갔다. 출퇴근 시간대여선지 양복을 입은 남자들과 젊은 여자들, 교복 차림의 학생들이 바쁘게 아파트 사이를 빠져나갔다.

　이미 현장에는 앰뷸런스가 붉은 경광등을 켜고 대기해 있었고, 지구대 경찰이 112 순찰차를 몰고 출동해 있었다. 아침의 참변을 보고 펭귄 떼처럼 모여 선 구경꾼 사이를 뚫고 들어가자 디지털 카메라로 현장 사진을 촬영하던 얼굴이 익은 젊은 순경이 그에게 경례를 보냈다.

　이미 변사자는 119 구급대원들에 의해 앰뷸런스에 실리는 중이었다. 인도와 주차장 경계 지역의 콘크리트 바닥에는 변사자의 피가 붉은 얼룩을 그려놓고 있었다. 그 주변으로는 변사자가 떨어진 자세를 따라 흰 선이 그려져 있었다.

　그는 고개를 들어 변사자가 뛰어내렸을 고층 아파트 건물을 올려다보았다. 푸른 하늘을 머리에 인 높다란 아파트 건물이 위압적인 자세로 그를 내려다보고 있었다. 상층부 중간에 방충망이 열려진 창문이 하나 보였다. 저기서 뛰어내린 거군. 바라보고 있자니 순간적으로 현기증이 일었다. 그는 시선을 내렸다. 119 앰뷸런스가 요란스런 경적을 울리며 현장을 빠져나갔다.

　"자살 같습니다. 경비원이 쿵 하는 소리를 듣고 나가보니 변사자가 저 자리에 떨어져 있었답니다."

나이 지긋한 경비에게 상황을 묻고 난 정복 차림의 경장이 그에게 보고나 하듯 말했다.

"가족들은?"

"여기엔 없답니다. 대학 다니는 친구 한 명과 동거하고 있었나 봅니다, 저기."

경장이 경찰수첩이 들린 손으로 가리키는 곳에 머리를 부분 염색한 보통 키의 청년 하나가 망연자실한 표정으로 서 있었다. 친구의 돌발적인 죽음에 너무 놀랐거나 아니면 이런 상황에서 어떻게 감정을 표현할지를 익히지 못한 사람 같아 보였다. 줄무늬가 들어간 후줄근한 트레이닝복 차림에 자다가 뛰어나왔는지 머릿결도 어수선했다.

"허참, 어쩌다가 이런 일이 생겼는지 모르겠네요. 평소에 인사성 밝고 순진한 대학생들이었는데……."

주춤거리며 곁에 다가온 늙은 경비가 자신이 죄라도 지은 양 송구스러워하며 중얼거렸다. 낡은 제모 아래로 흰머리가 무성했다.

"평소 두 사람만 산 게 확실합니까?"

"예. 물론입니다. 자살한 학생의 부모 되는 사람은 인근 지방 도시에서 장사를 한다고 들었는데, 한 달에 두세 번 정도 찾아오는 편입니다."

"변사자 부모 전화번호는 갖고 계십니까?"

"경비실 책자에 적혀 있을 겁니다."

"좋습니다. 그걸 저에게 적어주시고 현장이 수습되는 대로 어른께선 곧장 동부경찰서 형사2계로 진술하러 나와주십시오. 부탁드립니다."

그가 자신의 수첩에서 꺼낸 명함을 경비원에게 건넸다.

"아무렴, 당연히 가야 합지요."

명함을 두 손으로 받아들며 경비가 깊이 허리를 숙였다. 경비원 노인의 경찰에 대한 지나친 공대는 긴 세월 동안 경찰이 노인의 무의식에 남긴 흔적일 것이다.

그는 어쩔 줄 몰라 하며 서 있는 변사자의 친구에게 다가갔다. 우선적으로 변사자가 살던 아파트 내부를 살펴볼 필요가 있었다.

\*

이름 유영철. 지방대학 2년생. 전기공학과. 나이는 만 20세. 중학교 시절부터 현재의 아파트에 거주했으며 교우 관계는 좋은 편. 평범한 대학생으로 별다른 고민이나 걱정은 없었음. 사귀는 여자친구는 있지만 그다지 심각한 관계는 아님. 가족들과의 불화도 없었음. 삼남매 중 둘째. 부모는 지방 도시에서 전자제품 대리점을 하고 있음. 경제적으로 넉넉치는 않지만 쪼들리는 형편은 아님. 진술자와는 초등학교 동창이며 고민이 있으면 털어놓을 정도로 매우 친한 사이임.

사건 당일 아침, 잠을 자고 있을 때 갑자기 현관문을 두드리는 소리에 열어보니 경비원이 찾아와서 유영철이 아파트에서 뛰어내렸다고 알려줌. 진술자는 사건 전날 대학 서클 모임에 참석했던 관계로 피곤하여 일찍 잠자리에 들었고, 유영철은 늦게 들어갈 거라며 휴대폰 메일로 연락해왔음. 언제 집으로 들어왔는지는 알 수 없으나 새벽에 잠에서 깨어났을 때 곁에서 코까지 골며 자고 있었음. 진술자는 냉장고의 물을 꺼내 마신 뒤 다시 잠들었음. 절대 자살을 할 성격의 친구는 아니라고 판단됨.

이상이 그가 형사계에 불려온 변사자 친구를 조사하여 알아낸 변사 사건의 전말이었다. 특별하다고 여겨질 건 하나도 없었다. 뒤이어 나타난 부친의 진술 역시 비슷했다. 평소 착하고 내성적인 성격의 아들로 무슨 이유로 자살했는지는 알 수 없지만 목격자나 친구의 진술로 보아 자살이 분명하니 사체 부검 하지 말고 유족에게 인도해주면 좋겠다는 단순한 요구였다. 대개의 변사자 유족들이 그렇듯 행여 의문사가 되어 부검이라도 실시하게 되면 더 이상 사체가 훼손될까를 염려해서일 것이다.

충동적인 투신자살.

작성을 마친 수사보고서를 컴퓨터에 저장한 그는 허리를 펴며 창밖을 내다보았다. 창문마다 쳐진 방범창살을 뚫고 들어온 오전 햇살이 실내의 먼지를 뿌옇게 비춰냈다. 경찰서 입구의 오랜 벚나무 하나가 곧 벚꽃을 피워내려는지 가지마다 하얀 기운이 감돌았다.

...... 짐승과 달리 인간은 종종 충동적으로 움직이는 존재다. 술을 마시는 것도 충동적이고, 거리에서 싸움질을 하는 것도 충동적인 행동이다. 사랑을 하는 것도 실은 호르몬 작용에 의한 충동적 행위일 뿐이다.

서술체의 문장이 머릿속을 흘러갔다. 하지만 납득하기 힘든 몇 가지 의문이 그의 신경을 건드렸다. 그 전날까지 멀쩡하던 대학생이 무슨 일로, 밤새워 고민한 일도 없이 잠을 잘 잔 다음 날 아침 일찍 아파트에서 투신한 것일까. 그리고 왜 하필 아침일까. 대낮이나 저녁, 밤도 있는데.

자살자는 유서를 남기는 게 보통인데 왜 한 줄의 유서도 없었을까. 책상은 잘 정리되어 있었고, 자살의 동기를 증명할 만한 어떤 물품도 눈에 띄지 않았다. 아무리 사람이 충동적인 행위를 한다지만 자신의 목숨을 그처럼 이유 없이 덜컥 끊을 수 있는 걸까. 술에 취했거나 마약을 했다면 또 모를까. 길 가는 사람을 찌르고 도망치는 범죄가 있다곤 하지만 그건 우발적 계획이지, 충동적인 행위라고는 볼 수 없지.

혹 남에게 드러내지 못할 병이라도 가지고 있었던 걸 아닐까. 만성 임포나 암, 혹은 에이즈 같은 것. 하긴 그런 몹쓸 병을 가질 나이는 아니지.

보고서를 받아본 검사로부터 자살 동기가 불분명하다는 이유로 재수사 지시가 떨어질지도 모르지. 여하튼 변사자의 병원 진료 기록이나 휴대폰을 비롯한 전화 통화 내역, 최근의 행적들을 자주 어울린 친구들을 중심으로 조금 더 면밀히 조사해볼 필요는 있을 것이다. 자신이 납득할 수 있는 수준까지는.

바깥으로 나갈까 망설이는 중에 사무실로 강 계장이 들어섰다. 형사과장을 중심으로 계장 회의를 마치고 오는 길인 모양이었다. 검은 터틀넥을 받쳐 입은 단정한 콤비 차림에 손에 몇 장의 서류가 들려 있다.

"오늘 아침에 변사 사건이 있었다면서요?"

"조금 전에 막 조사를 마쳤습니다. 이제 수사 보고서를 제출하러 검찰청에 가봐야지요."

황 경장을 비롯한 다른 직원들이 있는 터라 그는 경어를 썼다. 강 계장이 쑥스러운지 묘한 미소를 머금었다.

"요즘 팀장님이 맡고 있는 사건은 몇 가지나 됩니까?"

강 계장이 엉뚱한 질문을 던져왔다.

"한 일곱 가지쯤 될지 모르겠습니다."

그가 생각을 굴려 대답했다. 그가 쫓고 있는 건 중에는 몇 년 지난 사건도 네 건 넘게 있었다. 미제 사건으로 남겨두었지만 시간이 나는 대로 해결해야 할 사건들이었다. 사기 사건 하나, 딸 잡아먹은 근친강간 사건 하나. 상해 사건 하나. 특수절도 사건 하나.

"그렇군요."

고개를 끄덕인 강 계장이 미리 준비한 듯 말을 이었다.

"팀장님은 요사이 관내에 변사 사건이 자주 일어나는 것 아시고 계시죠?"

그가 뜨악해서 강 계장을 바라보았다.

어제도 한 건의 변사 사건이 있었다. 그것도 이십대의 젊은 남자였다. 그렇게 보면 최근 변사 사건이 잦은 건 분명한 사실이었다. 하지만 전출 온 지 얼마 되지 않은 신출내기 계장까지 그걸 알고 있다는 사실이 더 놀라웠다.

"앞으로 그걸 함께 수사해봤으면 해서요. 별다른 건 아닙니다. 관내에서 발생한 사건 동향을 파악하다 보니까 요즘 들어 부쩍 변사 사건이 늘어나고 있더군요. 게다가 젊은 층의 변사 사건이 증가하고 있다는 점이 예사롭지 않더군요. 그래서 그 어떤 이유라도 있을까 한번 자세히 살펴보려는 겁니다."

…… 아무 이유 없이 부쩍 늘어나는 젊은이들의 자살 사건을 수사하기 위하여 은밀하게 두 명의 경찰이 투입되었다. 책임자는 경찰대학 출신의 젊고 유능한 경감과 경찰에 몸담고 그럭저럭 적당히 늙어가는 낙

타라는 별명을 가진 형사였다.

좀은 황당한 얘기였다. 범죄라면 모를까 변사 사건이 잦다고 해서 그걸 수사한다는 게 타당한 건지 그로선 확신이 서지 않았다. 혹 무슨 자살의 사회적 통계라도 내려는 건가. 아니면 변사 사건으로 무슨 사회심리학 논문이라도 쓸 작정인가.

두서없는 의심이 머리를 지나갔지만 그는 내색을 하지 않았다. 저렇게 나오는 이상 앞으로 그냥 팔짱 끼고 있을 수만은 없는 노릇이었다.

하긴 저 젊은 나이에 경감이니 당연히 이 사회의 법과 질서를 혼자 담당한 것처럼 어깨가 무겁고, 주변에서 발생하는 사건들이 모두 예사롭게 보이지 않겠지. 자신도 처음 순경이 되어 허리에 권총을 차고 순찰을 돌 때만 해도 그런 심정이었으니까.

…… 악당들이 판을 치는 외딴 마을에 홀로 권총 한 자루를 차고 나타난 정의의 보안관. 그의 권총이 불을 뿜을 때마다 악당들은 하나씩 땅바닥에 머리를 박고 쓰러졌다. 젠장.

"다른 관내에서도 변사 사건이 증가 추세에 있는지 조사해보는 게 어떨까요?"

"그거야……."

이 판에 다른 관내 사건까지 조사해본다는 게 말이 되는 소린가. 그는 뒷말을 삼켰다. 대신 엉뚱한 말이 목구멍을 비집고 뛰어나왔다.

"오늘 검찰청에 다녀오는 길에 다른 관내 서에 한번 들러볼까요?"

"안 바쁘시다면 그것도 괜찮겠지요."

다가온 강 계장이 한 장의 서류를 그의 책상 위에 내려놓았다. 엑셀

(Excel)로 뽑은 관내 변사 사건 통계자료였다.

"참고하시라고 드리는 겁니다."

강 계장이 자기의 책상으로 돌아갔다. 서류엔 관내 변사자 발생 건수가 월별, 주별로 일목요연하게 정리되어 있었다. 요즘 배운 젊은이들이라서 다르긴 했다. 자신이 막연히 느낌으로 가지고 있는 사실을 정확한 통계를 통해 현상에 접근하고 있다는 게 모던하다는 생각이 들었다.

대충 건성으로 읽어가던 그는 강 계장의 말대로 올봄 들면서 변사자가 눈에 띄게 증가하고 있다는 사실을 발견했다. 대부분 자살에 의한 것이었고 육십대 이상이 60퍼센트로 제일 많았다. 나이 들고 경제적으로 어려움을 겪는 이 시대의 노년층은 예전부터 사회문제로 대두되고 있었다. 하지만 놀라운 것은 나이별 분류표에 이십대 남성의 변사자 수치가 점차적인 증가 추세를 보이고 있다는 점이었다. 전체 변사자 수의 증가는 그 때문이라고 할 수 있었다.

요즘 젊은이들 사이에 모종의 유행성 자살 바이러스 따위가 돌고 있는 건 아닐까? 아니면 직장을 구하기가 너무 어려워진 탓에 좌절하고 죽음을 택한 젊은이가 늘어났거나. 아무튼 젊은 층의 자살이 늘어난 건 명확한 사실이었다. 하필 이 좋은 봄날에 죽을 건 또 뭐람. 그는 서류를 손에 든 채 따스한 봄볕이 쏟아지는 창밖을 한참 동안 넋을 놓고 바라보았다.

\*

언제나 그렇듯 청사 내부는 유난히 깔끔했다. 바닥은 대리석이었고,

복도는 정적에 잠겨 있었다. 형사들과 피의자, 민원인들로 항상 시장통처럼 시끌벅적한 경찰서 내부와는 딴판이었다.

형근은 기다란 복도를 걸어 구석의 화장실을 찾아갔다. 볼일을 본 다음 담당 검사를 찾아 가져온 수사보고서를 제출할 셈이었다.

화장실은 넓고 깨끗했다. 변기 앞에서 지퍼를 내리고 있을 때 마침 칸막이 옆에서 한참 볼일을 보던 남자와 눈이 마주쳤다. 남자의 눈에 놀란 빛이 떠올랐다. 동시에 형근도 남자가 어디선가 본 얼굴이라는 걸 깨달았다.

"너, 형근, 우형근 맞지?"

그제야 남자가 고등학교 동창이란 사실을 알았다. 성이 김이란 건 기억났지만 건망증 때문인지 이름이 떠오르지 않았다. 자주 보긴 했지만 그다지 친한 사이는 아니었다. 내성적이고 나서길 싫어하는 타입의 학생이었다. 그래선지 기억 속의 그는 항상 다른 친구들 사이에 섞여 있었다. 개인적인 친분은 별로 없었다. 우연히 한 번 하굣길에 그의 집에 따라간 적이 있었다. 생선 장수인 그의 부모는 큰 시장 어물전에서 밤이 이슥하도록 고등어나 꽁치, 가자미 따위를 팔았다. 집을 지키던 그의 누나라는 처녀가 두 사람을 맞았다.

두 살 터울의 누나는 눈에 띄게 미인이었다. 자다가 깨어났는지 헐렁한 치마에 상체에 착 달라붙는 티셔츠 차림이었는데 그 모습이 너무 매혹적이었다. 긴 생머리 아래 드러난 얼굴도 보기 드물게 예뻤지만 브래지어를 하지 않았던지 그녀가 움직일 때마다 티셔츠 속의 젖가슴이 출렁거렸다. 치마 아래 드러난 매끈한 종아리도 자석처럼 눈길을 끌었다.

그는 가슴을 두근거리며 몰래 그 모습을 흘낏거렸다. 그의 태도에 친구는 못 볼 것을 본 것처럼 애써 외면했다. 그다음부터 그는 친구의 집에 놀러 가고 싶었지만 다시는 그 친구의 입에서 집에 놀러 가자는 말은 나오지 않았다.

"정말 오랜만이야."

아래쪽을 겨냥하며 그가 말했다.

"여긴 어쩐 일이야?"

"보고서 제출할 게 있어서……."

그의 말에 김이 놀랍다는 얼굴을 했다. 평범한 세무 점퍼 차림이어서 그냥 불구속 피의자나 형사소송에 관계된 민간인쯤으로 여겼던 것 같다.

"너 그럼 경찰이야?"

"그래, 경찰이다."

그가 약간 맥 빠진 투로 대답했다.

"어디 소속이야?"

어쩐지 신문조의 억양이라고 형근은 생각했다. 기분이 좋진 않았다.

"동부서 형사계에 근무하고 있어."

"그렇구나."

"넌?"

"아, 난 강력과에 검사로 근무하고 있어."

잔류물을 털어내며 그가 말했다.

강력과 검사. 짐작하고 있던 일이었다. 검찰청사 안에서 말쑥한 양복 차림으로 돌아다닌다면 그건 검사 아니면 검찰청 직원일 건 뻔한 일이었다.

볼일을 마친 김 검사가 바지 지퍼를 올렸다. 앞서 화장실 문을 빠져나가던 검사가 잠시 멈춰 섰다. 아무래도 그냥 가기엔 무언가 미진했던 모양이었다. 그가 볼일을 마치고 나서자 기다렸다는 듯 함께 복도로 나섰다.

"정철이와 만수란 친구는 만나고 있니?"

정철과 만수는 한때 가장 자주 어울렸던 친구들이다. 어울렸댔자 함께 낄낄대며 변두리 동시상영 극장이나 여학생 꽁무니를 쫓아다닌 기억이 전부였지만.

"그 애들과 못 본 지 한참 됐어. 바빠서 말이야."

"그렇구나. 다들 바쁘게 살고 있겠지. 암튼 만나서 반가웠다."

김 검사가 먼저 손을 내밀었다. 직책이 직책이니 만치 어딘가 깔끔하고 관록이 있어 보였다. 학창시절의 소극적이고 조용하던 모습은 어디에도 없었다.

"나 역시."

"나중에 만나서 술이나 한잔하자."

가볍게 손을 흔든 김 검사가 복도 끝으로 멀어져갔다. 그는 잠깐 그 뒷모습을 지켜보았다. 나중에 술이나 한잔하자. 가장 무난하고 의례적인 인사말이었다. 해도 그만, 안 해도 그만인 술자리였다. 그러다가 나중에 필요한 게 생기면 그때 만나 한잔할 수도 있는 것이다.

복도 중간의 여러 문들 중 하나로 김 검사가 모습을 감춘 뒤 형근은 천천히 몸을 돌렸다. 문득 검사 친구에 대한 기억 하나가 뒤늦게 떠올랐다.

군대 가기 전이었을 것이다. 어쩌다가 고등학교 친구들 세 명이 어울려서 사창가를 찾게 되었다. 군대 입대하기 전에 총각 딱지를 뗀다는 게 세 명의 절대적인 목적이었다. 우연히 그 친구도 함께 있었다. 속칭 자갈마당이라고 불리는 사창가는 오래된 극장 뒤편 좁다란 골목에 포도송이처럼 줄줄이 늘어서 있었다.

다음 날 아침이었다. 수치심과 허탈함을 안고 사창가 골목길을 나오는 순간 맞은편에서 나오던 누군가가 친구의 이름을 크게 불렀다. 머리가 덥수룩한 중년의 남자였는데 그 역시 사창가에서 밤을 지새우고 나오는 몰골이었다. 중년 남자는 대강의 사정을 짐작했는지 낄낄거리며 웃었다. 너도 머리가 굵었다고 이제 별 데를 다 다니는구나. 중년 남자는 난감해하며 고개를 숙이고 서 있는 친구의 어깨를 의리를 나눈 조직원처럼 툭 치며 말했다. 너희 엄마한테는 절대 비밀이야. 알겠지?

사창가에서 아들을 만나 낄낄대던 그 중년 남자는 지금도 살아 있을까. 아까 그 친구에게 부친의 근황을 물어봤더라면 좋았을 뻔했다고 그는 생각했다.

\*

"그러니까 지금 함정수사를 하겠다는 건가?"

"약간의 편법을 쓰자는 겁니다."

강 계장이 잔에 담긴 오렌지주스를 스트로로 빨아올리며 대수롭잖게 대답했다. 형근은 창을 통해 거리의 행인들이 심해의 물고기 떼처럼 흘러 다니는 광경을 별 의미 없이 지켜보았다. 이층 구석 자리여서 대형 유리창 밖으로 거리가 잘 내다보였다.

  퇴근시간대였다. 거리에 면한 상점들과 모텔에서 하나둘 빨갛고 노란 네온등이 켜지고 있었다. 꽃샘추위가 가시자 사람들의 복장은 한결 가볍고 화려해졌다. 미니스커트를 입은 아가씨들도 가끔씩 눈에 띄었다. 고속버스터미널과 기차역이 가까워선지 거리는 항상 행인으로 붐볐다.

  쭉 하며 잔 바닥의 공기가 빨아올려지는 소리에 그가 눈을 돌렸다. 강 계장이 유리잔에서 손을 떼고 허리를 소파에 기댔다.

  "그렇게라도 하지 않고선 잡아넣기 힘들걸요."

  하긴 그랬다. 온갖 머리를 써가며 법망을 빠져나갈 방법을 연구한 그들을 쉽게 잡아넣긴 힘들었다. 형근이 내키지 않는 표정으로 고개를 끄덕였다.

  두 사람은 마사지 업소를 단속할 궁리를 짜내는 중이었다. 단속을 제안한 건 강 계장이었다. 역 주변의 마사지 업소에서 불법 윤락행위를 한다는 제보가 들어왔다는 거였다. 제보가 들어온 이상 그냥 놓아둘 수는 없었다. 하지만 마사지 업소 단속은 생각보다 만만찮았다. 윤락행위가 벌어지는 현장을 덮치지 않고선 그들을 입건할 증거를 찾을 수 없었다. 업주들은 단속에 대비하여 이중삼중의 안전장치를 갖추어두고, 종업원들 교육까지 철저히 시켜놓았을 터였다.

  "그러니까 강 계장이 미끼 노릇을 하겠다는 건가?"

  "아니면 어떻게 현장을 잡겠어요."

  강 계장이 손님을 가장하여 들어가서 매춘행위를 할 때 그가 현장을 급습하는 방법이었다. 예전에는 단속을 위해 흔히 사용되는 편법이었다. 하지만 요즘은 쉽지 않았다. 자칫하면 함정단속이라는 반발에 부딪혀 낭패를 볼 수도 있었다. 게다가 매춘행위로 입건하려면 매춘 여성은 물론 돈을 주고 매춘을 요구한 손님의 주민번호와 이름도 함께 수사 기록에 기입해야 했다.

"그러니까 제 말은 얼렁뚱땅 업주의 자술서만 받아내서 입건 처리 하자는 거죠."

업주의 자술서만 있으면 굳이 손님의 인적사항이나 증거품 같은 게 없어도 업주를 입건할 수 있었다. 나중 법정에 가더라도 문제가 생길 소지도 적었다.

"좋아. 나야 상관이 하자는 대로 하지. 하지만 뒤탈은 책임 못 져."

그의 책임을 회피하려는 의도가 숨은 의뭉스런 말에 강 계장이 알겠다는 듯 활짝 웃었다. 그 모습이 귀엽다고 그는 생각했다. 예전 같으면 나이 서른 넘으면 어른 티가 날 텐데 강 계장은 전혀 그렇지 않았다. 그만큼 자신이 나이를 먹었다는 걸까.

"근데 마사지걸과 실제 섹스를 할 건가?"

"어때요? 그렇잖아도 돈을 주고서도 할 판이었는데 이참에 개울 치고 가재도 잡아야죠."

너무 쉬운 대답이었다. 그의 어이없어하는 표정을 읽었는지 강 계장이 덧붙였다.

"전 가끔 여자 생각나면 돈 주고 사서 자곤 해요. 나쁘다는 생각은 해 보지 않았어요."

"적당히 괜찮은 여자를 찾아서 사귀면 되잖아. 결혼할 나이도 됐을 텐데……."

강 계장이 똑똑 소리를 내며 손가락을 꺾었다.

"팀장님도 참, 여자를 사귀는 게 그리 쉬운 줄 아십니까? 마음에 드는 여자를 찾는 게 쉽지도 않지만, 일단 찾았다 해도 관리하는 게 어디 보통 일입니까. 하루에도 몇 번씩 안부전화 해줘야죠, 만나자면 만사 제쳐두고 나가야죠, 종종 사랑한다는 표현해야죠, 생일이다 뭐다 챙겨야죠. 아휴, 생각만 해도 골치가 욱신거립니다."

"그럼 결혼 안 하고 평생 독신으로 살 건가?"

"생각 없습니다. 나중에 정말 마음에 드는 여자가 나타난다면 모를까. 아직은 독신이 좋습니다. 간섭 안 받고, 자유스럽고, 눈치 안 봐도 되잖아요."

철저히 개인적이고 계산적인 세대.

"그렇긴 하지."

형근은 남자가 결혼식 때 검은 양복을 입는 이유는 결혼한 그날이 남자로선 장례식을 치르는 것과 같기 때문이라는 우스갯소리를 기억해냈다. 자신도 결혼해서 편했던 기억은 별로 없었다. 결혼 직후 마치 봄날의 들뜬 기분 같은 느낌은 머릿속에 남아 있지만 그게 행복이거나 기쁨이라고 여겨본 적은 없었던 것 같았다.

빨간 앞치마를 두른 웨이터가 다가와 테이블 위에 놓인 주스 잔을 거둬갔다. 강 계장이 손목시계를 들여다보았다.

"근데 우리 두 사람으론 단속이 힘들지 않을까?"

"아까 낮에 김 경장과 장 순경에게 오후 여섯시까지 여기로 오라고 말해두었어요."

업소를 급습하기 전에 직원들에게 알리지 않은 이유는 정보가 새 나갈까 우려한 것일까. 불법을 일삼는 업소와 경찰은 어떤 형태로든 유착되어 있을 가능성이 높으니까. 특히 이 지역은 서로 이름만 대면 아는 바닥이 빤한 동네였다. 형근은 젊은 친구가 보기보다 용의주도하다는 걸 느꼈다.

때마침 운동복 상의에 야구모를 눌러쓴 김 경장과 검은 가죽점퍼를 걸친 이 순경이 두리번거리며 이층 계단을 올라왔다. 동네 건달 같은 차림새였다. 그들은 절도 사건 수사를 맡아 하루 온종일 장물이 흘러나올 법한 귀금속상이며 전당포 등을 뒤지고 다녔던 것이다.

"뭔 일로 여기까지 오라고 했습니까?"

시간에 대어 오느라 서둘렀던지 김 경장이 숨을 헉헉대며 물었다.

"일단 자리에 앉기나 해. 차도 한 잔 시키고. 집에 불이 나서 부른 건 아니니까."

그가 말했다. 두 사람이 맞은편 자리에 앉자 강 계장이 차분하게 자신의 계획을 설명했다. 이어 몇 시에 자신이 업소에 들어갈 것이고, 정확히 몇 분 뒤에 업소를 급습하여 사용한 콘돔이나 휴지 따위의 증거품을 확보하고, 불법 윤락 증거를 들이대어 업주와 매춘 여성의 자술서부터 얻어내라는 자세한 지시사항까지 덧붙였다. 자신은 손님처럼 행세하다가 상황을 봐가며 슬쩍 빠져나올 심산이었다. 어쩐지 많이 해본 솜씨 같았다.

"나이는 나와 동갑내긴데, 보기보다 똑똑하네요. 성격도 딱 부러지고…….."

근지러운지 야구모를 벗어 머리통을 긁적거리며 김 경장이 말했다. 정확히 삼십 분 뒤에 업소를 급습할 것을 당부한 강 계장이 자리를 뜬 다음이었다.

"서울 출신이라서 뭔가 달라도 다른 거 아닙니까."

부산 출신의 이 순경이 말을 받았다.

"암만 그래도 역대 대통령들은 모두 지방 출신들이라는 거 모르나."

강 계장을 일방적으로 칭찬하는 것이 거슬렸던지 경북 영주 출신인 김 경장이 공연스레 거들먹거렸다.

\*

업소를 급습하여 목적한 대로 업주와 매춘 여성에게서 자술서를 받아 낸 다음, 조서를 꾸미기 위해 김 경장과 이 순경이 업주를 경찰서로 연행해간 후에 그는 차를 주차해둔 공영주차장으로 걸어갔다. 그동안 거리는 밤이 완연해져 있었다. 약속한 주차장 출입구 부근에서 강 계장이 어슬렁거리며 그를 기다리고 있었다.

가로등 불빛에 비친 강 계장을 보자 아까 업소를 급습했을 때 발가벗은 몸으로 어쩔 줄 몰라 하는 손님 역을 연기하던 광경이 떠올랐다. 그 와중에도 몰래 눈짓으로 여종업원이 콘돔을 숨겼던 비밀 장소를 가리켰다. 시치미를 뗀 김 경장이 주민등록증을 보자고 하자 곤혹스런 얼굴을 하며 제발 봐달라고 사정을 늘어놓았다. 그 장면을 생각하자 절로 미소가 떠올랐다.

운전석에 탄 그가 차문을 닫았다. 뒤를 따라 주차장으로 들어온 강 계장이 문을 열고 냉큼 옆자리에 올랐다.

"작전도 성공리에 마쳤는데 어디 가서 한잔할까요?"

밀렸던 욕망을 처리한 뒤여선지 가벼운 음성이었다.

"빈속에 소주는 좀 그렇고, 저녁부터 먹는 게 순서지."

"그야 팀장님 좋으실 대로."

몇 번을 키릭거리던 차에 시동이 걸렸다. 계기판에 노랗게 불이 들어왔고 전조등이 켜졌다.

"재미는 봤나?"

후진을 하기 위해 머리를 뒤로 돌린 채 그가 물었다.

"제법이었어요. 특히 여자가 내가 좋아하는 타입이었어요. 여자의 젖가슴이, 과장 하나 없이 멜론 크기만 했는데, 그 두 개의 멜론이 내 위에서 출렁거리는 게 정말 볼만했어요. 팀장님도 그걸 봤어야 하는데……."

아쉬운 듯 강 계장이 양손을 써서 여자의 젖가슴을 형용해냈다. 그 모습이 어쩐지 여자의 젖가슴을 처음 본 사춘기 소년 같았다. 형근은 자신도 몰래 미소를 지었다. 그는 문득 잠자리에서 보았던 유미의 유방을 떠올렸다. 그녀가 그의 위에 있을 때 유방이 출렁거렸던가. 그랬던 것 같기도 했고 아니었던 것 같기도 했다. 그녀의 가슴이 약간만 더 컸더라면 하는 바람을 가졌던 것도 같다.

"오거리 부근에 부대찌개를 맛있게 하는 식당이 있는데 어떨까?"

"저야 이곳 지리를 압니까. 팀장님 처분에 맡겨야죠."

차를 몰아 오거리 부근에 다다랐을 때 휴대폰이 울렸다. 마침 차들은 신호 대기 중이었고, 그는 점퍼 주머니의 휴대폰을 꺼내 들었다.

액정화면에 발신인 이름이 떴다. 지용 엄마. 이혼한 전처. 그의 부친이 불행의 진원지라면 그녀는 갈등의 발생지였다.

그는 마음의 광야에서 거칠게 일어나는 바람을 느끼며 천천히 통화 버튼을 눌렀다.

## 3

자동차 전면의 시계가 안개가 낀 것처럼 불투명했다. 밤사이에 몰아닥친 누런 황사가 중공군처럼 도시를 점령했고, 행인들은 마스크와 머플러로 잔뜩 무장한 채 숨어들 곳을 찾아 종종걸음을 쳤다. 오후에 접어들면서 황사는 더욱 극성을 부렸다. 도로의 자동차들은 안개등을 켜고 꾸물꾸물 움직였다.

하필이면.

울컥 짜증이 치밀었다. 아들의 생일만 아니라면 당장 약속을 취소하고 차를 돌리고 싶었다. 하긴 아내의 전화가 아니었다면 아들의 생일도 깜빡 잊고 넘어갔을 것이다.

도로변을 따라 늘어선 고층 빌딩들이 황사 때문인지 마치 허공에 부유하는 것처럼 보였다. 마치 사막의 신기루 같군. 본 적은 없지만 아마 저런 형상일 테지.

주변 도로며 건물들이 유난히 생소하게 보였다. 황사 탓만은 아니다. 매일같이 새로운 빌딩들이 우후죽순처럼 들어서는 때문이기도 할 것이다. 도시는 무한정 증식하는 암세포처럼 팽창을 거듭해 점차 낯선 도시로 바뀌어가고 있었다. 건축술의 발달 덕분인지 시일이 조금만 지나도 도시는 알아보기 힘든 엉뚱한 모양으로 변모돼 있곤 했다.

그중에서도 단연 선두를 달리는 게 이쪽 수성구 지역이었다. 수십 층짜리 아파트며 강화유리로 벽면을 장식한 오피스 빌딩들이 도로를 따라 어깨를 겨누며 빼곡하게 들어서고 있었다. 이 지역은 서울의 강남구에 비교되고 있었다. 학군도 좋았다. 그래서 극성스런 일부 학부모들은 기를 써서 이 지역으로 주소지를 옮겼다.

이혼한 아내의 언니, 한때 그가 처형이라고 불렀던 여자도 교육열이 대단했다. 그런 까닭에 서구에서 이 지역구로 옮겨왔을 것이다. 세 살터울의 여동생과는 전혀 딴판이었다. 성격도 딴판, 체구도 딴판이었다.

언니와 동생의 차이만큼이나 장인과 장모의 차이도 컸다. 두 평 크기의 시계수리점을 겸한 도장집을 운영하던 장인을 산속의 작은 옹달샘으로 친다면 장모였던 여자는 장마철에 불어난 개울물처럼 콸콸거리는 성미였다.

남편보다 머리통 하나 더 큰 키에 체중은 배나 더 나갈 법한 장모는 동네 통장에다가 아파트 부녀회 회장을 맡아 했다. 거친 말도 함부로 내뱉었고 몸집만치 탐욕도 대단했다. 바닥부터 가난한 가정의 두 딸을 대학에 보낸 것도, 나중에 두 채의 아파트와 주상복합 아파트의 상가 점포를 소유하게 된 것도 전부 장모의 수완 덕분이었을 것이다.

그에 비하면 장인은 음지식물과도 같았다. 그동안 장인이 그에게 건넨 말은 '자네, 왔는가?'라는 단 두 마디뿐이었다. 처음부터 그랬다. 첫인사를 드리려고 방문한 날에도 장인은 그에게 고향이 어디냐고 물어보지 않았고, 직업이 뭐냐고 묻지도 않았다. 집안의 기둥인 아내의 입을 통해 들었는지는 알 수 없지만.

어쨌든 두 사람의 엄청난 부조화가 두 딸들에게 이어진 것만은 분명해 보였다. 엄마를 닮아 뚱뚱하고 거센 맏딸과 달리 둘째 딸은 장인을 그대로 빼닮아 있었다. 식물처럼 조용했고, 물질적인 욕심을 부리지도, 다른 사람들 일에 끼어드는 법도 없었다.

그녀를 처음 만났을 때 그런 점이 마음을 끌었다. 그녀를 처음 만난 건 명상과 단전호흡을 함께 가르치는 학원에서였다. 당시 파출소에 근무하던 그는 단전호흡에 관심을 가졌다. 혼탁한 근무 환경에서 정신 건강을 지킬 방법을 찾고 있던 중이었다.

학원 수련실에서 가부좌를 틀고 앉았을 때 옆자리 여자가 눈에 들어왔다. 눈을 내리감은 정숙한 자태가 마음을 끌었다. 연꽃 같다고 그는 생각했다. 그녀를 볼 때면 일찍 세상을 떠난 그의 어머니가 떠올랐다. 남편에게 두들겨 맞아 엉망이 되고도 다음 날 아침이면 다소곳이 밥상을 차려내던 여인. 누구 앞에서든 욕설을 입에 담지도, 남의 험담을 한 적도 없는 여자. '흥, 천하에 쓸개도 배알도 없는 년'. 그녀의 남편이 그녀를 향해 걸핏하면 내뱉는 말이었다.

어릴 적에 그는 어머니를 때리고 욕하는 아버지를 이해할 수 없었다. 착한 게 죄인 것일까. 순종적인 여자가 못난 것일까. 그는 늘 선녀 같은 어머니를 안타깝게 여겼다. 자신의 어머니만 아니라면 못된 남편을 버리고 멀리멀리 도망치라고 수없이 부추겼을 것이다. 장롱 속 깊숙이 숨겨둔 날개옷이 있다면 무슨 수를 쓰든 찾아내어 건네주었을 것이다.

시간이 괜찮다면 차나 한잔하실까요?

학원 앞에서 그녀가 수련을 마치고 나오길 조바심을 치며 기다렸던 그가 처음 건넨 말이었다. 그녀는 들은 척도 않고 그의 곁을 지나쳐 갔다. 두 번째로 경찰복을 입고 그녀에게 말을 걸었을 때 그녀는 흘낏 그를 쳐다보았다. 그녀는 작게 고개를 끄덕였고 조용히 뒤를 따라왔다.

\*

어떤 면에서 부친의 폭력에 대한 모친의 소극적인 태도가 그가 아내를 선택한 동기가 되었을지도 모르는 일이라고 후일에 그는 생각했다.

그녀에게 끌린 건 그녀의 그 수수하고 조용한 태도 때문이었다. 그녀는 남들처럼 얼굴이 예쁘지도, 몸매가 잘빠지지도 않았다. 애교도 없었고 성적인 매력도 없었다. 잘 꾸미지 않은 탓인지 약간 중성적인 느낌마저 있었다.

꾸민 것보다 자연스러운 게 좋잖아요.

왜 남들처럼 화장을 하지 않느냐는 그의 물음에 대한 그녀의 대답이었다. 나중 알았지만 그녀는 일종의 자연주의에 심취해 있었다. 그녀는 사람의 모든 행위는 자연스러워야 한다고 믿었다. 그걸 억제하는 건 건강에 해가 된다고 말했다. 두 번째 데이트를 하는 날, 커피숍에서 그녀가 자리에서 일어나며 말했다. 저, 오줌 마려워요.

그는 내심 놀랐다. 그가 알기로 그건 아이들이나 쓰는 말이었다. 후에 그가 왜 그런 말을 쓰느냐고 물었을 때 그녀가 대답했다.

말을 꾸밀 필요가 어디 있어요. 자연스럽게 나오는 대로 하는 거지.

그 자연스러움이 어떤 사람에겐 부자연스러울 수도 있다는 사실을 아내는 깨닫지 못하는 것 같았다. 어느 날, 집에서나 입는 체육복 차림으로 그가 근무하는 파출소를 찾아왔을 때 그는 기가 막혔다. 동료들 보기가 민망스러웠다. 그는 그녀를 근처 다방으로 데려갔다.

그건 사치예요. 화장이나 유행 같은 건 물질주의의 시장경제가 만들어낸 허구이자 인간의 욕망을 이용한 얄팍한 눈속임이에요. 그건 자원 낭비일 뿐이에요. 또 자연을 파괴하는 일이구요.

그녀가 신봉하는 자연주의 속엔 반지식주의도 섞여 있었다. 그녀는 세상의 지식을 조롱하고 폄하했다.

세상 사람들이 저마다 안다고 자부하지만 실제 아는 게 얼마나 되겠어요. 첫 항생물질인 페니실린을 개발한 지가 고작 백 년도 안 되었고, 비행기가 하늘을 날아다닌 것도 기껏해야 한 세기 남짓해요. 아직까지 암을 정복하지도 못했고, 인류의 기아 문제나 환경문제 하나도 해결하지 못하고 있잖아요. 그러면서 다들 세상에 대해 잘 아는 것처럼 떠드는 게 우스꽝스러워요.

그녀의 말이나 주장이 실은 그녀 자신의 반사회적 성향이나 세상에 대한 무지를 덮으려는 교묘한 술책이었음을 그가 깨닫게 된 것은 첫아이를 낳은 다음이었다. 그녀는 비시지 접종을 왜 하는지 몰랐고, 함몰유

두가 무슨 뜻인지도 몰랐다. 네오콘이나 스와핑 같은 외래 시사 용어를 모르는 거야 그렇다 치더라도 플래시 메모리가 뭔지 램이 뭘 뜻하는 용어인지도 몰랐다. 그녀는 말했다. 후일 인류는 컴퓨터에 의존하다가 종말을 맞이한다는 예언이 있어. 그래선지 그녀는 컴퓨터 배우기를 몹시 싫어했다. 그녀는 컴퓨터 바이러스가 전선을 통해 옮겨 다니는 세균쯤으로 알았다.

\*

운전석 옆에 놓아둔 휴대폰이 찌릭찌릭 울렸다. 그는 한 손으로 휴대폰을 열었다. 지용 엄마.

그녀와의 결혼생활 중 그나마 잘한 건 아이를 하나밖에 낳지 않았다는 사실이지. 그게 그녀가 의도한 것이었는지 그냥 자연스러운 현상이었는지 분명치 않지만 결과적으론 다행한 일이었다.

왜 아직 안 오는 거야?

귀를 울리는 음성에 짜증이 노란 겨자 소스처럼 묻어 있었다.

"황사 때문에 차가 밀려서 그래. 조금 있으면 도착할 거야."

빨리 와. 지용이가 기다리기 지루해하잖아.

휴대폰을 닫았을 때 이십여 미터 앞에서 신호등이 붉은색으로 바뀌었다. 앞서가던 차들의 후면에 일제히 빨간 브레이크 등이 켜졌다. 그는 브레이크를 밟아 차의 속도를 줄였다. 뒤편에서 끼익 하는 날카로운 마찰음이 들렸고, 곧 쿵 하고 허리에 충격이 왔다. 순간적으로 목이 젖혀졌다. 이어 와장창 하며 단단한 물체가 부서져내리는 소리가 났다.
 그는 머리를 좌우로 흔들며 운전석에서 내렸다.
 그의 차를 추돌한 것은 빨간 경승용차였다. 운전석에서 손에 흰 장갑을 낀 여자가 내렸다. 목에 연홍색 모슬린 스카프를 두른 삼십대 여자였다. 그녀는 차와 그를 번갈아 보며 어쩔 줄 몰라 했다.
 "이걸 어쩌나. 차들이 너무 급하게 멎는 바람에……."
 하여간 다쳤냐고 묻기보다 변명에 급급해서는. 그는 차의 상태를 살폈다. 그의 차는 산 지 칠 년 넘은 낡은 차였다. 차는 뒤 범퍼가 한 뼘쯤 깨진 것 외엔 멀쩡한 반면에 산 지 얼마 안 되어 보이는 여자의 경승용차는 앞 범퍼가 부서지고 전조등이 깨진 상태였다. 라디에이터까지 터졌는지 약간씩 흰 김이 올라왔다.
 "어디 다친 데는 없어요?"
 그가 여자를 보며 물었다.
 "전 괜찮지만…… 죄송해요. 운전이 서툴러서……."
 그의 말에 여자가 우물쭈물 눈치를 살폈다.
 "여기 명함을 줄 테니 나중에 전화하든지 해요. 범퍼 값을 변상해주시려면 그때 물어보시고, 저는 바빠서 이만……."
 "어머, 경찰 아저씨네."
 명함을 받아 든 여자가 호들갑스럽게 떠드는 말을 귓전으로 들으며 그는 서둘러 승용차에 올랐다.

\*

 탁자 위에는 작은 솥뚜껑만 한 피자가 이미 반쯤 없어진 상태였다. 1리터들이 커다란 콜라 병도 거의 비어 있었다. 패밀리 레스토랑이었지만 시간이 이른 탓인지 다른 가족들은 보이지 않았다. 청소년 종업원 두엇이 그가 들어서는 것을 보고 저들끼리 무언가 귓속말을 쑥덕거렸다.
 "아빠."
 소파에 비스듬히 기대어 손에 든 전자 게임기를 주무르던 아이가 그를 보자 한마디 던졌다.
 "미안, 좀 늦었어. 벌써 한 판 마쳤네."
 "당신 형편을 봐서 낮 시간을 잡은 거야."
 그가 자리에 앉는 걸 보며 그녀가 비난이 느껴지는 말을 던졌다. 그는 오늘 야간 잠복근무에 들어가야 했다. 저녁엔 시간을 낼 수 없었다.
 "미안해. 나름대로 서둘렀는데 말이야. 우리 지용이는 그동안 잘 있었어?"
 아이는 대답도 없이 전자 게임에 열중했다. 두 달 전보다 부쩍 자라 있었다. 몸집도 많이 불어나 있었다. 입고 있는 청바지가 당장 뜯어져 나갈 듯 팽팽했다. 게임기를 쥔 아이의 손가락 마디가 잘 구분되지 않았다.
 아이 좀 그만 먹이지. 그는 입속에 맴도는 말을 꿀꺽 삼켰다. 아이가 먹고 싶다는 걸 어떡해. 나중에 자기가 조절할 때까지 놔둬. 인체는 자연 조절 기능도 있어. 듣지 않아도 해옥의 대답이 어떨지 그는 짐작할 수 있었다. 모처럼 아이의 생일날 서로 마음을 상하고 싶진 않았다.

아이는 자연스럽게 키우는 게 좋아.

수도권에 살 때였다. 아이가 두 달간 다니던 미술 학원을 다니기 싫다고 칭얼거렸을 때 아내는 그날로 당장 그만두게 했다. 그가 추천한 태권도 학원도, 주산 학원도 그렇게 중도에 그만두었다. 싫다는 걸 억지로 하게 하면 병이 된다잖아요. 아이가 병에 걸리면 좋겠어요? 초등학교를 마친 아이가 중학교가 아닌, 근교의 대안학교를 다니게 된 것도 그녀의 그런 자연주의적 사고 때문이었다.

"게임, 재미있니?"

그가 아이에게 물었다.

"예. 재미있어요."

아이는 이쪽을 쳐다볼 생각도 없이 대답했다. 주의력이 산만하다는 말을 육학년 담임선생에게 듣긴 했지만 아이는 자기가 좋아하는 일에는 곧잘 빠져들었다.

아이를 보던 그는 문득 아이가 불쌍하다는 생각에 눈물이 솟을 뻔했다. 자식이 실험용 생쥐는 아닌 것이다. 그렇지만 그가 아이를 키운다는 건 불가능에 가까웠다. 잘 키울 자신도 없었다. 그는 아이가 측은해졌다. 성장기의 아이에게 폭력보다 무서운 건 방관이 아닐까. 그는 고개를 저었다. 무엇이든 폭력에 비할 건 없었다. 그는 한숨을 내쉬고 눈길을 돌렸다.

"그동안 어떻게 지냈어?"

그동안 그녀는 그가 하는 행색을 빤히 지켜보고 있었다. 그는 그녀를 마주 바라보았다. 마흔셋. 눈가에 주름살이 두어 줄 늘어나 있었다. 피부가 고와서 동안을 가졌다는 평을 듣는 그녀였지만 보이지 않게 밀려드는 세월의 힘은 어쩔 수 없었던 모양이었다.

"그냥, 사는 게 다 그렇지 뭐."

그녀가 예의 심드렁한 투로 대꾸했다. 보라색 터틀넥에 고급스러워 보이는 검정 반코트 차림이었다. 입술에 연하게 루주를 칠한 자국이 보였다. 귀에 자수정 귀고리도 달려 있었다. 예전과 확연히 달라진 모습이었다.

…… 여자는 테이블 맞은편에 앉은 전남편을 바라보았다. 언제 보아도 무능한 남편이란 생각을 떨쳐버릴 수 없었다. 그게 형사라는 직업 탓이라고 하지만 꼭 그런 것만은 아니었다. 그에 비하면 지금 그녀가 사귀는 남자는 꽤 근사했다. 여자의 마음을 헤아릴 줄 알았고, 재치 있는 농담도 곧잘 던질 줄 알았다. 잠자리 기술도 근사했다. 만일 아이의 생일만 아니었으면 아예 전남편을 만나지도 않았을 것이다.

그는 공연히 이마의 머리를 뒤로 쓸어 넘겼다.

"요즘 사귀는 남자라도 있어?"

"알 필요 없잖아. 이혼한 사이에……."

그녀가 눈을 흘기며 톡 쏘았다. 그녀의 말이 맞았다. 이혼한 처지에 감 놔라 배 놓아라 하는 건 우스꽝스런 간섭이었다.

"케이크 나올 때가 됐네."

불온한 기운을 감지했는지 게임기에서 눈을 뗀 아이가 안쪽 주방을 보며 중얼거렸다.

"지금 사는 아파트는 괜찮아?"

"그냥 그래."

역시 심드렁한 대답. 타인의 삶을 사는 것처럼 매사에 심드렁한 아내를 이 수성구로 불러 내린 건 역시 장모나 처형이었을 것이다. 인근에 아파트를 얻어준 것도 역시 그녀들이었을 것이다. 그녀들은 막내딸, 혹은 하나뿐인 여동생에게 무척이나 신경을 썼다. 크고 뚱뚱한 그녀들에게 아내는 보호받아야 할 작고 얌전한 온실 속의 화초였다. 이혼하려 한다는 말을 듣고 한달음에 쫓아 올라와 살찐 목에 핏대를 세우며 그를 비난한 건 역시 그녀들이었다.

이렇게 될 줄 알았어. 신랑 애비란 작자가 결혼식에 코끝도 비치지 않을 때부터 이런 개좆 같은 경우가 생길 줄 알았다니까.

그녀들은 오래전 잊고 있었던 일까지 들춰내서 불행의 책임을 찾아내려 했다. 그의 아내가 작은 몸집으로 바락 악을 쓰며 만류하고 나서지 않았다면 아마 몇 가지 더 그와 연관된 잘못을 찾아내서 떠들어댔을 것이다.

그가 손을 들어 종업원을 불렀다. 갑자기 담배 생각이 나서 견디기 힘들었다. 그는 다가온 여종업원에게 얼른 다음 차례를 준비하라고 시켰고, 생맥주가 있으면 오백 시시만 가져오라는 주문을 했다.

곧 지배인으로 보이는 양복 차림의 삼십대 남자가 친절한 미소를 띠고 그들에게 다가왔다. 손에는 전문가용 니콘 카메라가 들려 있었다. 꽃다발을 든 종업원이 뒤를 따랐다.

"가족사진을 찍겠습니다."

그가 몸을 돌려 남자를 올려다보았다.

"무슨 가족사진 말이요?"

"저희 업소에서는 서비스 차원에서 생일날 무료로 가족사진을 제작해드립니다."

그는 전처를 바라보았다. 해옥 역시 내키지 않는 표정이었다.

"그래도 기념인데 한 장 찍지 뭐."

해옥이 시큰둥하게 말했다. 곧 종업원들이 다가와 탁자를 정리하고 테이블 중간에 생일 축하 케이크를 놓았다. 케이크에 촛불이 켜졌고, 아이에겐 꽃목걸이가 걸렸다. 사진기 든 남자가 세 사람이 다정하게 보이도록 포즈를 정해주었다. 아이가 중간에 앉고 양쪽으로 그와 해옥이 얼굴을 맞대다시피 하고 앉았다. 빨간 레스토랑 제복을 입은 다른 종업원들까지 합세하여 그들의 뒤를 에워쌌다.

"자, 축하 노래를 부르고 촛불을 끕니다."

…… 웃음, 국적 불명의 보편적이면서 단순한 노래. 아이의 입바람에 우수수 꺼지는 촛불과 짝짝짝 박수 소리. 연속적으로 번쩍이는 카메라 플래시. 형식적인 사랑, 강요된 판박이 파티.

"가족사진은 액자에 넣어 나중 댁으로 우송해드리겠습니다."

남자의 말에 종업원이 메모지와 펜을 내밀었고, 해옥이 자신의 아파트 주소를 적었다. 그는 사진이 제대로 나올지 의심스러웠다.

"그럼 즐거운 생일 되십시오."

한바탕 소동을 겪은 기분이었다. 그가 뒤늦게 나온 생맥주로 갈증을 달래며 창밖을 보았을 때 황사 바람이 누그러졌는지 주변의 건물들이 또렷하게 보이기 시작했다.

\*

전면 유리창에 하나둘씩 얼룩이 생겨나고 있었다. 곧이어 빗방울이 황사 먼지를 씻으며 줄지어 유리창을 타고 흘러내렸다. 기세로 보아 봄비치고 제법 올 모양이었다.

형근은 점퍼의 지퍼를 목까지 끌어올렸다. 사월이었지만 밤이 되고 비까지 오면서 써늘한 기온이 몸에 감겨들었다. 그동안 알게 모르게 피곤이 쌓였던지 등짝이 뻐근했다.

"낮엔 황사가 극성이더니 밤엔 비가 오네."

조수석 문이 열리고, 강 계장이 뛰어들 듯 차에 오르며 혼잣말처럼 중얼거렸다. 그는 손에 든 비닐봉투를 발치에 내려놓고 어깨와 머리에 묻은 빗방울을 털어냈다. 아까 병아리 잡으러 간다더니 인근 슈퍼를 찾아갔던 모양이었다. 병아리, 독수리는 용변의 대소를 분류하는 은어였다.

"뭘 사왔나?"

강 계장이 봉투를 열고 부스럭거리는 걸 보며 그가 물었다. 강 계장의 손에 들려 나온 것은 소형 팩에 든 우유 두 통과 단팥빵 두 개, 그리고 초코 쿠키와 처음 보는 플라스틱 병이었다. 잉크처럼 파란 액체가 담겨 있었다.

"그건 또 뭔가?"

"스포츠 음료입니다. 새로 나온 건데 맛이 좀 독특하죠."

"강 계장은 별걸 다 좋아하는군. 내가 보기엔 흡사 초록색 외계인이 토해놓은 액체처럼 보이는데."

"다 제 취향대로 사는 거 아닙니까."

"이렇게 밤에 봄비가 추적추적 내릴 때는 오징어에 소주가 제격이지."

"지금 근무 중이란 걸 잊으셨습니까, 팀장님."

그에게 우유와 빵을 내밀며 강 계장이 힐책하듯 말했다.

"그냥 해본 소리네."

"저도 농담입니다."

두 사람은 제 몫의 우유와 빵을 먹어치웠다. 저녁을 일찍 먹은 터라 적당히 배가 고팠던 터였다. 강 계장이 빈 우유 팩과 빵 봉지를 비닐봉투 속에 쑤셔 넣는 걸로 야참은 끝이 났다. 두 사람은 비 내리는 차창 유리를 통해 바깥을 주시했다. 시나브로 어둠이 깊어가고 있었다.

"차 히터를 켤까요?"

전면 유리창에 서리기 시작하는 수증기를 휴지로 닦아내던 강 계장이 물었다.

"그냥 참지. 어차피 밤새워 틀어놓지도 못할 거 아냐. 새벽이라면 모를까."

"그렇겠죠."

강 계장이 뭉친 휴지를 뒷좌석으로 던졌다. 차내에 단조로운 침묵이 흘렀다. 승용차 앞 유리를 통해 보이는 십여 호 남짓한 주택은 어둠 속에 조용했다. 사거리의 방범등만 마을 주변을 밝히고 있었다. 가끔씩 개 짖는 소리가 어둠을 울리며 들려왔다. 마을 주변의 희끗희끗한 물체는 벚꽃 무리였다. 마을을 둘러싸고 벚나무가 많았고, 계절을 맞아 환하게 꽃을 피워두고 있었다. 하지만 비가 오면서 벚꽃은 점차 어둠 속에 묻혀

들었다.
 그가 휴대폰 액정에 나타난 시각을 보았다. 아홉시를 약간 넘어서고 있었다.
 "팀장님 먼저 눈 좀 붙이시는 게 어때요?"
 팔짱을 낀 채 앞을 주시하던 강 계장이 물었다. 그가 고개를 저었다.
 "자고 싶다고 잠이 오나. 아직 시간이 이른데……."
 "그나저나 피의자가 나타나기는 할까요?"
 "그야 모르지만 오늘이 제 아비 제삿날인데 집에 찾아오지 않을까?"
 나타나면 좋겠지만 굳이 녀석을 잡지 않아도 무방했다. 매주 제출하는 수사 근무 보고서만 작성하면 그만이니까. 저수지에 고기가 있다고 해서 한꺼번에 다 잡는 법이 어디 있어. 잡히는 것만 잡는 거야. 작년인가 범인 검거 실적을 놓고 전전긍긍하는 부하 직원에게 그가 한 말이었다.
 "효자라면 찾아오겠죠. 어린 자식도 보고 싶을 테고……."
 "놈이 평소 효자라는 얘기를 듣는 편이었어. 하지만 잡힐지도 모르는데 섣불리 나타나긴 어려울 거야."
 …… 어느 봄날, 한 사내가 밤 늦게 한적한 고향집으로 들어섰다. 집 떠난 지 이태 만이었고, 그날은 부친의 기일이었으며 형과 형수, 아내와 아들이 그를 기다리고 있었다. 가족들과 막 제사를 끝마쳤을 때 어두운 마루 끝에서 두 남자가 기다리고 있었다. 사내는 찬비 맞은 참새처럼 한 차례 몸을 떨었다. 봄추위 때문인지, 앞날에 대한 비감 때문인지, 가족과의 이별이 슬펐는지는 모를 일이었다.
 그들은 야간 잠복근무 중이었다. 재작년 가을에 술집에서 돈을 빌려준 사채업자와 다투다가 흉기로 중상을 입히고 도망친 피의자를 검거하기 위해서였다. 그날 도망친 피의자는 그길로 종적을 감추었고, 수배가 내려졌다. 피의자가 오늘 고향에 나타날 가능성을 염두에 두고 잠복근무에 들어간 것이다.

원래는 황 경장과 함께 잠복을 하려고 했지만 마침 근무를 쉬는 날이었다. 가정적이면서 효자인 마용운 경사는 부친 칠순을 맞아 특별 휴가를 얻어 이틀째 나오지 않고 있었다. 결혼을 얼마 앞둔 이병태 순경은 퇴근 후에 약혼녀와 함께 혼수품을 보러 다니자는 약속을 해두었다고 미안해하는 기색으로 말했다. 양동일 경사와 김창수 경장은 불법 오락실 단속에 나가서 아직 돌아오지 않고 있었다.

막내 장용주 순경이라도 데려갈까 난감해하고 있던 차에 강 계장이 함께 가기로 자청하고 나섰던 것이다. 집에 가도 빈둥대며 빌려놓은 비디오 보는 것 외에 달리 할 일도 없습니다. 이참에 팀장님과 개인적인 이야기도 나누고, 좋은 기회죠.

"심심한데 강 계장이 이야기 좀 해보지. 대학 때 연애했던 이야기라든지, 친구들과 놀던 이야기든지 아무거나……."

"별거 없습니다. 그저 남들처럼 학교 다니고, 공부하고 그랬지요."

"나도 처음에 강 계장을 보았을 때 그저 공부만 하는 그런 타입이라고 짐작했지. 헌데 지난번 술집에서 강 계장이 노는 모습을 보니까 정말 잘 놀던걸. 난 세상에서 제일 한심한 놈들이 공부만 할 줄 알고 놀 줄은 전혀 모르는 놈들이라고 생각하는 편이야. 그런 작자들이 지도자가 되거나 고위층에 떡하니 버티고 있으니까 나라가 이 모양 이 꼴로 흘러가는 거 아냐. 어쨌거나 그런 면에서 강 계장은 뜻밖이야. 머리도 좋고, 놀기도 잘하는 편이거든."

"칭찬은 고맙지만 사실 저는 고등학생일 적만 해도 전혀 놀 줄 몰랐어요. 그저 학교와 집만 시계추처럼 오가는 그런, 말하자면 전형적인 범생이였지요."

"그런데……?"

"고등학교를 마치고 일 년을 집에서 쉬었어요. 막연히 공부하기가 싫어졌던 거죠. 외국에 계신 부모님도 별 간섭 않고 승낙해주시고. 그래서 한 일 년간 열심히 놀기만 했죠. 놀기 좋다는 동네를 찾아다니며 닥치는 대로 놀았어요. 춤도 추고, 담배도 피우고, 술도 마시고, 이상한 약도 좀 하고……."

"그랬군."

개 짖는 소리가 들려왔다. 전방에 시선을 모았으나 사람의 움직임은 보이지 않았다. 방범등 불빛을 받아 빗줄기가 하얀 점선처럼 반짝거렸다.

"그것도 한 일 년쯤 그렇게 지내보니까 차츰 지겨워지던데요. 그래서 어디로 갈까 고민을 했죠. 부모님은 의대나 법대를 원하는 것 같았지만 거긴 별 재미 없을 듯해서 결국 경찰대학에 가게 된 겁니다."

"부모님은 뭘 하시나?"

"두 분 다 외국에 나가 계세요. 아버지가 화학 교수라서 주로 외국 대학에 계시죠."

"외아들인가?"

"예. 어릴 적부터 혼자 지내는 시간이 더 많았어요. 어머니가 계셨지만 항상 사업에 바빴고, 아버지는 외국에 나가 계신 시간이 더 많았으니까요. 외려 저한테는 부모님보다 저를 돌봐준 이모가 더 가까운 편이죠."

서울의 중산층 이상의 넉넉한 생활. 인텔리인 부모, 뛰어난 머리에 좋은 학업 성적. 그로선 잘 짐작이 가지 않았다. 어릴 적 지지리도 가난했던 그와는 전혀 반대의 입장에서 자라난 셈이었다.

"그보다 팀장님 얘기를 듣고 싶습니다. 소문엔 글을 쓰신다면서요?"

넨장, 별거를 다 알아냈군. 그는 얼굴이 뜨뜻해졌다. 삼 년 전인가 그가 쓴 단편소설 두 편이 경찰신문과 경찰잡지에 실렸다. 현상 공모에 응모했다가 떨어진 작품을 손보아서 재미삼아 보냈던 게 요행히 채택된 것이다.

그때부터 그에겐 경찰작가란 호칭이 따라붙었다. 당사자로선 쑥스럽고 부담스러웠지만 그렇다고 아니라고 해명할 형편도 못 되었다. 소문이란 게 원래 그런 것이다. 일단 퍼지고 나면 그게 실제인 양 둔갑되어 있는 것이다. 맞느니 아니라느니 하는 개인의 해명과는 무관하게 사람들 사이에 하나의 인식으로 자리 잡은 다음인 것이다.

실제 그는 작가라기보다 아직은 문학도에 가까웠다. 용기를 내어 일간지에서 개최하는 신춘문예와 문학잡지 신인 모집에 응모를 했지만 매번 결과는 그의 기대를 참담하게 구겨놓았다. 고작 어느 계간 문학지 심사평에 그의 작품에 대한 짧은 언급이 있었다. 서사 구조는 갖췄으나 문학적 상상력이 필요하다는 단 두 줄이었다.

그는 자신에게 문학적인 재질이나 소양이 있는지 의심스러웠다. 어쩌면 그에게 문학이란 부친에 대한 반항심에서 비롯된 것일지도 몰랐다. 청소년 시절 그의 부친은 자식들에게 만화나 소설, 잡지 따위는 보지도, 만지지도 못하게 했다. 쓸모없고 잡스러운 것들을 보면 공부에 방해가 된다는 게 부친의 이론이었다. 만일 만화를 보거나 소설책을 읽다가 들키는 날에는 어김없이 혼쭐이 났다. 뺨이 부풀도록 귀싸대기를 맞거나 종아리에 회초리가 작렬했거나, 혹은 심한 꾸지람과 함께 오래도록 벌을 서야 했다.

하지만 이브의 사과처럼 그 금단의 계율이 외려 유혹을 불러일으켰다. 그는 하굣길에 만화방에 몰래 숨어들거나 다락방 이불 밑에서 대본소에서 빌려온 무협지나 소설책을 읽었다. 만화나 소설책이 주는 재미도 있었지만 들키면 혼이 난다는 긴장감이 더욱 스릴 넘쳤다. 무협 소설이고, 하이틴 소설이고 문고판 소설이고를 가리지 않았다. 그렇게 해서 읽었던 책을 모은다면 아마 몇 수레는 족히 넘을 것이다.

그가 문학을 좋아하게 된 동기를 하나 더 든다면 역시 아버지였다. 싸움소처럼 다부진 체구에 오입질이라면 자다가도 벌떡 일어날 그의 아버지는 한마디로 무식했다. 아예 내놓고 '그래, 내가 좀 무식하다. 무식하니 어쩔 거야?' 하는 게 그의 아버지가 남들과 주먹다짐을 벌일 때 선전포고처럼 하는 말이었다.

동네 어른들 말처럼 '온 동네가 학을 뗄 무식한 놈'인 아버지의 모습은 그에게 수치이자 경멸의 대상이었다. 하지만 점차 크면서 그의 체구며 얼굴은 '온 동네가 학을 뗄 무식한 놈'인 아버지를 닮아갔고, 그는 그 끔찍한 유전의 법칙에서 조금이라도 벗어나고 싶었다. 그래서 선택한 것 중 하나가 문학이었을 뿐이었다.

"그냥 재미로 주물럭대고 있는 거야."

그가 뜨거운 감자를 입에 문 것처럼 우물거렸다.

"저도 사실 문학엔 문외한입니다. 제가 읽은 문학작품이랬자 교과서에 실린 것 정도, 그 외엔 별로 읽은 적이 없습니다."

"요즘 다들 먹고살기들 바빠서 책 읽을 시간이나 있나."

가로등 아래 한 사람이 모습을 드러냈다. 우산을 쓰고 있었다. 젊은 아낙이었다. 누군가를 기다리고 있는지 방범등 불빛 아래서 길 쪽을 보며 서성댔다. 한참을 그러더니 힘없는 걸음으로 골목 안으로 사라졌다. 남편이 제사에 나타나길 기다리는 피의자의 아내인지도 몰랐다.

강 계장이 이야기를 돌렸다.

"참, 지난번에 얘기한 거 확인해보셨습니까?"

"무슨 얘기 말인가?"

"다른 관내에서 발생한 변사 사건 현황을 조사하러 가신다고 말씀하지 않으셨나요?"

"아참, 깜빡 잊고 못 갔네."

그놈의 건망증. 그는 끌끌 혀를 찼다. 알겠다는 듯 강 계장이 고개를 끄덕였다.

"그런데 젊은 층 자살 사건이 빈발하는 원인에 대해 생각해보셨습니까?"

"그냥 계절적인 변화인지도 모르지. 원래 봄철에 자살률이 제일 높은 편이니까. 아니면 근래 들어 가중된 젊은이들의 취업난이나 빈부격차에 의한 상대적 박탈감 때문이든지."

강 계장은 무얼 생각하는지 아무 응답이 없었다. 그 역시 묵묵히 어두운 차창 밖만 내다보았다. 열시가 가까웠지만 피의자는 전혀 모습을 보이지 않고 있었다. 봄비만 어둠 속에서 노래 없는 반주음악처럼 추적추적 내리고 있을 뿐이었다.

\*

눈을 뜨자 차창 밖에는 날이 환하게 밝아 있었다. 그는 손바닥으로 차 유리창에 낀 뿌연 습기를 닦아냈다. 둥근 구멍 속으로 바깥세상이 오밀조밀 내다보였다. 새벽까지 내리던 비는 말끔히 그쳐 있었고, 하늘은 진 줏빛을 띤 연회색이었다. 조수석을 보자 강 계장이 눈에 띄지 않았다. 어딜 갔나 두리번거리고 있을 때 차 문이 열리고 강 계장이 차 안으로 들어왔다.

"이제 깨어나셨군요."

"어딜 갔다 오는 거야?"

"잠이 깨서 혼자서 할 일도 없고 해서 산책 삼아 마을 도로를 한 바퀴 돌아오는 길입니다."

차 안에서 밤을 보내고도 말끔한 얼굴이었다. 역시 젊음은 부러운 것이야. 그는 두 손을 모아 얼굴을 북북 문질렀다. 좁은 자리에 옹색하게 잔 탓에 몸 전체가 뻐근했다.

"밤새 허탕만 쳤군. 사무실로 돌아가야지."

길지 않은 읍내 거리는 비에 씻겨서 정갈하고 선명했다. 밤새 비를 맞으며 피어난 벚꽃들이 가로를 따라 하얗게 장관을 이루고 있었다. 초등학교 담장엔 노란 개나리들이 무리 지어 피어나 있었다.

"이 근처에 아침 일찍 여는 해장국집이 있네. 인근에 소문날 정도로 맛도 괜찮아. 여기까지 온 김에 거기서 아침이나 해결하고 가지."

"무얼 전문으로 합니까?"

"딱 두 가지, 사골해장국과 내장탕이야."

"아휴, 전 그런 거 안 좋아합니다."

강 계장이 질린 얼굴을 하고 손을 내저었다.

"그럼 어떡할 건가? 다른 종류로 할까? 하지만 이 읍내에 아침 일찍 문을 여는 식당은 그곳뿐일 텐데……."

"제 걱정은 접고 일단 그 식당으로 가십시다."

아침 장사꾼으로 붐비는 시장 골목 해장국집에서 그가 맛있게 그릇을 비우고 있을 때 휴대폰이 울렸다. 야간 당직을 맡은 양동일 경사였다. 관내에서 변사 사건 신고가 접수되었다는 얘기였다. 그는 곧 가겠다는 말로 전화를 끊었다. 강 계장에게 전화 연락을 할까 망설이고 있을 때 식당 안으로 강 계장이 불쑥 들어섰다. 한 손에는 먹다 만 치즈샌드위치, 다른 손에는 캔커피가 들려 있었다.

"양 경사에게 연락받았습니다. 곧장 그리로 출동하지요."

그가 식당 여자에게 돈을 지불하고 있을 때 강 계장이 샌드위치를 우물거리며 말했다.

"마침 일찍 문을 여는 빵집을 발견했죠. 아침엔 이게 제일 간편하거든요."

백악기의 추억 81

\*

 변사자는 열아홉 먹은 재수생 남자아이였다. 자신의 아파트 발코니에서 투신한 것을 목격자가 발견, 신고하였고 출동한 119 구급차가 병원으로 후송했지만 병원에 도착했을 때는 이미 사망한 다음이었다. 사망 추정 시각은 아침 일곱시경이고 사망 원인은 추락사에서 흔한 개방성 두개골복합골절 및 안면부 함몰과 뇌 손상이었다. 그 외 별다른 외상이나 이상은 발견할 수 없었다.
 변사자의 십삼층 아파트 주방 식탁에 차려놓은 아침이 발견되었다. 세탁소를 하는 부모가 일찍 가게로 나가면서 차려둔 걸로, 보자기에 덮인 채 음식에 손댄 흔적은 없었다. 변사자는 이남 중 차남이었고, 남모를 고민이나 자살할 만한 동기는 없는 듯 보였다.
 "다른 친구들 얘기론 술 먹고 다퉜다면서……."
 수첩에 메모를 하면서 그가 눈을 흘겼다.
 "에이 씨. 다툰 게 아니라 마음에 안 들기에 그저 욕 몇 마디 해준 것뿐이라고요."
 녀석이 짜증을 내며 툴툴거렸다.
 "다투지도 않았고, 아무 이유도 없는데 그 친구가 갑자기 자살을 했다는 거야?"
 그가 눈을 부라리며 딱딱한 음성으로 다그쳤다. 책상 맞은편에 앉은 녀석이 괴롭다는 표정으로 머리에 손을 넣어 벅벅 긁어댔다. 변사자의 중학교 친구로 역시 같은 재수생이었다. 아직 여드름 자국이 푸릇푸릇

한 얼굴에 꾀죄죄한 몰골을 하고 있었다. 중지와 검지가 담배연기에 찌들어 유자처럼 노랬다.

녀석을 불러온 건 변사자의 휴대폰에 찍힌 통화 내역을 검사하여 어제 통화를 한 친구들을 찾아서 행적을 물어본 결과였다. 변사자는 투신 전날 밤 늦도록 PC방에서 게임을 했으며, 그 뒤 호프집에서 술을 마시다가 친구끼리 작은 다툼이 있었다는 진술을 얻어낼 수 있었다. 곧장 이병태 순경을 보내서 변사자와 다투었다는 친구를 찾아내어 임의동행 형식으로 사무실로 데리고 왔던 것이다.

"예, 정말입니다. 제 말을 못 믿습니까? 못 믿겠으면 다른 친구들을 불러와봐요."

"그럼 그때 상황을 자세히 설명해봐."

"그건 아까 다 말씀드렸잖아요."

"그래도 다시 말해봐. 친구가 죽었는데 그깟 진술 하는 게 뭐가 힘들어?"

"에이 자식, 죽기는 왜 죽어가지고, 사람 성가시게."

친구의 죽음 따위는 아랑곳없었다. 자신의 처지가 귀찮게 된 것만이 짜증스럽다는 태도였다. 형근은 아랫입술을 씹었다. 도무지 알 수 없는 게 요즘 아이들이라고 그는 생각했다. 세대차이란 게 무섭다는 느낌마저 들었다. 우주에서 온 듯 전혀 이해할 수 없는 사고방식의 아이들. 그들의 머릿속에는 무엇이 들어 있을까. 무엇이 좋고 무엇이 나쁜 걸까. 희망은 무엇이고, 그들이 꿈꾸는 미래는 어떤 모습일까.

한참 머리를 쥐어뜯듯 만지고 난 다음 녀석이 생각이 정리됐는지 입을 열었다.

"PC방에서 게임하고 열시쯤 나와서 가까운 호프집에 갔어요. 그런데 그 친구가 좀 우울해하며 내 말에 대답도 잘 안 하잖아요. 그래서 술김에 야, 빙신아. 남자가 쪼잔하게 왜 그래 하면서 어깨를 두어 차례 쳐준 것뿐입니다."

"그러니까 다툰 건 아니라 이거지."

"거짓말이면 제가 개자식입니다."

머리 새까만 놈이 입이 험하기는. 그는 내심 혀를 찼다. 무엇이 아이들을 이처럼 과격하게 만드는지 알 수 없었다.

"근데 그 친구가 왜 우울해한 거야?"

"저도 그걸 모르겠어요. 녀석이 게임을 했는데 잘 풀리지 않는지 연상 툴툴거리더니 결국 게임을 그만두더라고요. 그 뒤로 외롭고 우울하다고 했어요."

"게임이라……."

그가 중얼거렸다. 불현듯 검은 새 같은 게 그의 정수리를 빠르게 스쳐갔다.

지난번 투신자살한 대학생의 행적을 조사하러 다닐 때였다. 주변 친구들 증언으로는 자살하기 전날 변사자는 PC방에서 늦게까지 게임을 했다고 했다. 게임을 하고 난 다음 날 아침 아파트에서 뛰어내려 스스로 목숨을 끊었다. 두 변사자의 공통점이었다.

하지만.

요즘의 청소년들이 대다수 하고 노는 게 컴퓨터 게임이 아닌가. 지금도 수십, 수백만의 청소년들이 집에서 혹은 길거리 PC방에서 전자 게임을 하고 있을 것이다. 전국의 PC방 수만 해도 이만 개가 넘었다. 그렇게 보면 PC방에서 게임을 하고 나온 그다음 날에 자살하는 건 흔히 있을 수 있는 일인 것이다. 정반대로 화장실에서 볼일을 보다가 자살하는 사람이 없는 경우처럼.

혹 시중에 특이성 몽유병 같은 전염성 질환이 돌고 있는 건 아닐까. 잠에서 깨어나는 어릿한 순간에 저절로 창문을 향해 뛰쳐나가는 그런.

너무 황당한 상상이라 그는 혼자 쓴웃음을 지었다. 강 계장이 사무실로 들어왔다. 시간을 내어 근처 사우나라도 갔다 왔는지 말끔하게 면도한 얼굴이었다. 계원들에게 나눠줄 것인지 손에는 홍삼 음료가 한 박스 들려 있었다.

## 4

　도로변에 접한 오층 건물 지하 일층에 PC방이 있었다. 희미하게 인공 방향제 냄새가 풍기는 계단을 내려가자 검푸른 조명이 켜진 70평 남짓한 공간이 눈에 들어왔다. 독서실처럼 PC 모니터가 열을 맞춰 늘어서 있고, 손님들이 반쯤 차 있었다. 이십대 이상의 청년들도 보였지만 중고생들도 보였다. 조금 전에 수업을 마치고 나온 인근 중고등학교 학생들일 것이다.

　카운터에 앉아 있던 서른 중반의 남자가 그들을 맞았다. 자리를 안내하려던 남자는 아무래도 낌새가 이상했던지 경계 어린 눈길로 그와 황 경장을 번갈아 바라보았다.

　"어떻게 오셨는지요?"

　황 경장이 슬쩍 경찰 신분증을 내보였다. 남자의 태도가 지극히 공손해졌다. 형근은 어둠 속에도 빛나는 야광 페인트로 장식된 천장과 벽면을 둘러보았다. 천체와 행성들, 알 수 없는 기이한 괴물체 그림들로 현란했다. 날개를 펼친 용도 있었고, 가슴이 볼록 솟은 창을 든 여전사의 모습도 보였다. 전혀 다른 외계에 들어온 것 같았다.

"혹시 이 학생을 본 적이 있습니까?"

그가 품속에서 한 장의 컬러사진을 꺼내 내밀었다. 며칠 전에 아파트에서 투신자살한 재수생의 집에서 얻어온 사진이었다.

"잘 기억나지 않는군요."

성가실까 뒤로 빼는 남자의 대답에 황 경장이 좀 심각한 표정을 지었다.

"기억이 안 난다? 며칠 전에도 친구들과 여기서 게임을 했다고 들었습니다."

"아아, 그렇게 말씀하시니 생각나는군요. 친구들과 종종 저쪽 자리에 앉아서 게임을 하던 학생이었습니다."

백기를 든 남자가 손을 들어 구석 자리를 가리켰다. 카운터에서는 눈에 잘 띄지 않는 자리였다. 그쪽에서 담배연기가 모락모락 올라왔다. 형근은 그리로 발걸음을 옮겼다. 황 경장과 주인 남자가 뒤를 따라왔다.

"주로 어떤 게임을 했습니까?"

행여 싶어서 그가 물었다.

"그건 저로선 알 수 없지요. 게임 종류도 다양하고, 또 여기선 무슨 게임을 하는지 보이지가 않으니까요."

구석 자리엔 세 명의 남학생이 담배를 피우며 게임을 하고 있었다. 그들을 보자 슬며시 담배를 재떨이에 눌러 껐다. PC 테이블에는 빈 컵라면 그릇과 먹다 남은 과자 봉지가 놓여 있었다.

"게임엔 어떤 종류가 있습니까?"

"요즘 청소년들에게 인기 높은 게임은 '리니지', '스페셜 포스', '서든 어택' 등입니다. 예전에는 '스타 크래프트'가 인기가 있었는데 좀 시들해졌죠. 그래도 아직 많이들 찾는 편입니다."

형근은 한 학생의 뒤편에 다가갔다. 커다란 화면에는 한참 치열하게 전쟁이 벌어지고 있었다. 기관총탄이 날아다니고 불꽃이 번쩍였다. 열 개의 손가락이 잠시도 쉬지 않고 자판 위에서 분주했다. 이 학생은 미래에 있을지 모를 우주전쟁이라도 학습하고 있는 것일까.

"저건 무슨 게임입니까?"

형근이 물었다. 옆자리의 학생의 화면에는 벽돌로 된 길을 따라 갑옷 차림의 용사가 걸어가고 있었다. 손에는 횃불과 보석이 박힌 푸른 장검이 들려 있었다. 무척이나 화면이 선명했고, 사람이 직접 움직이는 듯한 실체감이 있었다.

"저건 요즘 새로 출시된 게임입니다."

"새로 출시된 게임?"

"저도 한때 게임을 좋아했지만 요즘은 잘 하지 않아서 모르지만 롤플래잉 게임의 일종입니다. 오래전에 인기 있었던 '세피로스'나 '베르세르크', '파이널 판타지'처럼 비운의 여인이 등장하는 게임입니다."

"비운의 여인?"

"예. 지난 일월 중순경엔가 처음 선을 보였는데 나날이 인기가 높아지고 있는 중입니다. 스토리 구성도 충실하고 3D 그래픽도 뛰어나서 게이머들 사이에 입소문이 나고 있지요. 찾는 아이들도 점차적으로 늘고 있습니다. 어쩌면 대박이 날지도 모르지요. '스타 크래프트'나 '리니지'처럼 말입니다."

주인 남자가 부지런히 설명했지만 롤플래잉 게임이 뭔지, 스토리니 3D 그래픽이니 하는 것도 무얼 의미하는지 얼른 이해가 되지 않았다. 중고등 시절 시내 오락실에서 '갤러그'나 '우주전쟁' 따위의 전자오락을 해본 적은 있지만 그건 정권이 다섯 번이나 바뀌었을 정도로 오래전 이야기였다.

"게임명이 무엇입니까?"

"'The goddess of hell', 지옥의 여신이란 뜻입니다."

"그렇군요."

더 이상 알아낼 게 없었다. 그는 게임장 입구를 향해 무거운 걸음을 옮겼다.

"경기는 어떻습니까?"

황 경장이 물었다.

"어휴, 동전 장사인걸요. 요즘은 업체끼리 경쟁이 심해서 더 힘듭니다."

"영업 규칙은 잘 지키시겠죠?"

"물론입니다."

주인이 얼른 대답했다. 지하 계단을 올라와 바깥으로 나오자 햇살이 눈에 부셨다. 봄날 오후의 태양이 전신줄 사이에 나른하게 걸려 있었다. 아직 다른 PC방을 한 곳쯤 더 찾아가봐야 할 것이다.

\*

 퇴근시간이 가까울 무렵이었다. 그가 자신의 책상에서 절도범 수사를 위한 수색영장을 작성하고 있을 때였다. 형사 6계의 하 팀장이 두리번거리며 사무실로 들어섰다. 시간에 쫓기는 표정이었다.
 "이 방엔 어쩐 일이야?"
 그와는 동갑으로 직급도 같고 해서 서로 말을 트고 지내는 사이였다. 큰 덩치에 얼굴이 우락부락해서 불독이란 별명을 가진 친구였다.
 "강 계장은 어디 갔나?"
 점심 무렵에 강 계장은 마 경사와 함께 사건 조사를 위해 나갔었다.
 "무슨 일로 그래?"
 "이 팀에서 인원 좀 차출해가려고 그래. 방금 전에 우리 팀이 맡고 있던 밀수꾼들이 오늘 밤 부산에 내려가서 물건을 넘겨받는다는 첩보가 들어왔어. 지금 당장 출발해야 하는데 인원이 부족해."
 "그쪽 팀만으로 안 돼?"
 "하필 바쁠 때 관내 자살 사건이 두 건이나 생겨서 조금 전에 그리로 나갔어."
 "자살 사건?"
 그의 머리에 붉은 신호등이 켜졌다.
 "그건 모르겠고, 다른 계에 가봐야겠네. 알았어. 나, 간다."
 "조사 나간 직원은 누구야?"
 "그건 왜 물어, 바빠 죽겠는데. 나 경사와 이중기 경장이야."

형사 6계엔 같은 이씨 성을 가진 경장이 둘이나 있었다. 그는 책상 유리 밑에 끼워둔 경찰 명단에서 두 형사의 휴대폰 번호를 알아냈다. 먼저 전화를 받은 것은 나 경사였다.

그가 맡은 사건은 모자 투신자살 사건이었다. 평소에 정신질환을 앓았던 젊은 여자가 자신의 젖먹이 아이를 아파트 창밖으로 던진 후 자신도 뛰어내린 사건이었다.

흔하지는 않지만 가끔 일어나는 사건이었다. 형근은 이유 모를 안도감을 느끼며 이 경장에게 전화를 걸었다. 여섯 번의 벨이 울린 후에 전화를 받은 이 경장은 상황이 바쁜 듯했다. 현장에 있는지 주변 소음이 심했다. 그의 전화가 의외라고 여겼는지 잠시 머뭇대던 이 경장이 간단하게 상황을 설명했다.

오후 다섯시경에 아파트 구층 발코니에서 투신. 현재 시내 모 고등학교 2년생. 오늘이 개교기념일이라서 어제 밤늦게까지 인근 PC방에서 놀다가 새벽에 귀가. 오후 늦게까지 아파트 자신의 방에서 잠을 자다가 돌연 발코니로 나가 뛰어내림. 투신 동기는 계속 조사 중. 다행히 추락 도중 아파트 화단 나뭇가지에 걸리는 바람에 목숨은 건졌지만 늑골과 팔다리뼈가 부러지는 중상. 자영업을 하는 부모에게 연락해두었음.

이 경장은 그다음은 병원에 가서 다시 연락해주겠다며 서둘러 전화를 끊었다.

저압전류가 지나간 것처럼 기분 나쁜 떨림이 그의 내부를 관통했다. 그가 염려한 동일한 형태의 사건이었다. 희미하지만 어떤 불길한 기운이 스멀거리며 심장 부근을 건드리고 지나갔다. 그가 마음속으로 부정하고 있던 PC방 이야기가 나온 때문이었다.

  PC방에서 늦게까지 게임을 하고 나온 다음 날 자고 난 뒤 투신이라는 점이 공교롭게도 앞선 젊은이들의 변사 사건과 놀랍게 일치하고 있었다. 다른 게 있다면 이번에 투신한 사람이 좀더 어린 고등학생이라는 정도일까.

  그나마 목숨을 건졌다니 다행이었다. 그는 이 경장에게 연락이 오면 나중에 한번 병원을 찾아가봐야겠다고 마음의 결정을 내렸다. 저녁노을이 내리는지 실내가 피에 젖은 물수건처럼 불그스레한 색조로 물들었다.

*

  예식장 부근 식당이라 실내가 몹시 혼잡스러웠다. 봄철 결혼 시즌인 데다가 오늘이 음력 길일로 알려진 일요일이라서 결혼식이 유달리 많았다. 예식이 끝나면서 답례 음식을 먹으려는 하객들로 식당 입구는 신발 놓을 자리가 없었다. 제일 큰 식당을 빌렸음에도 빈 좌석이 없을 정도로 양측 모두 손님이 많았다.

  "하객이 많군요."

  식탁 맞은편에 앉아서 몰려드는 하객들을 바라보던 강 계장이 한마디 던졌다. 신부는 시청 공무원이었다. 하객이 많은 건 당연했다.

  형근은 자신의 앞에 놓인 소주잔을 들며 자신의 결혼식 날을 떠올렸다. 하객이 거의 없다시피 했다. 예식장의 의자가 반도 차지 않았다. 그나마 경찰 동료들이 와서 겨우 낯가림을 할 수 있었다. 신랑 측 손님이 너무 적을 것을 염려한 형수가 아는 친구들을 불렀지만 역부족이었다. 처음부터 그가 되도록 간단하게 하자고 한 이유이기도 했다. 부친에게 연락도 않은 결혼식이었다. 형과 형수가 혼주 노릇을 했다. 가까운 친구 외에는 알리고 싶지 않았다.

　…… 마음 벅찬 새 출발. 과거의 나무를 베어내고 새 나무를 심으면 모든 게 정리될 줄 알았다. 부친이 만들어놓은 어두운 역사는 끝이 나고, 자신이 새 역사를 써나갈 줄 알았다. 하지만 아버지가 만든 과거는 그의 삶에 커다란 그루터기로 남았다. 그 거대한 과거의 뿌리는 땅속에 그대로 남아 있었다.

　"이 순경이 신부 하나는 잘 얻은 것 같아."

　오랜만에 회색 양복으로 차려입은 김 경장이 부러운 듯 송편을 우물거리며 말했다.

　"맞아. 그만하면 얼굴도 예쁘장하고, 공무원이라서 직장에서 쫓겨날 염려 없잖아."

　이미 반 병 가까운 소주를 마신 탓에 얼굴이 불콰해진 황 경장이 맞장구를 쳤다. 김 경장과 황 경장은 나이가 비슷해선지 죽이 잘 맞았다. 함께 다니길 좋아했고, 술자리도 자주 가졌다.

　황 경장은 얼마 전에 석 달간 사귀던 여자친구와 헤어졌다고 했다. 하지만 여동생이 발이 넓어서 곧잘 새 여자를 황 경장에게 소개했다. 그러면 황 경장은 여자친구의 친구를 불러내어 김 경장에게 소개해주었다. 그러나 성적은 늘 시원찮았다. 마 경사 말마따나 제 머리도 못 깎으면서 남의 머리 깎아주려는 격이었다.

백악기의 추억

"김 경장, 이 순경 장가가는 것 보니 부럽지?"

구석 자리에서 소주잔을 들고 앉아 있던 양동일 경사가 사람 좋은 미소를 띠고 물었다. 잘 드러나지 않는 보통 체격에 언제 보아도 원만한 얼굴. 형사라기보다 얼핏 봐선 이웃집 아저씨 같은 인상이었다.

"어쩝니까. 짚신도 다 짝이 있다는데, 언젠가는 나타나겠지요."

오징어무침 안주를 집어가던 황 경장이 대신 대답했다.

"계장님도 장가가야 되지 않나?"

마 경사가 조용히 앉아 있는 강 계장에게 말을 건넸다.

"아직 생각 없습니다."

강 계장이 무덤덤하게 대답했다.

"분명 몰래 숨겨놓은 애인이 있을 겁니다. 얼굴 미남이겠다, 신체 A급이겠다. 직장까지 좋은 그런 남자를 여자들이 그냥 두겠어요?"

김 경장이 삐딱거리며 묘한 칭찬을 늘어놓았다.

"여하튼 남자는 여자를 잘 얻어야 출세하는 법이야."

양 경사가 낡아서 먼지 냄새나는 격언을 꺼냈다.

"그걸 누가 모릅니까? 문제는 '잘' 얻는 게 어려워서 그렇죠."

마 경사가 불편한 표정으로 토를 달았다. 늙은 시부모에다 장가 안 간 시동생 둘까지 뒤치다꺼리하느라 마 경사 아내가 불만이 많다는 소문이 돌고 있었다. 그녀 역시 사남매 중 장녀였고, 심성이 무던해서 그나마 견디고 있다고 했다. 늙으신 부모와 두 남동생 건사하랴, 아내의 마음까지 다독거리자면 마 경사의 마음고생 역시 만만치는 않을 것이다.

"양 경사님 사모님 정도만 되면 두말 않겠다."

"당연한 말씀, 사모님이야 백번 봐도 좋은 분이시지."

소주잔을 비우며 황 경장이 머리를 끄덕였다. 양 경사가 멋쩍은 미소를 띠었다.

양 경사의 아내는 얌전하고 조신했다. 손으로 입을 가리며 수줍게 웃는 모습이 보기 좋았다. 음식 솜씨도 좋았고, 심성이 고와서 이웃과 아는 사람들에게는 항상 사근사근하게 대했다. 바지런하고 자식들 교육에도 열심이었다. 무엇보다 가정사에 소홀할 수밖에 없는 형사 내조자로서의 불만을 나타내지 않았다.

양 경사의 얼굴이 항시 평안해 보이는 것도 다 마누라를 잘 얻어서 그렇다고들 했다. 양 경사의 마음이 선량하니까 그런 훌륭한 마누라를 얻는 거야. 누군가 그런 말까지 한 적이 있었다.

"그나저나 난 주례사가 긴 것은 딱 질색이야."

김 경장이 넥타이를 느슨하게 풀며 말했다. 아까 이 순경의 결혼식 주례로 나섰던 경찰서장의 긴 주례사를 빗대어 하는 말이었다.

"맞는 말이야. 웬만하면 '아들딸 낳고 잘 살게, 싸우지 말고' 딱 그 세 마디면 되잖아. 괜스레 어려운 문자 써가며 주저리주저리. 주례사 길게 한다고 이혼할 사람이 이혼 안 하고 사는 거 봤나."

황 경장이 맞장구를 쳤다.

"주례사가 길고 짧은 건 주례의 나이에 비례하는 거 아닐까 싶어."

"김 경장, 그건 무슨 말인가?"

술을 찔끔대던 양 경사가 의아해서 물었다.

"사람이 나이가 들면 입으로 양기가 올라서 말이 많아진다고 하지 않습니까. 그러니까 자연히 주례사가……."

"에잇, 이 사람아. 자네는 안 늙을 줄 아나. 아직 장가도 못 간 사람이 나이 든 사람 앞에서 못 하는 소리가 없네."

양 경사의 질책에 마 경사와 황 경장이 히히거리며 웃었다. 김 경장도 따라서 헤헤거렸다. 묵묵히 듣고 있던 강 계장도 빙긋 웃었다. 황 경장이 자신의 빈 잔에 술을 채웠다.

"공짜 술이라고 너무 마시는 거 아닙니까? 아직 오후 근무가 남아 있는데……."

강 계장이 농담처럼 은근히 황 경장에게 주의를 주었다. 소주잔을 들던 황 경장이 어색한 웃음을 흘렸다. 취기가 올라 이마까지 새빨갰다.

\*

다리 아래를 흐르는 강물은 수량은 적지 않았지만 검은빛에 가까웠다. 저 멀리 상류 쪽에 철제 로프로 이어진 구름다리가 보였고, 콘크리트 블록으로 축조해놓은 제방 양편으로는 르네상스식 건물을 어색하게 흉내만 낸 하얀색 모텔들이 즐비하게 늘어서 있었다.

어릴 적에만 해도 물이 참 맑았지.

그는 다리 아래를 내려다보며 회한 비슷한 추억에 잠겼다. 예전 그가 초등학교 다닐 때만 해도 이 부근은 시가 동쪽에 위치한 한가하고 호젓한 유원지였다. 소문에 의하면 조선시대에 겨울철에 강이 얼기를 기다렸다가 관짝만 한 얼음덩이를 수십 개씩 채빙하여 관아에서 관리하는 석빙고에 넣어두고 감영에서 여름 한 철 귀하게 사용했다고 한다.

그는 조금 전에 황 경장과 함께 한 수배자의 집 주변을 정탐하고 돌아가는 길이었다. 일 년여 전 아홉 살짜리 딸을 성추행하고 아내로부터 고소를 당하자 도망친 파렴치범이었다. 혹시 나타날까 싶어 이리 지나가는 길이면 가끔 둘러보곤 했다. 그렇게 경찰서로 돌아가던 길에 문득 진노란 봄 석양을 품은 강물이 보였고, 황 경장에게 혼자 사무실로 돌아가라고 이르곤 충동적으로 택시에서 내렸던 것이다.

저기서 수영도 하고, 물고기도 잡았었지. 모래무지며 붕어, 미꾸라지를 잡아 봉지에 담아서 집에까지 가지고 가곤 했었다.

그의 시선이 저만치 강 중간을 가로지르는 구름다리로 옮겨갔다. 어릴 적 구름다리 옆에는 강을 건너다니는 케이블카도 있었다. 한번은 그 케이블카에서 유명한 인기 배우들이 나오는 액션영화를 촬영한 적도 있었다. 그 소문을 들은 주변 사람들이 구름처럼 하얗게 몰려들어 몇 번씩이나 촬영이 중단되는 소동을 빚었다. 남자 주연 배우와 악역을 맡은 배우가 아슬아슬하게 매달려 격투를 벌였던 케이블카는 운영에 수지가 맞지 않아서 철거된 지 오래다.

여름방학이면 동네 아이들과 다리 아래로 몰려와서 수영을 했었다. 교각 부근은 물살이 세고 깊어서 꽤나 위험했다. 수영에 미숙한 몇몇 아이들이 빠져 죽기도 했다. 그래도 아이들은 아침에 걸어서 한 시간 남짓한 이곳까지 와서 한낮을 놀다가 배가 고프면 걸어서 집으로 돌아가곤 했다. 집에 도착했을 때쯤이면 허기에 시달리고 더위에 지쳐서 다시 꾀죄죄해져 있곤 했다.

여름날 다리 부근 강변에는 가끔 보자기나 시멘트 봉투에 싸인 영아 사체를 볼 수 있었다. 물가에 밀려나온 사체는 공기가 빠져서 쪼그라든 작은 고무인형 같았다. 손가락 크기의 탯줄을 목에 두른 사체도 있었다. 대개는 보라색이었고, 얼굴엔 파리가 떼를 지어 잉잉거렸다. 원하지 않은 아기를 낳아 밤에 몰래 갖다 버린 거라고 아이들은 쑥덕거렸다.

벌써 삼십 년 저쪽의 일이었다. 그런데 어떤 기억은 어제 겪은 일처럼 생생했다.

요즘에 한 일들이나 생각들은 금방 잊어버리는 데 비해 오래전 어떤 일은 너무 선명하게 떠오른다는 얘기를 들은 정신과 의사는 당연하다며 고개를 끄덕였다. 어제 그는 다시 정신과 의원에 들렀던 것이다. 마침 약도 떨어진 터였고 또다시 진료 약속을 제멋대로 어기고 싶지 않았던 것이다.

원래 가장 오래된 기억일수록 가장 오래도록 선명하게 남습니다. 컴퓨터에 비유하면 처음 깔리는 실행 프로그램과 같은 것이지요. 그런 까닭에 치매 환자들의 정신세계를 보면 대개 어린 시절의 기억에 머물러 있지요. 청소년기 이후, 특히 장년층이 되면서 수많은 현실에서 얻어진 기억들이 메모리에 계속해서 중첩 저장되면서 점차 기억이 흐려지기 시작하는 겁니다. 예를 들면 오래도록 반복 사용한 자기테이프의 성능이 나빠지는 것과 다름없습니다.

의사는 그의 건망증의 원인이 바뀐 환경이나 과도한 스트레스 때문일 가능성이 높다고 했다. 더불어 그에게 과거에 집착하는 경향이 있다는 말을 늘어놓았다.

과거에 집착한다는 건 무슨 의미일까? 내가 강제로라도 내 삶의 기억에서 떼어내고 싶은 과거사를 잊지 못하고 있다는 뜻일까. 그는 의사의 말이 잘 이해가 되지 않았다.

의사는 느닷없이 그에게 근래 들어 잠에서 깨어나 운 적이 있느냐고 물었다. 뜬금없는 질문이었지만 그는 그렇다고 솔직하게 시인했다. 어른의 행위치고는 부끄럽지만 간혹 자다가 이유 모를 슬픔에 겨워서 깨어나는 경우가 있었다. 그럴 때면 베갯잇이 눈물에 흠뻑 젖어 있곤 했다. 스스로의 울음소리에 놀라 깨어난 적도 있었다.

그게 다 슬픔이 기억의 지층에 오래도록 누적된 탓입니다. 보통 남자들은 슬픔을 표면적으로 잘 나타내지 않습니다. 외부적 상황이나 체면 때문에 슬픔을 안으로 억제하는 거죠. 하지만 그게 마음에 화석처럼 오래 남아 있게 되지요. 그게 후일에 잠이 들거나 하는 무의식 상태에서 바깥으로 표출되는 것입니다. 마음에서 더 이상 슬픔을 눌러두지 못하고 바깥으로 흘러나오는 겁니다.

그는 봄 점퍼를 한 손에 들고 천천히 다리를 건넜다. 이마에 와 닿는 저녁 햇살이 따사로웠다. 셔츠 속으로 불어오는 미풍이 애무처럼 부드럽게 느껴졌다. 어디선가 저녁 종이 땡땡 하고 울려올 것만 같은 평화스러운 저녁 한때라고 그는 생각했다. 다리를 오가는 행인들 모두 활기찬 표정이었다. 봄이 아름다운 것은 짧은 한때이기 때문이지. 그는 작년 봄에 친구가 술집에서 한 말을 떠올렸다. 유난히 봄을 좋아하는 친구였다.

사람이 희극보다는 비극을 보다 오래 기억하는 이유는 자신의 내면에 잠재된 원초적인 슬픔과의 동조 현상이 일어나기 때문이라는 학설이 있습니다.

원초적인 슬픔?

일부 학자들의 의견으로는 태아가 자신이 열 달간 머물던 모체에서 이탈되어 나올 때 느끼는 최초의 감정이 바로 슬픔이란 것입니다. 즉 갓 탄생한 아기가 이 세상과의 만남에서 처음 맛보는 감정이 바로 이탈감이나 상실감 혹은 그와 유사한, 외로움이 복합적으로 뒤섞인 슬픔이라는 것이죠. 그렇게 보면 인간의 삶은 애초부터 근원적 슬픔을 내재하고 시작되는 셈입니다. 인간의 그 근원적 슬픔을 상쇄시켜줄 수 있는 게 어머니나 아버지의 사랑이고요.

극악한 범죄자가 결손가정에서 많이 나오는 것도 그와 연관되어 있다며 의사는 보통 어릴 적 슬픔이나 분노, 좌절 따위가 무의식 속에 억제되어 있다가 어떤 계기를 만나서 우울증이나 건망증, 타인에 대한 공격 충동 등으로 표출될 수도 있다는 설명을 늘어놓았다.

우 선생의 경우엔 건망증보다는 삶에 대한 허무감과 우울증을 가진 게 더 문제인 것 같습니다. 중년 우울증은 쉽게 간과할 수 없는 심각한 정신적 장애입니다. 어쩌면 건망증도 현실에서 도피하고 싶은 심리 때문에 더 심해진 것일 수도 있습니다. 우선 우울증을 치료하기 위해 호르몬제를 약간 처방해드리겠습니다.

억제된 슬픔과 건망증과 중년 우울증의 상관관계. 어쩐지 치정 사건에 곧잘 등장하는 삼각관계 같군.

그는 산책 나온 사람처럼 천천히 다리를 건너서 공원 방향으로 걸음을 옮겼다. 도로 양편의 벚나무에는 미백색 벚꽃이 흐드러지게 피어나 있었다. 벌들이 잉잉거렸고, 버스가 지나갈 때마다 꽃잎들이 분분하게 허공을 메우며 날아올랐다. 도로 가장자리엔 떨어진 꽃잎들이 눈처럼 점점이 쌓여 있었다. 화사한 파스텔 톤 색깔의 봄옷을 차려입은 젊은 남녀들이 그의 곁을 지나쳐갔다. 다들 봄에 흠뻑 취한 행복한 얼굴들이었다.

공원이 저만큼 눈에 들어왔을 때 그는 불쑥 유미를 떠올렸다.

지금쯤 그녀는 장사 준비를 하려고 가게에 나와 있을 것이다. 매일처럼 전화를 하긴 했지만 얼굴을 본 적은 한참 되었다는 생각이 들었다. 그는 허리에 찬 휴대폰을 꺼내다가 다시 집어넣었다. 오늘은 어린애처럼 그녀를 놀래주고 싶었다. 화사한 밤 벚꽃 아래 활짝 웃는 그녀의 모습을 보고 싶었다. 봄꽃이 흐드러진 공원에서 동동주라도 한잔하자고 하면 더욱 기꺼워할 것이다. 그는 서둘러 지나가는 택시를 불러 세웠다.

*

건물 지하에 위치한 가게에는 장사 준비로 조명이 환히 밝혀져 있었다. 입구의 카운터에서 그를 맞은 것은 처음 보는, 스물도 채 안 돼 보이는 생머리 여자애였다. 새로 온 종업원인가 보았다. 카운터 뒤 진열장에 놓인 술병을 꺼내 수건으로 닦고 있는 중이었다.

"사장님은?"

"안에 계세요. 불러드릴까요?"

"아니야. 내가 가지."

십여 미터의 복도를 따라 양편으로 몇 개씩 룸이 딸려 있었다. 복도를 따라 들어가면서 제일 안쪽의 룸에 그녀가 있었다. 네 명의 남녀. 등을 보이고 앉은 두 남녀는 누군지 알 수 없었지만 창문과 맞은편에서 젊은 남자와 서로 껴안고 입을 맞추고 있는 여자는 분명 유미였다. 탁자 위에는 안주 접시와 발렌타인 양주병이 놓여 있었다.

두 사람의 포옹은 대단히 적극적이었다. 오랜만에 만난 열정적인 외국남녀 같았다. 한참을 유리창을 통해 보고 있는 동안에도 둘의 포옹은 풀리지 않았다. 곤혹스런 장면이어서 그가 그냥 바깥으로 나갈까 말까 망설이는 중에 그녀가 눈을 떴고, 유리창 밖의 그를 발견했다. 놀랐는지 눈동자가 커졌다.

"일찍 웬일이세요?"

복도를 거슬러 나오는 그의 뒤를 쫓으며 그녀가 물었다.

"그냥 지나는 길에 들렀어."

태연하려고 노력했지만 마음속은 죽이 끓듯 부글거렸다.

"온다고 연락을 하지 않고요."

"저 젊은 친구는 누구야?"

"에이, 질투하나 봐."

그녀가 다정스레 그의 팔을 잡았다. 카운터의 여자애가 의아한 눈길로 둘을 쳐다보았다.

"이 나이에 질투야 하겠어? 그냥 너무 친한 것 같아 물어보는 거야."

"자주 오는 단골손님이야."

"단골손님이면 입도 맞추어주나?"

결국 그의 마음속 주머니의 송곳이 삐죽이 끝을 내밀었다.

"에이, 자기답지 않게. 그러지 말고 온 김에 술이나 한잔하고 가요."

그녀가 마주 서서 매달리듯 그의 얼굴을 올려다보았다. 그가 정색을 하고 그녀의 눈길을 빤히 내려다보았다. 그녀가 두어 번 눈을 깜박거리더니 시선을 옆으로 돌렸다.

"그 아저씨는 누구야?"

아까 그 젊은 남자가 복도를 돌아 카운터에 나왔다. 키가 크고 호리호리한 체격이었다. 광택이 나는 진회색 스트라이프 양복 차림이었다. 미끈한 턱을 보아 채 서른도 안 된 것 같았다. 젊은 남자의 눈길이 그의 양미간에 와서 멎었다. 당신이 무어냐는 물음이 담긴, 얼마간 도전적인 눈길이었다.

"아냐. 일이 있어서 들르신 분이야. 들어가 있어."

그녀가 몸을 돌려서 젊은 남자의 어깨를 잡아 돌려세웠다. 남자는 못 이긴 채 등을 떠밀려 돌아가면서 의심스럽게 뒤를 힐끔거렸다. 아저씨라, 맞는 말이었다.

갑자기 그는 내부 어딘가 구멍이 뚫리고 그리로 알 수 없는 따뜻한 무언가가 술술 빠져나가는 게 느껴졌다. 날카로운 못에 찔려 공기가 빠져나가는 통에 쭈그러드는 축구공처럼. 그는 일순 맥이 빠졌다. 그러나 내색은 하지 않았다. 어른이 되면 종종 내색하지 못할 일들이 많아지는 것이다.

사라졌던 유미가 다시 복도를 돌아 카운터로 나왔다. 그는 그녀에게 미소를 띠며 손바닥을 들어 보였다.

"정말 지나가는 길에 들렀어. 바빠서 지금 곧 사무실로 들어가봐야 해."

바깥은 이미 밤이었다. 도로변의 상점들이 저마다 환하게 불을 밝히고 있었다. 가게 앞 인도까지 따라 나온 그녀가 그를 향해 환하게 손을 흔들어주었다. 마주 두어 번 손을 흔든 그가 몸을 돌렸다. 도로를 따라 걸음을 옮기던 그의 뇌리에 잊고 있었던 기억 하나가 삐죽 머리를 내밀었다. 초등학교 오학년 무렵이었을 것이다.

땅거미가 내려서 어둑한 어느 봄날 저녁이었다. 저녁 식탁을 준비한 그의 어머니는 그에게 밥이 식기 전에 아버지를 찾아오라고 시켰다. 그는 동네 마당에서 놀고 있는 아이들에게 아버지의 행방을 물었다. 몇 아이를 거친 끝에 누런 코를 입에 문 한 꼬마 아이가 아버지가 있는 곳을 알려주었다.

역이 있는 아랫동네와 만나는 철길 부근의 번화가였다. 거긴 속칭 동네 청년들이 말하는 매미집이 몇 개 늘어서 있었다. 그중에 알전구가 불을 밝힌 한 가게 안에 아버지가 있었다.

왕대포, 해장국이라고 붉은 글씨가 써진 격자 유리창 안의 아버지는 그 언제보다 행복해 보였다. 작은 왕국의 왕처럼 보였다. 양쪽에 안기듯 다가앉은 한복 차림의 여성들이 무엇 때문인지 깔깔댔고, 아버지는 그 사이에서 어금니까지 활짝 드러내며 호탕하게 웃고 있었다. 아버지는 자신의 가난한 가정과는 전혀 딴 세상에 사는 사람 같았다. 아까 엄마가 쌀독을 득득 긁어서 저녁밥을 준비하는 걸 그는 보았다. 아버지에게 돈을 타서 내일 아침에 먹을 봉지쌀을 미리 사두어야 할 것이었다.

그는 아버지를 불러내는 대신 곧장 집으로 향했다. 아버지를 데려오기를 기다리고 있을 엄마를 상상하며 집으로 돌아갈 때의 그 복잡 기이한 감정은 아직도 이해하기 힘들었다. 그게 배신감이었는지 증오였는지, 아니면 서운함인지 상실감인지 알 수가 없었다.

 자살자가 제일 많은 게 봄철이라지. 그는 봄날 저녁이 그 어느 계절, 그 어느 날보다 더 쓸쓸할 수 있다는 걸 처음으로 깨달은 듯한 기분이 들었다.

5

봄철이라서 그런지 사건이 많았다. 그 주에만 해도 술자리 집단 난투극이 네 건이나 벌어졌고, 행락객들을 상대로 한 소매치기 사건 신고가 세 건이나 들어왔다. 산을 낀 도립공원 주변 주차장의 귀중품 도난 사건이 몇 건 발생했다. 차 주인이 산행을 하는 사이에 자동차 안에 있는 카메라나 지갑, PMP, 네비게이션 등의 귀중품들을 털어가는 좀도둑 수법이었다.

형사들은 잠자는 시간 외에는 하루 종일 뛰어다녔다. 그렇지 않아도 일손이 부족한 터에 관내 변사 사건이 주중에 세 건이나 일어났다. 한 건은 임대아파트에서 혼자 살던 칠십대 독거노인이 죽은 지 보름 만에 고약한 냄새가 난다는 이웃 주민의 신고로 발견된 사건이었고, 두 건은 젊은이의 추락 변사 사건이었다. 둘 모두 자신의 아파트 발코니에서 투신한 사건이었다.

대학원생이던 한 명은 추락 현장에서 즉사했고, 군대에서 제대하고 직업도 없이 놀고 있던 것으로 알려진 다른 한 청년은 투신 후 병원으로 옮겨졌으나 뇌사 상태였다. 회복은 불가능하다는 게 의사의 진단이었다. 두 사람 다 투신자살을 시도한 동기가 불확실했고, 추락 당시의 목격자는 확보했지만 그 전날의 행적은 알아내지 못했다. 사고 전날에 친구와 어울린 어떤 흔적도 찾아낼 수 없었다. 다들 저녁 늦게 들어왔다는 가족들의 증언만 있을 뿐이었다.

검찰에서 대학원생 변사 사건에 대한 재조사 지시가 내려왔고, 부검이 실시되었지만 별다른 의문점은 발견되지 않았다. 바쁜 터에 일만 더 번거로워진 격이었다.

\*

책상에서 서류를 작성하던 그는 잠시 허리를 폈다. 피로가 누적되어 전신이 벅적지근했다. 그는 서랍을 뒤져 비타민제를 꺼내어 피로회복 드링크와 함께 입에 털어 넣었다. 사무실 창밖에는 일몰이 내려와 있었다. 그는 지금 일주일마다 서장에게 의무적으로 제출하는 수배자 동향 보고서를 작성하고 있는 중이었다.

그는 다시 컴퓨터 화면에 시선을 집중했다. 황 경장과 김 경장이 나누는 이야기가 귓결에 들려왔다. 퇴근 무렵이고 해서 잠시 쉬는 모양이었다.

"본다던 선은 잘되었어?"

목소리가 걸걸한 황 경장이 물었다.

"무슨 말이야?"

"그제 쉬는 날 선보러 간다고 얘기했잖아."

"그렇지. 하지만 잘될 리가 없지."

김 경장의 낙심에 찬 말투.

"또 물먹었구나. 이번에는 이유가 뭐야?"

"사실이 그렇잖아. 어떤 처녀가 경찰 남편을 좋아하겠어. 박봉에 매일처럼 독수공방에, 거기다가 나처럼 맨머리 독수리를 말이야."

김 경장이 자기의 애꿎은 머리통을 두드리고 있을 거야 보지 않아도 뻔했다.

"가발이라도 쓰고 나가지 그랬어."

황 경장의 안타까움이 스민 음성.

"당연 그렇게 하고 나갔지. 그런데 호텔 커피숍에서 차를 마시는데 자꾸 내 이마를 힐끔힐끔 살피는 거야. 뭔가 이상하다는 눈길이었지. 그래서 꽉 결심했지. 선이 잘되건 못 되건 어차피 끝까지 숨길 것도 아니고 해서 '이거 가발입니다' 하고 자수했지. 자수하여 광명 찾자는 말도 있잖아."

"그랬더니?"

황 경장의 음성이 한 옥타브 높아졌다.

"그녀가 손으로 입을 가리며 킥 하고 웃더라고. 그 웃는 모습이 참으로 좋았어. 무척 귀엽고 앙증맞았어, 여고생처럼."

"그다음은?"

"그다음이 어디 있어. 그걸로 종친 거지. 지미."

형근은 고개를 들어 김 경장을 건너다보았다. 서른셋이면 적은 나이는 아니다. 세심하면서도 붙임성이 있어서 주변 사람들에게 인기가 있는 편이다. 하지만 여자의 뒷발질에 번번이 나가떨어지곤 했다. 주위에 소개해줄 여자가 없나 싶어 머리를 굴렸지만 마땅한 여자가 떠오르지 않았다.

강 계장의 책상으로 쭈뼛거리며 다가가는 막내 장 순경의 모습이 눈에 들어왔다. 장 순경이 손에 든 서류를 지뢰처럼 조심스럽게 강 계장에게 내밀었다. 강 계장의 손에서 펄럭거리며 넘어가는 서류. 오늘 낮에 장 순경이 절도 피의자를 불러 앉혀놓고 작성한 진술조서일 것이다.

강 계장이 서류를 다시 장 순경에게 건넸다. 못마땅한 표정을 한 강 계장의, 서류가 엉망이라는 꾸중. 자라처럼 자꾸 안으로 목을 집어넣는 장 순경. 어깨를 늘어뜨리고 돌아서서 제 책상을 찾아가는 장 순경.

엉터리라며 새로 작성하라는 말을 들었겠지. 살아간다는 건 저렇게 충격을 받으며 조금씩 조금씩 적응하고 발전하는 거지. 나 역시 순경 시절엔 그랬으니까. 꾸중도 자주 들었지. 하지만 장 순경의 서류 작성 솜씨는 유달리 엉터리지. 저런 실력으로 어떻게 순경 채용 시험에 통과했는지 의심스러울 정도니까.

그는 다시 서류 작성하는 일에 머리를 박았다. 어떡하든 퇴근 전까지 작성이 끝나서 강 계장의 날인을 받아서 서장의 책상 위에 놓여 있어야 할 서류였다.

\*

　대학병원 마당에는 휠체어를 타거나 목발을 가진 환자들이 잔디밭 주변의 나무의자를 차지하고 앉아 봄날의 햇볕을 쬐고 있었다. 건물 주변의 벚나무는 대다수 꽃이 지고 그 자리에 듬성듬성 푸른 잎들이 돋아나 있었다. 어디선가 느릿한 옛날 노랫가락처럼 라일락 향기가 희미하게 풍겨왔다.

　형근은 병원 현관을 들어서서 벽에 붙은 에보나이트로 만든 안내 표지를 잠깐 쳐다보았다. 중앙 현관을 중심으로 병동이 네 부분으로 나뉘어져 있었다. 그는 수첩을 펼쳐서 일주일 전 형사6계의 이 경장에게 물어 적어둔 병실 번호를 찾아냈다.

　병실을 드나드는 환자와 간호사, 문병객들로 엘리베이터는 만원이었다. 체구가 큰 황 경장이 엘리베이터에 오르자 사람들이 주춤거리며 안으로 자리를 넓혀주었다.

　"병원에 올 때마다 왠지 모르게 자꾸 자동차 정비공장이 머리에 연상돼요."

　환자가 오가는 병실 복도를 걸으며 황 경장이 심사가 편치 않은 얼굴로 중얼거렸다.

　그들은 병실 문 앞에 적어둔 환자의 명단을 확인한 뒤 안으로 들어섰다. 4인용 병실이었다. 두 개의 병상은 비어 있었다. 창가 쪽 병상에 다리와 엉덩이까지 깁스를 한 젊은 환자가 누워 있었다. 창틀 위에 놓인 화병엔 노란 프리지어 꽃이 가득히 꽂혀 있었다.

누워 있던 환자가 고개를 돌려서 뚱한 눈길로 두 사람을 바라보았다. 어리둥절해하던 사십대 후반의 여자 보호자는 경찰에서 나왔다는 말에 죄나 지은 것처럼 송구스러워했다.

"제가 어미 되는 여자입니다. 너무 먹고살기 바빠서 자식을 잘 돌보지 못한 탓입니다."

일주일 전에 투신한 고등학생은 상태가 많이 호전되어 보였다. 얼굴의 부기는 덜 빠진 듯했지만 의식은 분명해 보였다.

"아휴, 처음보다는 정말 많이 나아진 셈입니다."

상태가 좋아 보인다는 그의 말에 환자의 어머니가 한숨을 내쉬고 응답했다.

"몇 가지 물어볼 게 있는데 괜찮겠습니까?"

"무얼 물으시려고요?"

여자가 걱정스런 얼굴로 되물었다.

"수사상 필요해서 몇 가지 물어보려고 그럽니다."

무뚝뚝한 황 경장의 말에 여자가 학생을 건너보았다.

"강우야, 괜찮겠니?"

양미간이 유난히 좁은 강우란 학생이 조심스레 고개를 끄덕였다.

"그날 아파트에서 뛰어내린 이유가 뭐지?"

"저도 잘 몰라요."

학생의 엉뚱한 답변에 그와 황 경장은 서로를 바라보았다. 의외였다. 자신도 잘 모른 채 아파트에서 뛰어내렸다는 대답을 들으리라곤 상상도 하지 않았던 것이다.

"그럼 그냥 뛰어내린 거야?"

그가 목소리를 낮춰서 물었다.

"잘 기억이 나지 않아요."

"얘가 아직 완전히 낫지가 않아서 그럴 겁니다."

여자가 수습을 하려는 듯 중간에 끼어들었다.

"좋아. 그럼 그 전날 PC방에서 늦게까지 게임을 하고 놀았다고 했지. 헌데 그날 PC방에서 한 게임 이름이 뭐야?"

학생이 잠시 머뭇거렸다. 그의 마음에 노란 조바심이 일었다. 아까 낮 무렵에 여기 오기 전에 지난번 투신자살한 재수생의 친구에게 전화로 미리 확인해둔 게 있었다.

"The goddess of hell."

학생이 짤막하게 대답했다. 그는 자신도 모르게 고개를 끄덕였다. 역시 예상대로였다. 무언가 숨겨진 그림자의 정체를 모르고 있다가 그게 표면 위로 머리를 드러낸 느낌이랄까. 속이 보이지 않는 깊은 물속에 던져놓은 낚싯줄 끝에 미세한 파장을 일으키며 무언가 묵직한 생명체 같은 게 걸려든 느낌이었다.

"언제부터 그 게임을 한 거야?"

"삼월 초순부터 했으니까 한 달 약간 넘었어요."

"그 게임이 재미있어?"

"뭐랄까, 재미도 있지만, 한 번 하면 계속하게 돼요. 어떤 중독성이 있나 봐요."

더 물어볼 건 없었다. 그는 자리를 떠나기 전에 마지막으로 여자에게 한 가지 질문을 했다. 여자는 십여 년 전부터 시 외곽에서 모텔을 경영하고 있다고 했다.

병원 현관을 빠져나오던 그는 입속으로 욕지거리를 중얼거리며 걸음을 멈췄다. 그의 돌연한 태도에 황 경장이 의아해서 쳐다보았다.

그놈의 빌어먹을 건망증이 문제였다. 그는 허리춤의 휴대폰을 꺼냈다. 지난 삼월 중순경에 마 경사가 담당했던 변사 사건이 불쑥 머리에 떠올랐던 것이다. 당시 그는 마 경사의 부탁으로 아침 출근길에 곧장 병원으로 변사자 검시를 나갔던 것이다.

마침 마 경사는 사무실로 돌아와 있었다. 그는 마 경사에게 지난 삼월 중순경에 상가 빌딩에서 투신한 젊은 변사자 주변 사람들의 전화번호를 알 수 있는지 물었다. 특히 당시 추락 현장에 함께 있었던 친구의 전화번호가 필요했다. 마 경사는 아마 서랍에 있을 거라고 했다. 한참을 부스럭거린 끝에 마 경사는 사건 당일 변사자와 함께 있었던 남자의 전화번호를 알려주었다.

휴대폰을 꺼놓았는지 아무도 받지 않았다. 벨소리가 이어진 끝에 메시지를 말하라는 전자 멘트만 반복되어 나왔다. 조바심이 들었지만 어쩔 도리가 없었다. 조금 기다렸다가 다시 연락해보는 수밖에 없었다.

\*

무언가 따뜻하고 부드러운 물체가 팔뚝에 닿았다. 약간의 생물적 반응이 있었다. 형근은 어둠 속에서 흐릿한 정신을 가다듬었다. 여기가 어단지 짐작이 갔다. 어제 늦게 이 집에 왔고 유미를 기다리다가 잠이 든 것이다.

방 안은 손을 뻗어도 보이지 않을 정도로 깜깜했다. 늦도록 잠을 자기 위해 창문에 쳐둔 극장용 차광 커튼 때문이었다. 그는 손을 뻗어 사이드 테이블의 미등 스위치부터 찾았다. 전등불이 밝혀지고 침실의 정경이 눈에 들어왔다. 그의 어깨 옆에 여인의 얼굴이 보였다. 갸름한 콧날과 긴 속눈썹을 가진 여자, 유미였다. 가늘게 숨을 쉬며 잠에 빠져 있었다.

언제 들어온 걸까.

침대에 누운 채 책을 읽다가 마지막으로 시계를 본 게 열한시 넘은 시각이니까 적어도 그 이후에 들어왔을 것이다. 그는 벽에 걸린 시계를 보았다. 오전 여섯시 이분. 깨어나기엔 좀 이른 시각이었지만 잠이 더 올 것 같지도 않았다. 모처럼 일찍 잔 때문인지 아랫도리가 단단해져 있었다. 그는 슬며시 손을 뻗어 그녀의 가슴을 만졌다. 알맞은 탄력과 균형미를 가진 젖가슴. 그는 유륜을 만지다가 엄지와 검지로 슬쩍 젖꼭지를 눌러 부볐다. 아프지 않을 만큼.

"아—."

그녀가 눈을 떴다. 검은 동공이 잠깐 어리둥절해서 그를 바라보았다.

"일찍 일어났네."

벽에 걸린 시계를 확인한 그녀가 말했다. 그는 상체를 들어 누운 그녀의 젖가슴에 입을 가져갔다. 젖은 혀끝에서 유두가 포도 알맹이처럼 맴돌았다.

"기다리다 지쳐서 잠이 든 거야. 몇 시에 들어온 거야?"

그가 젖가슴에서 입을 떼며 물었다. 그녀가 그의 뒷머리를 무심히 쓰다듬었다.

"글쎄, 나도 잘 모르겠는걸. 아마 두시쯤 되었나 봐."

"그동안 뭐 했어?"

"그냥 그렇지 뭐. 술 취한 손님들 뒤치다꺼리해주다 보니 늦어진 거야."

한 사내가 예의 없이 머리 위를 획 지나갔다. 허우대가 멀쑥하고 턱이 매끈한 젊은 녀석. 그는 얼른 녀석을 한 주먹에 링 밖으로 쫓아냈다. 지금은 녀석을 상대하고 있을 시간이 아니었다. 집중을 해야 할 시간인 것이다.

그는 유미의 목덜미와 귓불을 입으로 빨며 젖가슴을 애무하던 한 손을 아래로 내렸다. 작은 망사팬티가 손끝에 닿았다. 그는 팬티를 들치고 안으로 손을 밀어 넣었다. 까칠한 음모가 있고, 그 아래 그가 원하는 궁극적인 장소가 있었다. 마농의 샘. 비밀과 욕망과 쾌락의 샘.

애무를 하던 그는 그녀의 팬티를 다리 아래로 끌어내렸다. 그리고 그녀의 다리 사이에 자신의 얼굴을 묻었다. 후각에 맡아지는 옅은 해초 비린내와 비밀스런 음부의 감촉. 이어지는 일련의 원초적인 행위들. 쾌감을 얻기 위해 줄달음치는 러너의 본능적이며 맹목적인 몸짓. 한동안의 예비 행위 끝에 그가 서둘러 그녀의 몸에 체중을 실었다. 그녀가 다리를 벌리며 짧은 신음을 내질렀다.

행위가 계속되었지만 그녀의 반응은 느리고 수동적이었다. 나룻배처럼 그의 율동에 따라 흔들릴 뿐이었다. 전처럼 다리를 감아오지도, 열기를 띠지도 않았다. 확실히 예전과는 뭔가 다른 게 있었다. 육감으로 말아지는 희미한 남자의 냄새. 증거도 확신도 없는 그 수상한 그림자.

그는 동작을 멈췄다. 아무래도 결승점까지 도달할 수 있는 경기가 아니었다. 관중도, 월계관을 걸어줄 상대도 없는 경기는 해봤자 힘만 빠질 뿐이었다.

"왜 그래요?"

사실 왜 그래? 하고 물어야 할 사람은 그녀가 아닌 그였다. 그러나 물어서 될 일과 묻지 않아야 될 일이 있는 법이다. 물어서 옳은 대답도 못 듣고 마음만 상하게 될 질문은 하지 않는 게 좋다.

"아니, 그냥 별로 안 내켜서."

그가 그녀 옆으로 내려왔다. 조금씩 위축이 시작되고 있었다. 씁쓸한 후퇴.

……마음이 없다면 몸은 도구에 지나지 않는다. 마음이 없을 때의 성행위는 몸의 모독이자 고독에 다름 아니다. 그건 주인이 나가고 없는 집과 같은 것. 아무리 훌륭한 집이라도 대접하는 사람이 없다면 그건 텅 빈 물건에 지나지 않는 것이다.

그에겐 남모를 결벽증 같은 게 있었다. 사창가에 처음 가본 뒤로 그는 여태까지 한 번도 여자를 돈 주고 사본 적이 없었다. 불결하다는 생각도 있지만 여자를 돈을 주고 사고 싶지는 않았다. 어쩌면 그건 방탕했던 아버지에 대한 반항이거나 혹은 심리적 저항에 기인한 것일 수 있었다.

"머리 모양이 바뀌었네."

모로 누워서 그녀의 귓불을 만지던 그가 말했다. 지난번 보았던 생머리가 아니었다. 약간 짧아진 머리에 파마를 했는지 옅게 웨이브가 들어가 있었다.

"우리 만난 지 얼마나 되었는지 알아요?"

그녀가 전혀 맥락이 닿지 않는 질문을 던졌다.

"그건 왜 묻지?"

"그냥."

말끝에 그녀가 낮게 한숨을 내쉬었다. 그 낮은 한숨의 의미가 무엇인지 짐작이 가지 않았다. 하지만 뭔지 모를 불길한 기운이 그 한숨에 내포되어 있었다.

"나, 앞으로 자기 만나기 힘들 것 같아."

그녀의 말 속에는 여러 가지 감정이 깃들어 있는 듯했다. 그는 저 깊은 물속에서 풍덩 하고 돌이 던져지는 소리를 들었다. 파문이 원을 그리며 점차 커져갔다.

"전에 보았던 그 청년과 사귀는 거야?"

"그건 묻지 말고……."

불유쾌한지 그녀가 살짝 양미간을 접었다. 원래부터 개인적인 질문을 하면 싫어하는 기색을 보이던 그녀였다.

"천천히 생각해보자."

침대를 빠져나온 그는 평소처럼 양치질을 하고 세수를 했다. 옷을 주워 입고 양말을 신는 동안 그녀는 아무 말도 하지 않았다. 옆으로 자신의 팔을 베개 삼아 베고 누운 채 가만히 눈을 감고 있었다. 속눈썹에 그늘이 졌다.

"나중에 연락할게."

그녀의 눈이 떠졌다. 그녀는 알몸으로 뒤를 따라 나왔다. 그러나 전처럼 그의 허리를 껴안지도 작별의 키스를 요구하지도 않았다.

그가 복도로 나서자 뒤에서 현관문이 닫히는 소리가 유난히 둔중하게 들렸다. 마치 중세시대 쇠로 된 거대한 성문이 닫히는 소리 같았다. 계율을 어긴 죄로 다시는 돌아오지 못할 거친 황야로 쫓겨난 배교자가 된 것처럼 외롭고 참담한 기분이 치밀었다.

\*

"그러니까 팀장님 말씀으론 근래에 일어난 네 건의 젊은이들의 추락변사 사건이 모두 PC방에서 게임을 하고 난 다음에 일어났다, 그중에서 특히 세 건은 '지옥의 여신'이란 게임을 한 사람들이라는 얘기 아닙니까."

"그렇지."

팔짱을 끼고 뭔가 생각에 잠긴 모습의 강 계장을 보며 그가 고개를 끄덕였다. 두 사람이 있는 곳은 네 평 남짓한 조사실이었다. 서내 계장들끼리 모여서 회의도 하고, 가끔은 보안이 필요한 증인을 데려다가 증언 청취를 하기도 하는 장소였다.

"참 묘한 일이군요."

강 계장이 팔짱을 풀어 한 손으로 턱을 쓰다듬었다. 그의 말에 좀체 확신이 가지 않는다는 모습이었다. 사실 확신을 가지지 못한 건 그도 마찬가지였다. 그는 자신이 찾아낸 불확실하고 우연의 일치에 가까운 정황증거를 강 계장에게 털어놓아야 될지 말지를 두고 망설였다. 하지만 담당한 사건에 대하여 어떤 형태든 수사상의 경과보고를 해야 할 입장이었다.

게다가 그가 밝혀낸 정황증거는 그냥 무시하고 넘어가기엔 뭔가 찜찜한, 기묘한 흡인력을 지니고 그의 마음 뒤편에 찰싹 달라붙어 떨어지지 않았다. 그래서 그가 가져온 정황증거에 대해 젊은 강 계장이 어떤 반응을 나타낼지 살펴볼 겸 슬쩍 얘기를 꺼냈던 것이다.

"그냥 공교로운 일로 치기엔 일치하는 부분이 너무 많은 게 미심쩍지 않는가?"

이틀 전 마 경사에게서 알아낸 전화번호로 삼월 중순경에 추락사한 변사자의 친구와 연락이 닿았을 때 그 친구는 당시의 정황을 비교적 상세하게 기억하고 있었다.

함께 게임을 하다가 눈이 피곤했던지 잠시 뒤편에 마련된 응접 소파에 웅크리고 잠을 잤습니다. 그러더니 잠시 뒤에 일어나서 출입문 바깥으로 나가기에 어디 가느냐고 물었더니 아무 대답도 없이 계단으로 나갔습니다. 그 뒤 얼마 안 있어서 바깥이 소란스러워 나가보니 그 친구가 옥상에서 뛰어내린 거였어요. 그 친구가 했던 게임은 새로 나온 게임으로 '지옥의 여신'이라는 겁니다. 친구는 이월 중순부터 그 게임을 하기 시작했어요.

"이런 말을 하는 나도 아직 긴가민가해."

그가 자신 없는 음성으로 말했다.

"젊은이들이 밤늦도록 PC방에서 게임을 했다. 게임의 명칭은 지옥의 여신이다. 늦도록 게임을 한 뒤 잠을 잤다. 그리고 깨어나는 시간에 곧장 높은 곳에서 투신을 한다…….”

머릿속의 내용을 정리하는지 강 계장이 혼잣말처럼 중얼거렸다.

"비록 이번 주에 우리 팀이 담당한 두 건의 청소년 추락 변사 사건이 게임 때문에 일어났다는 목격자들의 진술을 확보하진 못하고 있지만 내 추측엔 그 변사자들도 역시 전날 시내 PC방에서 같은 게임을 했던 게 아닌가 싶어.”

"그건 좀더 수사가 진행되다 보면 밝혀낼 수 있겠지요.”

"그보다 혹시 다른 관내의 청소년 변사 사건을 조사해보면 비슷한 유형의 사건을 더 찾아낼 수 있지 않을까?”

"그러자면 먼저 상부의 허락이 있어야겠지요. 하지만 지금은 우리 발등에 떨어진 불이 더 급한 형편입니다. 팀장님도 아시다시피 팀원들조차 이런저런 사건에 쫓겨서 허덕대는 실정 아닙니까.”

"그건 그렇지.”

그가 체념하듯 말했다. 팔다리가 여덟 개는 돼야 할 지경이었다. 팔짱을 푼 강 계장이 궁리하는 눈길로 오른손 검지로 톡톡 테이블을 두드렸다. 창밖으로 다른 계의 형사 하나가 궁금해하는 얼굴로 조사실 내부를 힐끗거리며 지나갔다. 문득 강 계장의 얼굴에 결의의 빛이 스쳐갔.

"좋습니다. 팀장님 말씀대로 이상하게도 일치되는 점이 많은 건 분명한 것 같군요. 앞으로 조금 더 주목해볼 필요도 있고요. 그러나 그보다 앞서 변사자들이 했다는 '지옥의 여신'이란 게임이 어떤 게임인지, 청소년에게 유해성은 없는지 알아보는 게 순서상 우선적으로 해야 할 일인 것 같습니다.”

뜻밖이었다. 강 계장이 이런 적극적인 반응을 보이리라곤 기대하지도 않았다. 게다가 강 계장은 앞으로의 수사 방향까지 결정짓고 있었다.

역시 젊다는 건 터무니없는 열정을 가지고 있다는 점이지.

그냥 심심풀이 삼아 던져본 미끼에 걸려든 상대에게 미안함을 느끼며 그가 혼잣말을 중얼거렸다.

"그리고 일단 상황이 상황이니만치 짬을 보아 과장님께 그간 진행된 수사 상황과 정보, 사건의 개요를 말씀드려보겠습니다. 가부간 뭔가 응답이 나오겠지요."

강 계장이 서두르는 몸짓으로 자리에서 일어나다가 불쑥 제안을 던졌다.

"당장 오후에 저와 함께 게임에 대해 알아보러 나가면 어떻겠습니까?"

\*

"에어컨을 틀든지 해야겠습니다. 봄이라 여겼는데 벌써 여름처럼 덥네요."

차 창문을 내리며 강 계장이 툴툴거렸다. 신호등의 색깔이 파랗게 바뀌었다. 차량들이 꾸물거리며 전진하기 시작했다. 차량 지붕마다 열 때문에 아지랑이가 아른거렸다.

"환경 변화로 인해 한국이 아열대기후로 바뀌었다는 기사를 읽었어."

액셀러레이터를 밟아 차를 출발시키며 그가 말했다.

"그래서 사월인데도 이처럼 더운 건가. 저기 차 좀 세워주세요."

저만치 앞에 초록색 편의점 간판이 눈에 들어왔다. 차를 세우자 강 계장이 편의점으로 들어갔다. 돌아온 그의 손에는 아이스크림과 종이컵에 담긴 초코커피가 들려 있었다.

"그런 건 몸에 안 좋아. 피자, 핫바, 아이스크림, 햄버거. 아이들도 아니고 원……."

"사람이 꼭 몸에 좋은 것만 먹을 수 있습니까. 즐길 줄도 알아야죠."

차 문을 당겨 닫으며 강 계장이 주절주절 대꾸를 늘어놓았다.

"누군가 그런 얘기를 하더군요. 사람들은 다들 자기 나이에 맞는 이야기를 한다고. 십대에는 공부 이야기, 이십대는 여자나 군대 이야기, 삼십대는 직장과 집 이야기, 사십대는 건강 이야기, 오십대는 자식 이야기, 육십대는 이민 이야기, 칠십대는……."

"칠십대는 뭐야?"

궁금해진 그가 재우쳤다. 강 계장이 빨던 아이스크림을 입에서 떼어냈다.

"그게 말입니다. 우습게도 젊었을 때 자신이 건드렸던 여자 이야기라던데요."

둘은 어깨를 들썩여가며 동네 악동들처럼 웃었다.

"사람은 죽을 때가 돼야 정작 자신에게 필요한 것이 무엇이었는지 아는 게 아닐까?"

그의 말에 강 계장의 표정이 심각해졌다.

"팀장님은 정말 그 '지옥의 여신'이란 게임 속에 젊은이의 자살 욕구를 유발시키는 어떤 악마적인 요소가 있다고 여기십니까?"

죽음 운운하는 말에 갑자기 사건 생각이 난 모양이었다.

그들은 PC 게임 '지옥의 여신'을 제작 배포한 업체를 찾아가는 중이었다.

두 사람이 오후에 시내 PC방을 몇 군데 찾아다니며 탐문한 결과 한 PC방 사장에게서 유용한 정보를 얻을 수 있었다. 그 게임을 제작한 업체는 놀랍게도 지역의 IT 관련 중견 벤처 업체였다. 컴퓨터 게임과 3D 그래픽을 제작하는 전문 업체로 현재 코스닥 상장을 눈앞에 두고 있다고 했다. 그 업체는 IT업체가 몰려 있는 디지털 거리의 한 코너에 있었다.

"막연하지만 그냥 그렇게 추측을 해보는 것뿐이지. 상식적으로 누가 봐도 자살과 게임에 어떤 개연성이 있다고 주장할 만한 근거가 없다는 건 분명해."

"그럼 왜 젊은 친구들이 게임을 한 뒤에 자살을 했을까요. 그것도 게임 도중에도 아니고, 잠을 자고 난 뒤에 말이죠."

강 계장이 역발상을 유도하는 질문을 했다. 그는 묵묵히 전방을 주시했다. 아무리 궁리해도 해답이 나오지 않았다.

"이건 단순무식한 추리지만 평상시에 생활에 이런저런 불만이 쌓여 있던 중에 하고 있던 게임이 잘 안 풀리자 돌연 죽어버리고 싶은 충동이 치민 건 아닐까?"

"하긴 그럴지도 모르지요."

"아니, 못 들은 걸로 해줘. 그냥 답답해서 말도 안 되는 소리를 해본 거야. 울화가 치밀면 게임을 하던 도중에 죽을 것이지, 잠을 잘 자고 난 뒤에 투신한다는 게 이상하지 않아?"

"알고 있습니다. 그건 그렇고 팀장님은 젊은 시절에 죽고 싶다는 충동을 자주 느꼈습니까? 대체로 어떤 때 그런 감정을 느끼게 됩니까?"

살아가면서 죽고 싶은 충동을 느끼지 않은 사람이 어디 있을까. 저 낡고 오래된 기억의 창고 속에서 자살을 시도했다가 실패한 기억이 기포처럼 떠올랐다 사라졌다. 지금 돌이키면 열정이 불러낸 덧없는 고통이었고 무의미한 갈등이었지. 당시로선 그게 최선의 선택이라고 여겼겠지만.

"내 경우엔 좀 많은 것 같기도 해. 가령 예를 들면 서쪽 하늘에 아름다운 노을이 뉘엿뉘엿 물들어갈 때, 어두운 방 안에서 슬픈 음악을 듣고 있을 때, 밤새 친구들과 진탕 마신 술이 천천히 깨어갈 때, 드넓은 초원에 서 있는데 어디선가 한 줄기 바람이 가슴을 치고 지나갈 때. 그럴 때 갑자기 죽고 싶어지는 거지. 이유는 잘 모르지만 이 순간 이대로 죽었으면 좋겠다는 소망을 가지게 되거든."

"저로선 잘 상상이 가지 않습니다. 자연에 대한 감성이 무뎌서 그런지는 모르지만……."

"내가 제일 무서워하는 건 죽는 게 아니라 치매에 걸려서 죽지도 살지도 못하는 인생이 되는 것이지. 암이라면 투병할 수도 있고, 산속에 들어가서 요양하는 방안을 강구할 수도 있지만 치매는 자신의 의지와는 전혀 다른 차원을 사는 거라서 그게 두렵고 무서워."

그는 치매 걸린 고모부의 얘기를 해줄까 하다가 그만두었다. 오늘도 고모부와 그 가족은 무의미하고 굴욕적인 삶과 끈질긴 사투를 벌이고 있을 것이다.

"전 아직 젊은 탓인지 죽음에 대하여 심각하게 생각해본 적은 없었습니다."

평온한 중산층 가정에서 별 어려움 모르고 자랐다는 게 그런 거지. 죽음을 떠올릴 하등의 이유가 어디 있겠어. 그는 강 계장과 자신이 나이 차이 이상으로 전혀 다른 삶을 살아왔다는 걸 새삼스레 깨달았다.

\*

건평이 백 평 남짓하다는 건물 삼층은 몇 개의 사무실로 나뉘어져 있었다. 각각의 사무실에는 남녀 직원들이 각자 책상에 설치된 모니터를 차지하고 앉아 작업에 열중하고 있었다. 일반 사무실과 달리 자유스런 분위기였고, 직원들의 대부분이 이십대 중반의 젊은 층이었다.

얼굴이 예쁘장한 여자 직원의 안내를 받아 안으로 들어서자 중역실이라는 패찰이 붙은 문을 열고 분홍색 와이셔츠 차림의 삼십대 남자가 나왔다. 그는 두 사람을 탐색의 눈길로 바라보며 멀티매니저라고 자신을 소개했다. 강 계장은 게임에 대하여 조사할 것이 있어 나왔다고 말하고, 제작 현장을 둘러보고 싶다는 뜻을 밝혔다. 별거 아니라고 느꼈는지 매니저는 호쾌하게 강 계장과 그를 개발실로 안내했다.

"우리 회사가 수출을 겨냥하고 새롭게 개발하고 있는 액션 게임입니다."

강 계장이 모니터에 비친 영상을 지켜보자 곁에서 매니저가 설명했다. 모니터에는 용 비늘처럼 두터운 갑주에 바주카포 같은 중형 무기로 무장한 남자가 화면을 가득 메우고 있었다. 검푸른 천공에서 기괴하게 생긴 박쥐들이 피에 젖은 이빨을 드러내며 내려오고 있었다. 무시무시하면서도 기괴한 광경이었다.

"현재 게임 시장 규모는 얼마나 됩니까?"

벽면 여기저기에 붙여놓은 여러 장의 미완성 그림들, 괴물 형상과 병사들, 사이보그, 안드로이드, 합성 동물들의 그림을 보며 그가 물었다.

"들으시면 놀랄 겁니다. 어마어마합니다. 국내시장 규모만 해도 연 9조 원대가 넘습니다."

정말 상상을 초월하는 규모였다. 그가 모르고 있던 세상의 또 다른 모습이었다.

"게임 수출액만 해도 작년 영화 산업의 열 배가 넘습니다."

더 길어질 걸 염려한 강 계장이 설명을 잘랐다.

"지난 이월경에 이 회사에서 출시한 게임이 있지요?"

"'지옥의 여신'이란 게임을 보신 모양이군요."

매너저가 강 계장에게 미소를 보냈다.

"그 게임의 판매 현황은 어떻습니까?"

"아유, 말도 마십시오. 호평이 대단합니다. 지난 삼월 중순경에 서울 경기 지역에 배포를 시작했는데 벌써부터 주문이 달리고 있는 실정입니다. 전국적인 공급 물량을 맞추려고 하다 보니 영업사원들이 밤낮 정신을 못 차릴 지경입니다. 얼마 전부터는 저희 회사에서 인터넷 포털사이트와 몇몇 유명한 게임 잡지에 대대적인 광고를 준비하고 있습니다. 조만간 인터넷을 통해서도 우리 게임 광고를 보실 수 있을 겁니다."

남자의 얼굴에 회사에 대한 자긍심의 빛이 떠올랐다.

흥이 난 매니저는 '지옥의 여신'이란 게임을 개발한 사무실을 보여주겠다며 앞장을 섰다. 사무실 내부에는 몇몇 남녀 직원이 앉아서 화면에 나타난 여성 캐릭터에 색깔을 입히고 있었다. 3D 그래픽 보완 작업이라고 매니저가 설명했다.

"게임의 내용이 어떻게 됩니까? 게임을 못 해본 우리로선 당최 알 수가 없어서……."

"간단히 말하면 나쁜 신의 모함을 받아 지옥에 떨어진 여신의 투쟁을 다룬 내용입니다. 게이머들은 곁에서 여신을 도와주고 악마들을 물리칠 때마다 그녀의 사랑을 하나씩 얻어가게 됩니다. 말하자면 지옥에서 헤매는 비운의 여신을 구하는 게 게이머의 역할인 셈이죠."

사무실 뒤편 벽면이 두 사람의 눈길을 끌었다. 널따란 벽면 전체에 실제보다 두 배는 더 확대된 여성의 상반신 브로마이드 그림이 붙어 있었다. 사진처럼 정교한 그림이었는데 여자의 모습이 정말이지 예뻤다. 풀어헤친 긴 갈색머리에 눈물을 머금은 듯 검고 커다란 눈동자, 붉고 단정한 입술, 그리고 희고 풍만한 가슴에 잘록한 허리. 세상 모든 여성들의 아름다움을 한곳에 모아놓은 것 같은 모습이었다.

"저게 게임의 여주인공, '마드레(Madre)' 여신 캐릭터입니다. 저 여신의 얼굴을 만드느라 꽤나 오래 걸렸죠. 직원들 고생도 심했고……."

매니저가 사무실 직원들을 둘러보며 자랑스레 말했다.

"각 나라마다 남성들이 좋아하는 여성 얼굴형이 있거든요. 저 여신의 얼굴은 한국 젊은이들이 가장 좋아하는 여성의 얼굴을 조사한 끝에 합성해서 찾아낸, 남자라면 누구나 반하게 되는 이상형의 얼굴입니다. 말 그대로 절세가인이죠."

매니저의 설명이 좀 길었다.

"정말 아름답군요."

강 계장이 말했다. 형근은 여신의 얼굴을 눈여겨 바라보았다. 연민을 자아내게 하는 검고 슬픈 듯한 눈빛이 특히 마음을 끌었다. 여신은 묘한 눈길로 그에게 어떤 질문을 던지는 듯했다.

"문광부 허가는 받으셨겠지요?"

그가 물었다.

"물론입니다. 영등위(영상물 등급심사위원회)의 심사도 통과했습니다. 그게 없으면 배포 자체가 불가능하니까요."

"게임용 소프트웨어를 하나 얻어갈 수 있을까요? 보관증을 써드릴 수도 있습니다."

강 계장의 말에 매니저는 잠시 의심쩍어하는 표정을 지었다. 눈꺼풀이 두어 번 깜짝거렸다.

"좋습니다. 원하시면 드려야지요. 시중에서 이걸 구입하려면 꽤나 비쌀 겁니다."

매니저가 농담처럼 허허거렸다. 강 계장이 공짜로 게임 소프트웨어를 얻어가려고 회사에 들렀다고 여긴 모양이었다.

\*

 그가 당직실에 들어갔을 때는 이미 열 명 넘는 형사들이 모여서 이런저런 잡담들을 지껄이고 있었다. 형사 1계와 3계 직원들도 보였다. 창문을 열어놓았지만 실내엔 담배연기가 자욱했다. 연기 속에 뚱뚱한 황 경장과 대머리 김 경장, 그리고 이틀 전에 신혼여행을 마치고 돌아온 이 순경의 모습도 보였다.
 "아직 기다리고 있는 거야?"
 그의 말에 황 경장이 불퉁거렸다.
 "아직 연락이 없습니다. 계속 기다리는 수밖에요."
 그들은 지금 강력계 계장의 연락을 기다리고 있었다. 저녁 무렵에 도박과 마약을 일삼는 조직폭력배를 소탕하기 위한 대대적인 작전을 위해 인원이 필요하다는 강력계장의 연락을 받고 당직실에서 작전이 시작되길 기다리는 중이었다.
 "다들 저녁은 먹었겠지?"
 그가 황 경장과 김 경장을 향해 물었다.
 "저녁도 안 먹고 그 무식한 조폭들을 어떻게 잡습니까?"
 황 경장이 어깨를 으쓱거리며 대답했다. 유도 삼단에 합기도까지 익힌 그는 오늘 조폭 소탕 작전에 한몫 단단히 해낼 것이다.
 "작전에 나가더라도 눈치껏 해. 괜히 만용을 부리다가 다치지 말고. 특히 이 순경은 몸조심해야 해. 자칫 허리를 다쳐서 밤일을 못 하게 되면 요즘 그 재미에 밤마다 목을 빼고 기다리는 부인이 얼마나 속이 터지겠어."

구석의 소파에 풀썩 주저앉은 그가 말했다.

"맞아. 팀장님 말씀이 명언이지."

"그래. 이 짓도 오래 하려면 요령이 필요한 법이지."

권총을 손질하며 김 경장이 고개를 끄덕였다.

무료해진 그는 탁자 위에 얹힌 지역 석간신문을 펼쳐 들었다. 이리저리 뒤적이던 중에 사회면에 실린 기사가 그의 눈길을 끌었다. 넉 단짜리 기사에는 이 지역 내 청소년의 자살 사건이 지난달부터 급증하고 있으며, 작년과 올해의 청소년 변사자 수를 표시한 대조표가 실려 있었다. 아울러 늘어난 젊은 층의 자살 원인에 대하여 몇 년째 지속된 불경기에 따른 취업난과 생명경시 풍조에서 비롯된 것이라는 나름의 분석 기사까지 싣고 있었다.

역시 냄새는 잘 맡는군.

그는 며칠 전 경찰서 복도를 어슬렁거리며 돌아다니던 지방지 사회부 김 기자를 떠올렸다. 삼십대의 젊은 기자였는데 그와도 안면이 익어서 나중 소주나 한잔하자며 악수를 하고 헤어졌던 것이다.

"이거 기다리다가 날밤 새우는 것 아닙니까?"

기다림에 지친 황 경장이 투덜대고 있을 때 당직실 문이 열리고 몸집이 다부진 강력계 계장이 안으로 들어섰다.

"다들 준비되었습니까?"

대기하던 형사들이 잡담을 그치고 자리에서 일어났다.

"도박에 협박, 마약까지 하는 조폭들이니까 저항이 보통 아닐 겁니다.

이쪽에서도 무기를 단단히 챙겨야 할 겁니다. 아시겠지요? 상세한 작전은 가면서 차 안에서 말씀드리겠습니다."

그가 다른 형사들과 경찰서 마당에 대기해둔 승합차 넉 대에 나누어 올랐을 때 품속의 휴대폰이 울렸다. 그와 두 살 터울인 형이었다. 그저 평균적인, 석 달 만의 통화였다.

다음 주 목요일이 엄마 기일인 거 알고 있지?

잊지 말고 꼭 참석하라는 당부를 끝으로 전화는 끊어졌다. 혹시 잊을지도 모르니 당일 낮에 한 번 더 전화를 해주면 어떻겠냐고 그가 묻기도 전이었다.

다음 주 목요일. 다음 주 목요일. '다'들 '목'을 빼고 기다리는 날.

그는 잊지 않기 위해 몇 번이나 되뇌어 중얼거렸다. 한 형사가 마지막으로 승합차에 오르자 차 문이 닫혔고 경광등을 번쩍이며 넉 대의 차량은 줄지어 경찰서 정문을 빠져나갔다. 밤이 깊었는지 가로등이 켜진 거리엔 행인이 뜸해져 있었다.

## 6

 여름처럼 화창한 날씨였다.
 햇살이 잔뜩 비쳐드는 발코니에선 탈탈거리는 소음이 오래도록 계속되고 있었다. 재래시장 부근의 전자제품 수리센터에서 헐값에 구입한 중고 세탁기였다. 혼자 사는 그에겐 그 정도만 해도 적당했다. 한 달에 두세 번, 그것도 가벼운 속옷이나 양말을 빠는 일에만 사용할 뿐이었다.
 그는 주방엔 치울 게 없나 둘러보았다. 취사를 하지 않아선지 주방 싱크대는 보름 전 상태 그대로였다. 그동안 내려앉은 바닥의 먼지만 청소하면 될 것이다.
 한 달에 두 번 맞는 휴일이었다. 그는 어젯밤 열한시부터 오늘 오후 두시까지 그동안 밀린 잠을 한꺼번에 처리했다. 그리고 조금 전에 자리에서 일어나서 밀린 빨래며 청소를 시작한 것이다.
 방바닥을 대강 물걸레로 훔치던 그는 걸레를 농구공처럼 플라스틱 대야에 던져 넣은 뒤 좁다란 거실 구석의 이인용 소파에 털썩 엉덩이를 내려놓았다. 남자 혼자서 빨래와 청소를 하고 있으려니 기분이 우울하게 가라앉았다. 왠지 처량하고 궁상맞았다.

……날마다 가구에 내려앉는 미세한 먼지처럼 시간의 흐름에 따라서 드러나는 부실한 삶의 흔적들.

그는 창밖에 쏟아지는 눈부신 햇살을 멀거니 바라보았다. 그는 한참 머리통을 뒤진 끝에 앞의 문장에 부실하고 부식된 삶의 흔적들이라는 단어를 집어넣었다. 잊고 있었던 허기가 몰려왔다. 늦잠을 자느라 아침마저 굶은 터였다. 다행히 싱크대 선반에 이럴 때를 대비하여 비상용으로 사둔 컵라면이 몇 개 있었다.

냄비에 물을 준비하던 차에 딩동 하고 차임벨이 울렸다. 마땅히 찾아올 사람은 없었다. 찾다가 지치면 가겠지 싶었지만 연속적으로 벨이 울렸다. 밀린 세금을 받으러 온 연립주택 관리인인가 싶었으나 낡은 현관문 앞에서 웃고 서 있는 사람은 강 계장이었다. 옅은 나뭇잎 무늬가 찍힌 짧은 반팔 셔츠에 손에는 슈퍼마켓 상호가 찍힌 제법 큰 비닐봉투가 들려 있었다.

"전화를 하려다가 그냥 왔습니다. 팀장님 놀라게 하려고요."

"지금 근무시간 아닌가?"

그는 기분이 좋은지 싱글거리며 집 안으로 들어섰다. 사층 계단을 오르느라 더웠는지 이마엔 땀까지 내비쳤다.

"물론이지요. 지금도 근무 중입니다."

이인용 식탁 위에 가져온 봉투를 내려놓은 강 계장이 속에서 주섬주섬 물품을 꺼냈다. 여섯 개들이 캔맥주에 안주용 오징어채, 게맛살과 포장된 족발 등이 슬슬 많이도 쏟아져 나왔다.

"이게 다 뭔가?"

"이왕 사온 김에 한잔하는 게 어떻겠습니까?"

강 계장이 식탁 의자에 앉았다. 그도 맞은편 의자에 앉았다.

"하여간 못 말려. 헌데 여긴 잘도 찾아왔네. 여긴 번지수가 워낙 뒤죽박죽이라 집 찾기가 쉽지 않은 동네인데……."

"직업은 못 속인다는 말도 있잖습니까. 점심시간에 나와서 황 경장이 입원한 병원에 들렀다가 오는 길입니다. 조폭에게 찔린 상처는 다행히 그리 심하지 않더군요. 흉기가 아슬아슬하게 대퇴동맥을 비껴가는 바람에 목숨을 건졌다고 하더군요."

젊은 나이에도 상관이랍시고 부하 직원을 잘도 챙기는군. 그는 새삼스런 눈길로 강 계장을 바라보았다. 어제 밤늦게 병원에 가긴 했지만 오늘쯤 다시 가볼까 생각하던 차였다.

"그보다 의사 말로는 간이 심각한 상태라던데요."

강 계장이 캔맥주를 따서 그에게 내밀었다. 어제 그가 병원에 있을 때는 흉기에 찔린 부위를 수술하느라 그런 말은 없었다.

"그래?"

빈속에 마시는 맥주는 시원하고 알싸했다.

"얼마간 병원에서 쉬어야 될 것 같습니다."

"덕분에 한동안 술도 쉬게 되었군. 그렇게 주야장천 마셔대니 간인들 버틸 수 있겠어."

입가에 묻은 맥주 거품을 혀로 훑으며 강 계장이 실내를 휘 둘러보았다.

"혼자 살기엔 딱 적당하군요. 아담한 게 열여섯 평쯤 되겠네요. 너무 넓으면 청소하기가 힘들죠. 전 그래서 일주일에 두 번씩 파출부를 불러서 쓰고 있습니다."

"어디에 사는가?"

"지하철역 부근의 고층 아파트입니다. 공기는 별로지만 비교적 전망은 좋은 편이죠."

"난 아파트는 딱 질색이야. 수도권에 있을 때 얼마간 살긴 했는데 정말 내키지 않더군. 집이라고 드나들 때 위를 올려다보면 자꾸 닭장 같다는 생각이 들어 싫었어. 왜 양계장 같은 곳에 가면 줄줄이 칸을 지어놓고, 그 안에 갇힌 닭들이 매일 알을 낳는 광경을 보게 되잖아."

강 계장이 미소를 지었다.

"현실이 그런 걸 어쩝니까. 그런 생각을 한다는 사체가 팀장님이 이제 나이가 들었다는 것 아닐까요. 왜 연세 드신 분들은 대부분 전원 생활을 동경한다고 그러잖아요."

"하긴 어려서부터 아파트 생활을 경험한 세대는 오히려 전원생활을 못 견뎌 할지도 모르지. 너무 원시적이라면서 말이야."

"그럴 수도 있죠. 그나저나 팀장님이 안 나오시니 사무실이 텅 빈 것 같던데요."

빈말이라고 잘도 지껄이는군. 그는 강 계장의 푸르게 면도 자국이 남은 턱을 바라보았다. 둘이 식탁에 마주 앉아 한가하게 맥주를 마시며 얘기를 나누고 있으려니 마치 한 가족이라도 된 기분이었다.

"진짜인 줄 믿겠어."

그가 오징어 안주를 질겅거리며 우물우물 말했다. 기분이 나쁘진 않았다. 조금 전의 우울하던 기분은 어디론가 날아가고 없었다. 강 계장이 일어나서 아까 냉동실에 넣어둔 새 캔맥주를 꺼내왔다.

"참, 하나 알려드릴 게 있습니다."

"뭔가?"

"제가 인터넷으로 몇몇 대학에 PC 게임을 할 때의 게이머의 두뇌 활동과 게임이 두뇌에 미치는 영향에 대한 연구를 의뢰했는데 그중 서울에 있는 꽤 유명한 대학의 두뇌 공학 연구실에서 승낙을 해왔습니다. 곧 자세한 조사 내용과 게임 제조업체에서 얻어온 게임 프로그램을 연구소에 보내볼 생각입니다."

강 계장이 신이 난 얼굴로 떠벌렸다.

"그렇게 되면 '지옥의 여신'이란 게임이 청소년 게이머들의 두뇌에 어떤 영향을 미쳤는지, 유해성 여부를 밝혀낼 수 있을 겁니다."

"그거 잘되었군."

장단을 맞추기는 했지만 어쩐지 켕기는 기분이었다. 늑대를 본 것 같다는 얘기를 흘리자 사냥꾼이 나타나 호랑이를 잡겠다며 장총을 들고 설쳐대는 격이었다.

"집까지 찾아와서 일 이야기를 할 생각은 없었습니다. 다른 얘기나 하죠."

떨떠름한 그의 표정을 읽었는지 강 계장이 화제를 돌렸다.

"소설을 쓰시면 대체로 어떤 주제를 갖고 쓰십니까? 뭐, 사회소설도 있고, 추리소설, 역사소설도 있고, 애정소설도 있지 않습니까. 혹시 남녀의 섹스에 관한 소설을 쓰신 건 없습니까? 언젠가 남해로 출장을 갔을 때 여관에서 뒹굴다가 서점에서 그런 소설을 하나 사서 읽었는데 꽤나 야하고 재미있던데요."

습작으로 단편소설 몇 편 끼적거린 처지에 어떤 유의 소설을 쓰느냐는 질문이 가당키나 한가. 그는 슬쩍 다른 얘기로 건너갔다.

"난 그런 섹스소설을 쓰는 작자들을 싫어해. 그건 소설의 질적 문제를 떠나서 성장기에 아주 나쁜 영향을 끼치거든. 예를 하나 들면 말이야. 내가 중학교 시절에 읽은 소설책이 있었어. 한 청년이 밤길에 우연히 만난 젊은 여자를 강간하는 그렇고 그런 내용이었는데, 처음엔 반항하던 여자가 나중엔 쾌감으로 몸이 달아서 호응을 하는 장면이 있었어. 남자의 목을 껴안고 쾌감에 몸부림을 치는 거야."

그는 맥주로 목을 축인 다음 이야기를 이어갔다.

"난 당시엔 그게 진실인 줄 알았어. 아, 여자는 강간을 당해도 육체적인 쾌감을 느끼는 존재구나. 헌데 문제는 그 생각이 영 머리에서 떨어지지 않는다는 거야. 만약 내가 조금만 더 충동적이고 강한 욕정을 품었으면 필시 언젠가 한 번쯤 여자를 강간하려 들었을 거야. 그러면 그 한 번으로 내 인생과 한 여자의 인생이 송두리째 바뀔 수도 있었지. 얼마나 무섭고 위험천만한 일이야. 작가가 쓴 어줍은 한 줄의 문장이 판단력이 미흡한 한 청소년의 인생을 망칠 수도 있다고 생각하면 말이야. 젊은 강간 피의자들을 수사하다 보면 그런 경우가 적지 않거든. 그 애들은 피해 여성의 기억에 평생 지울 수 없는 상처를 입혔다는 죄의식 따위는 별로 없어. 여자들도 강간해주길 은근히 기다리고 있었다고 여기는 거지. 그다음부터 난 그런 소설을 쓰는 작자들을 경멸하게 되었지."

"그럴 수도 있겠군요."

강 계장이 고개를 주억거렸다.

"청소년 시절엔 열정에 비례하여 성적 충동도 강렬하지. 이성보다는 욕망이 더 강한 시기니까. 대부분이 충동적으로 일어나지."

"청소년 시절에 겪었던 재미난 이야기가 있으면 해주시지요."

"강 계장은 그런 기억 없나?"

"전 그저 비디오로 외국 여자들의 나체를 본 그런 단순한 기억밖에는 없습니다. 그것도 열여덟이 좀 넘어서였죠."

"난 좀 조숙한 편이었지. 열세 살 무렵인가 그랬을 거야. 성에 눈 뜰 무렵이니 당연히 여자에 관심이 많았지. 특히 여자의 벗은 몸에 대해서 말이야. 당시 주한미군부대에서 송출하는 방송이 있었어. AFKN이라고 말이야. 그런데 그 방송에서 주말 심야에 내보내는 연속극이 있었어. 흑백이었는데, 〈건 스모그〉인가 뭐 그랬을 거야. 그 방송이 끝나고 나면 곧바로 성인방송이 나왔어. 그런데 그 방송에 벗은 서양 여자가 잠깐 등장하는 거야. 기껏해야 삼사 초쯤이나 되려나. 근데 그 벗은 여자의 몸을 보려고 졸린 눈을 껌벅이며 내내 기다리는 거야. 잠이 많은 시기에 밤 두시가 넘도록 말이지. 상상이 되는가?"

"팀장님 어린 시절엔 그런 일도 있었군요. 요즘이야 인터넷이고 잡지고 세상에 널린 게 여자의 나체 사진이죠. 잠깐 눈 돌린 사이에 자동차 문짝에 끼어 있는 마사지 걸 광고 쪽지에 실린 사진도 야하기 그지없고……."

은근히 남의 이야기를 끄집어내는 데 소질이 있어. 맥주를 한 모금 찔끔거리며 그가 생각했다.

"이왕 이야기 나온 김에 하나 더 할까. 내가 살던 변두리 동네에 마음에 쏙 드는 예쁘장한 젊은 새댁이 있었어. 바로 앞집에 살았는데 드나드는 골목이 같다 보니 자주 마주치곤 했지. 가까이서 본 새댁의 흰 피부가 하도 매끄럽고 탄력이 있어 보여서 어디든 살짝 바늘로 찌르기만 해도 유백색 액체가 분수처럼 뿜어져 나올 것 같았어. 그런데 어느 공휴일이었을 거야. 우연히 낮에 그녀가 부엌 뒤에서 목욕을 하는 모습을 담장 너머로 몰래 보게 된 거야.

그때부터 늘 그녀의 모습이 머리에서 떠나지 않는 거야. 짝사랑이었다고 할 수 있지. 그녀가 목욕하는 모습, 촉촉하게 젖은 긴 머리, 커다란 눈동자에 발그스레한 입술. 난 그녀를 보고 나면 얼른 방으로 들어가 자위를 하곤 했어. 그런 다음에야 마음의 평정을 얻을 수 있었거든. 아무튼 그때부터 난 언젠가 그녀를 내 것으로 만들고 말겠다는 결심을 품게 되었어. 나이 차이는 그다지 중요하게 생각되지 않았어. 틀림없이 내 색시로 만들고 말 거야. 그녀의 사랑을 얻고 말 거야. 하루에도 몇 번씩이나 그 결의를 다지곤 했지."

딩딩 벨소리가 났다. 강 계장의 휴대폰이었다.

"이만 가봐야겠습니다. 사건이 하나 생긴 것 같습니다."

강 계장이 자리를 차고 일어났다.

강 계장이 가고 난 뒤 혼자 싱겁게 남은 맥주를 비우고 있자니 문득 세탁기에 빨래가 들어 있다는 사실을 깨달았다. 그가 세탁조에 든 양말과 팬티를 꺼내어 발코니 빨랫줄에 널고 있을 때 안방에서 휴대폰이 울렸다. 아이의 다급한 목소리가 들렸다.

*

 아파트 현관문을 열어준 것은 아이였다. 아이는 비만한 몸을 비켜 그를 안으로 들였다. 처음 와보는 전처의 아파트였다. 사인용 황갈색 가죽소파가 놓인 거실은 크고 넓었다. 그가 사는 연립주택 넓이의 세 배는 족히 넘을 터였다. 실내를 둘러보았지만 별다른 일이 일어난 것 같지는 않았다. 다소 지저분했지만 모든 게 정상적으로 보였다. 그를 올려다보던 아이가 통통한 검지로 침실을 가리켰다. 문이 닫혀 있었다.
 "자주 오는 아저씨가 그랬어."
 아이가 귓속말처럼 작게 말했다. 자주 온다는 남자는 보이지 않았다. 그는 두 번 문을 두드려본 뒤 침실 문을 밀었다. 방 안은 어수선했다. 크림이며 로션, 루주 따위의 화장품 병이 바닥에 뒹굴고 있었고 화장대 거울은 깨져 있었다. 침대 옆에는 화병이 깨진 채 바닥에 홍건히 물을 쏟아놓고 있었다. 아내는 침대에서 꽃무늬 이불을 뒤집어쓴 채 그를 맞았다. 간혹 머리 없는 괴물처럼 이불이 들썩거렸다.
 "어떻게 된 거야?"
 그가 재우쳐 묻자 아내의 코맹맹이 소리가 이불 속에서 들려왔다.
 "아이가 전화했구나?"

"지금 어때?"

"괜찮아."

예의 심드렁한 대답.

"그러지 말고 얼굴이나 보여봐."

"괜찮다니까 그러네."

말투에 짜증기가 묻어났다. 그는 어떡할까 망설였다. 돌아갈 수도, 퍼질러 앉을 수도 없었다.

"그놈을 폭행으로 잡아넣을까?"

"그만둬. 내 일이니까."

그의 말에 발끈하며 아내가 이불을 젖혔다. 눈물에 얼룩진 아내의 얼굴이 드러났다. 심하지는 않았지만 왼뺨에 붉은 손자국이 나 있었다. 그는 생마늘을 먹은 듯 가슴이 아려왔다. 그녀가 안쓰러웠다. 자신은 그녀에게 손찌검을 해본 적이 없었다. 자신과 이혼하고, 다른 남자의 손에 얻어맞기까지 한 그녀의 어그러진 삶이 마치 자신의 잘못으로 인한 것처럼 여겨졌다.

현관의 벨이 울렸다. 침실 문 뒤에서 상황을 살피던 아이가 뚱뚱한 몸을 돌려 쫓아나갔다.

"자네가 그런 거야?"

침실문 앞에 코끼리처럼 뚱뚱한 몸집의 여자가 서 있었다. 눈이 곧 튀어나올 것처럼 휘둥그스름했다. 양손에 들고 있던 백화점 코팅봉투가 바닥에 툭 떨어졌다. 헐크로 변하기 전의 모습을 연상시켰다. 그는 본능적으로 목을 움츠렸다.

"아냐, 언니. 나중에 이야기할게."

아내가 서둘러 엉뚱한 사태의 발전을 막았다.

그는 침실을 나왔다. 그가 해줄 것은 거의 없었다. 아마 전남편보다 더 믿음직한 언니와 잘 상의해서 문제를 해결할 것이다.

현관 입구까지 나온 아이가 잘 가라는 듯 꾸벅 허리를 굽혀 인사했다. 아이에게 그는 전화만 하면 나타나는 권총을 찬 믿음직한 해결사인지 몰랐다. 아니면 전화 한 통화면 재깍 달려오는 가사도우미쯤으로 여겨졌든지. 그는 아이의 머리를 쓰다듬어주었다. 그가 문밖으로 나서자 스륵 하고 자동으로 현관 잠금장치가 돌아가는 소리가 났다.

\*

안락의자에 상체를 젖히고 앉은 형사과장이 못내 어정쩡한 얼굴을 했다.

"일단 강 계장의 요구대로 상부에 보고서는 제출해보지. 하지만 이건 내가 봐도 좀체 납득이 안 가서 말이야."

강 계장의 예상대로였다. 그도 그렇지만 강 계장 역시 과장이 변사 사건에 대한 정황증거를 믿어주지 않을 거라고 했던 것이다. 자신과 동일한 반응을 보일 거라고 했다. 그렇더라도 일단 부딪쳐보자는 게 강 계장의 의견이었다.

"청소년 변사자들의 자살 동기를 거기 외에서는 찾을 수가 없었습니다."

"그래. 우 팀장과 함께 제출한 보고서는 잘 읽었어. 놀랍기도 하고. 하지만 그래도 그렇지. 이건 무당의 점괘를 좇아 수사하는 모양새 같지 않은가."

형사과장의 눈길이 힐끗 그에게로 향했다. 나잇살이나 들어가지고 젊은 상관을 꼬드겨서 별 시원찮은 수사보고서를 올리기나 하고, 말려도 시원치 않을 사람이. 과장의 눈은 그렇게 말하고 있는 듯했다.

몸집이 뚱뚱한 돼지 과장은 목에 핏대를 올리며 그를 씹어댔다. 전형적인 발작 증세였다. 이런 때는 잠자코 있는 게 낫다는 걸 그는 오랜 직장 경험으로 알고 있었다. 과장이 소리칠 때마다 침이 얼굴까지 튀었다. 그는 자신이 언젠가 한 번은 과장의 책상을 뒤집어엎을 것 같은 예감이 들었다.

그는 모른 척 창밖으로 시선을 던졌다. 비가 유리창에 주름져 흘러내리고 있었다. 봄비치고는 강수량이 많아 보였다.

"상식적으로 생각해봐. 자네들 보고서대로라면 그 게임을 했던 청소년들은 모두 자살을 해야 맞잖아. 그런데 우리 관내에만 해도 수많은 PC 게임방이 있고, 거기서 그 '지옥의 여신'인가 뭔가 하는 게임을 하는 청소년들은 또 얼마나 많겠어. 그런데 단순히 몇몇 청소년들이 그 게임을 마친 다음 날 투신자살했다고 해서 그게 게임 때문이라는 가정은 너무 과장이고 억측이잖아. 안 그래?"

그가 목청을 가다듬었을 때 강 계장이 앞서서 해명에 나섰다.

"과장님께 죄송스럽지만 이런 비유는 어떨까요. 카지노에서 도박을 했다고 해서 다 거지가 되거나 혹은 부자가 되는 게 아닌 것처럼, 이 사건도 그 '지옥의 여신'이란 게임을 한 청소년들 중에서도 일부 불특정 청소년에게 일어나는 어떤 부작용이 아닐까요?"

"좋아. 알았어. 두 사람의 취지는 충분히 알았으니 그렇게 알고 더 조사해봐. 확실한 게 드러날 때까지 말이야."

대답이 궁해진 과장이 양손을 깍지 끼며 짜증스럽게 지시를 내렸다.

"넷. 알겠습니다."

"그보다 자네 팀의 황 경장 말이야."

"예."

"그만하길 다행이야. 그나마 장가를 안 가서 청상과부 만들 일은 없겠지만 조심해야지. 오늘 낮에 위문차 잠깐 황 경장이 입원한 병원에 들를까 하는데 강 계장은 시간이 나는가? 함께 갔으면 해서 말이야."

"예. 낮에 시간을 비워두겠습니다."

"그럼 나가서 일들 봐."

과장이 턱짓으로 출입문을 가리켰다.

"오늘부터 시간이 나는 대로 제가 직접 PC방에서 그 게임을 해볼까 생각 중입니다. 게임이 두뇌에 어떤 현상을 불러일으키는지 확인하려면 그 방법이 제일 빠르고 확실할 겁니다."

과장실을 나와 일층으로 향하는 계단을 내려오면서 강 계장이 단호한 어조로 말했다. 그는 뭐라고 해야 할지 대답할 말이 없었다. 강 계장의 활발하고 적극적인 태도가 일면 부럽기도 했다. 대여섯 해 전 자신의 모습을 보는 그런 기분이었다.

\*

비는 잠시도 쉬지 않고 계속해서 내렸다. 매스컴에서 봄 가뭄 어쩌고 떠들 때가 어제 같았는데 이제 수해 걱정할 때가 왔나 싶었다. 그는 벽에 걸린 시계를 보았다. 오후 두시를 넘고 있었다. 비가 와선지 사월 하순인데도 사무실 공기가 썰렁하게 느껴졌다.

비타민제를 입에 털어 넣고 물을 마신 뒤 그는 김 경장이 열심히 조서를 꾸미는 광경을 물끄러미 바라보았다.

김 경장 앞에 앉은 삼십대 초반의 남자는 사기 피의자였다. 바람 든 여자들에게 접근하여 자신이 돈 많은 이혼남인 것처럼 꾸민 다음 사업 자금이니 뭐니 돈을 갈취해내다가 이를 눈치챈 여자들의 고소로 걸려든 자였다. 어제 오후부터 조사를 받고 오늘도 아침부터 조사를 받고 있는 중이었다. 이 남자가 보통 닳아빠진 게 아니어서 자신의 혐의를 쉽사리 인정하지 않고 있었다.

"그치 점심은 먹였나?"

그가 김 경장에게 물었다.

"적당히 해. 밥도 제때에 먹여주고. 괜히 혼자 열 내다가 인권위에 고발당하지 말고 말이야."

"알겠습니다. 팀장님."

"우리가 다 걔들 덕분에 먹고사는 거 아냐."

절도 사건 조사서를 작성하던 마 경사가 말했다. 형사들끼리 노상 하는 이야기였다. 쫓기는 자와 쫓는 자의 기묘한 구조적 먹이사슬. 도둑이 없으면 경찰도 없다. 그 아이러니한 공생 관계. 직업 중에 도둑질과 매춘이 가장 오래된 직업이라면 경찰도 오래된 직업군에 속하는 것인가. 인간의 욕망이 없어지지 않는 이상 사라지지 않을 유서 깊고 전도유망한 직종 중의 하나인가. 인간의 욕망이 갈수록 증대되는 이 세계에서 새로운 경찰국가의 탄생이 눈앞에 도래한 것인가. 엉뚱한 상상을 하던 그는 쿡 하고 혼자 웃었다.

"범죄자들이 없어지면 마 경사님은 무얼 하고 살겠어요?"

서류를 복사하던 막내 장 순경이 이야기에 끼어들었다.

"뭐, 포장마차나 슈퍼, 국밥집 그런 거밖에 할 게 더 있겠어? 배운 게 빤한데……."

마 경사가 의자에 몸을 젖히며 대답했다.

형근은 자신은 무얼 할 수 있을까 자문해보았다. 선뜻 떠오르는 게 없었다. 한창때 탁구를 제법 쳤으니 탁구장이나 할까. 교외에 통나무로 지은 멋진 선술집을 차리고 사장이나 하면 어떨까. 하긴 장사는 아무나 하는 건 아니지. 소설이나 한 편 당선되어 계속 그 길로 나가는 것이 제일 괜찮은 방법인 성싶기도 하다. 그걸로 생계를 유지할 수 있을지는 대단히 의문스럽지만.

"참, 잊고 있었는데 아까 최 계장님한테서 전화가 왔었습니다. 사흘 뒤에 룸살롱 개업식을 한다고 직원들 모두 초청했습니다. 말투로 봐선 크게 한턱 낼 모양입니다. 계장님께는 오전에 이야기해드렸습니다."

김 경장이 목을 빼고 좌우를 둘러보며 말했다.

"당연히 가봐야지. 지금이야 옷을 벗었지만 한때는 우리 계장님이었잖아."

유독 최 계장을 따랐던 마 경사가 동의를 구했다.

소문에 듣기론 육교 사거리 부근에 오층 건물을 새로 지었다지. 원래 가진 재산이 좀 있었다고는 해도 경감 월급으로는 어림도 없었을 터였다. 오락실에서 받은 뇌물 말고 다른 곳에서도 제법 모았을 것이다. 원래부터 재물 욕심이 남다른 사람이었다. 알지도 못할 친분 관계며 다양한 청탁들이 그의 책상 앞에 줄을 이었다. 계장으로 있을 때 종종 그를 보고 눈치도 없는 사람이라는 핀잔을 주곤 했다.

"강 계장은 뭐래?"

그의 물음에 김 경장이 의미심장하게 웃었다.

"가지 않겠답니다. 나중에 그쪽을 단속할 일이 있으면 자신이라도 나서야 할 것 아니냐고요."

맞는 말이군. 그는 고개를 끄덕였다. 역시 영리한 구석이 있는 친구야.

"황 경장이 있었으면 좋아했을 텐데……."

"대단히 애석한 일이지."

김 경장의 아쉬움 섞인 말에 마 경사가 슬쩍 빈정거렸.

택배회사 복장을 한 젊은 사내가 빗물을 뚝뚝 흘리며 사무실로 들어섰다. 비옷을 입은 그의 옆구리에 잘 포장된 작은 상자가 들려 있었다. 사내가 좌우를 두리번거렸다.

"우형근 경위님이 어느 분이십니까?"

그는 영수증에 사인을 하고 포장지에 붙은 발송인의 이름을 읽어보았다. 박수경.

\*

변두리에 속한 오층 건물이었다. 비에 젖은 건물은 왠지 쓸쓸하고 처량해 보였다. 그는 차를 적당히 인근 주차장에 세워두고 차에서 내렸다. 우산을 펴 들었지만 거센 빗발이 바짓가랑이까지 튀어 올랐다. 그는 차문을 열고 운전석 옆자리에 놓아둔 상자를 꺼내 옆구리에 꼈다.

괜히 찾아온 건 아닐까.

선물이야 흔히 주고받는 것 아닌가. 그것도 오래전의 사건에 대한 답례 조로 보내준 선물이었다. 뇌물로 걸릴 일도 아니었고, 굳이 이 빗길에 돌려주겠다고 나선 게 외려 어색하게 보일 수도 있었다. 그는 선이 곱고 얼굴이 갸름한 여자의 얼굴을 떠올렸다. 열흘 전이던가, 스쳐가는 것처럼 마주친 뒤에도 그녀의 애잔한 눈빛이 한동안 마음에 잔광처럼 남아 있었다. 이상한 일이었다.

그녀를 만난 건 이 년여 전이었다. 그가 지방으로 전출을 오기 직전, 수도권 시경 강력과에 근무할 때였다. 그 당시 그는 사무실에 전화 모집 여사원까지 채용해두고 무차별로 투자할 사람을 끌어들이는 대규모 토지 사기단 사건을 수사하고 있었다. 전국적으로 토지 투기가 광풍처럼 몰아치던 시기였다. 끈질긴 수사 끝에 사기꾼 일당을 검거했을 때 드러난 피해자는 엄청났다.

그녀도 피해자 중의 한 사람이었다. 얼마 안 되는 재산을 불려볼까 마음먹은 게 사기단의 마수에 걸려들게 된 원인이었다. 사건을 조사하던 그는 여자의 형편이 여의치 않다는 것을 알고 여러모로 힘을 썼다. 이미 사기단은 투자단으로부터 모은 자금을 계획적으로 몽땅 빼돌린 다음이어서 찾기가 쉽지 않았다. 그러나 그의 노력 끝에 그녀가 투자한 돈의 반 정도나마 찾아줄 수 있었다. 그녀는 눈물까지 글썽이며 너무 고마워했었다.

그걸로 인연이 끝난 줄 알았던 여자를 다시 만나게 된 건 불과 열흘 전이었다. 대학원생 변사 사건 조사를 위하여 시내 한 아파트를 방문했을 때 우연히 현관을 나오던 그녀와 마주쳤던 것이다. 낯이 익다고 생각한 사이 그녀 쪽에서 먼저 알아보고 반색을 지었다.

그녀는 사건이 해결된 후 고맙다는 사례를 하기 위해 경찰서를 찾았을 때 이미 그는 타지로 전출을 간 다음이었다고 했다. 담당자는 직무상 전출 지역을 알려주지 않았다. 그래서 그동안 그에게 연락을 하지 못했다고 했다. 다시 만난 게 너무 반갑다며 그녀가 차를 한잔하자고 했지만 황 경장과 수사 중이던 터라 그녀에게 명함을 한 장 건네주었던 것이다.

그는 현관에서 피아노 학원이 삼층에 있다는 것을 알았다. 어쨌든 이왕 여기까지 온 길이었다. 그는 현관을 지나서 비에 젖은 구두 자국을 남기며 계단을 올랐다.

삼층 계단참에 이르렀을 때 학원 안쪽에서 희미하게 피아노를 연주하는 소리가 새어나왔다. 박수경 피아노 학원. 그는 문 입구에 붙여놓은 작은 안내판을 읽어보았다.

문이 열리자 피아노 소리가 소나기처럼 쏟아져 나왔다. 그를 발견한 초등학생 또래의 여자아이 하나가 짧은 치맛자락을 팔랑거리며 복도 안으로 뛰어들어갔다. 그가 우산을 어디에 둘까 하고 머뭇대는 사이 원장실 문이 열리며 그녀가 모습을 드러냈다. 그녀의 표정에 일순 놀란 빛이 떠올랐다. 실내여선지 그녀는 가벼운 니트 차림이었다. 섬유 자체의 탄성 때문에 여성적인 몸매의 윤곽이 잘 드러났다. 그는 마땅히 눈길 둘 곳을 찾아서 허둥거렸다.

"어떻게 여기까지 찾아오셨어요?"

반색을 하던 그녀의 눈길이 그의 옆구리에 끼인 선물 상자로 옮겨갔다. 그녀의 미간에 미안해 어쩔 줄 몰라 하는 기색이 어렸다.

"바쁘실 텐데 제가 괜한 짓을 했군요."

그녀가 눈길을 아래로 깔며 낙담한 표정을 지었다.

"제가 받기엔 너무 부담스럽더군요."

"저로서도 오랜 생각 끝에 보내드린 거예요. 어쨌든 오신 김에 일단 안으로 들어오세요."

그는 그녀를 따라 복도를 지나 원장실에 들어섰다. 정갈하면서 안정감을 주게 꾸며진 방이었다. 응접 소파 옆에는 다기 세트가 놓여 있었다. 그녀가 포트 스위치를 눌러 물을 끓였다. 그는 할 일 없이 눈길을 이리저리 두리번거렸다. 어디선가 그윽한 향내가 풍겼다. 실내 구석에 자그마한 화분들이 여러 개 놓여 있었다. 꽃은 작으면서 앙증맞았다.

"들꽃이에요. 제가 취미로 키우는 것인데 집에 있는 것 중에 몇 개를 가져다놓은 거예요."

그의 시선이 어디에 머물고 있는지를 알아챈 여자가 설명했다.

"들꽃을 좋아하시는 모양이죠?"

"가끔씩 야외로 들꽃을 수집하러 나가기도 해요."

포트에 물이 끓는 소리가 들렸다. 그녀가 포트를 가져왔다.

"원생들은 많습니까?"

찻잔에 뜨거운 물을 따르는 여자의 갸름한 손을 보며 그가 물었다. 그동안 지나치는 눈길로 보기만 했지 이처럼 둘이 앉아 있기는 처음이었다. 조용한 성품 때문인지 마흔하나의 나이치고는 깨끗한 얼굴이었다. 피부도 고왔고, 코의 선과 눈매도 예쁜 측에 들었다.

"여긴 위치가 좋아서 그럭저럭 할 만해요."

"어쩌다가 여기까지 오게 되었습니까?"

"전 원래 여기 사람이었어요. 중학교까지는 여기서 다녔어요. 어쩌다가 집안 사정상 그쪽으로 옮겨가게 되었지만 실제 마음의 고향은 여기인 셈이에요. 그쪽에선 더 이상 살기가 싫어졌어요. 그 사정은 잘 아시죠? 혼자 사는 사람이 어딘들 못 가겠어요. 마침 중학교 친구 하나가 여기서 초등학교 교사를 하며 살고 있어요. 학교 주변에 학원 할 자리가 나왔다기에 잘됐다 싶어서 이리로 옮긴 거죠. 헌데 선생님은 어떻게 여기로 오게 되셨어요?"

그녀는 처음부터 그를 선생님이라고 불렀다. 어색했지만 나쁘지는 않았다. 사실 달리 호칭할 말도 마땅찮을 것이다. 하지만 그녀의 입에서 나오는 선생님이란 말 속에서 존경심과 더불어 다정한 기운이 느껴졌다.

"저도 그냥 아무 생각 없이 이리로 옮겨왔습니다. 어릴 때 자란 곳이기도 하고, 사람은 가끔 계획하지도 않은 일을 하기도 하는 법이지요."

"계획하지도 않은 일……."

그녀가 의미를 되씹는지 눈을 내리깐 채 혼잣말처럼 중얼거렸다. 그녀의 하얀 이마를 보며 어쩌면 그녀가 불행했던 지난 일을 떠올리고 있을지도 모른다고 그는 추측했다.

그녀에게 있어서 남편의 교통사고는 전혀 예상하지 못했던 일일 것이다. 주말을 맞아 아홉 살짜리 아이를 태우고 인근 도시에서 벌어지는 축제를 구경 갔다가 돌아오던 길이었다고 했다. 밤길에 중앙선을 침범한 승용차와 충돌했고, 남편과 아이는 그 자리에서 즉사했다. 상대 운전자는 알코올 농도 0.13이 넘는 만취 음주운전에다 보험조차 들지 않았다. 교통사고공단에서 무보험 차량 사고 시에 피해자에게 지불하는 약간의 위로금 외에 그녀가 받아낼 건 없었다. 남편이 근무하는 회사 역시 작은 개인회사에 불과해서 졸지에 미망인이 된 그녀의 삶에 보탬이 될 일은 없었을 것이다. 그나마 얼마 남아 있지도 않은 재산 역시 토지 사기단의 손에 반 넘게 넘어간 터였다.

"수경 씨를 이 지방에서 만나게 될 줄은 몰랐습니다."

그는 상대를 뭐라고 부를까 고민하다가 그냥 수경 씨로 부르기로 마음먹었다. 부르고 나니 그런대로 마음에 들었다.

"저야말로 정말 놀랐어요. 아파트 앞에서 마주쳤을 땐 웬 닮은 사람인가 싶었죠. 선생님이 이리 내려오신 줄은 상상도 못 했거든요."

"여기 사시니까 어떻습니까?"

따뜻한 찻잔을 두 손으로 감싸며 그가 물었다.

"어딜 가든 사는 거야 마찬가지겠죠. 조금 쓸쓸한 것 외에는 불편한 건 없어요."

고통을 겪은 사람의 운명적 숙연함이 묻어나는 말투였다.

"뭐, 필요한 일이 있으면 저에게 연락 주십시오."

그녀의 눈길이 드로잉하듯 쏙 그에게 건너왔다. 잠깐 두 사람의 눈길이 허공에서 마주쳤다. 그녀의 눈동자 속에 많은 이야기랄까 정념이랄까 그런 게 스쳐갔다고 그는 순간적으로 느꼈다.

"괜히 선생님께 부담만 드린 것 같군요. 저기 선물도 그렇고……."

"선물은 받은 걸로 하겠습니다."

"마땅한 선물이 없나 하던 차에 아는 사람으로부터 구한 것인데, 그처럼 부담이 되실 줄은 몰랐습니다. 사실 저로선 그것도 약소하지 않을까 망설였거든요."

그녀가 택배로 보낸 선물 상자 속에 든 것은 조합의 보증서까지 붙은 두 뿌리의 산삼이었다. 겉보기만 해도 꽤나 값비싸고 귀한 물건이었다.

그를 바라보는 그녀의 눈에 진심의 빛이 어렸다. 소녀처럼 눈이 참 맑은 여자라고 그는 생각했다. 눈은 마음의 창이라고 했던가. 그녀가 입가에 의미를 알 수 없는 미소를 머금었다.

"저 선물을 돌려주시려고 굳이 바쁘신 시간을 냈군요."

"아닙니다. 마침 지나가는 길이었습니다."

그가 능청스럽게 거짓말을 했다. 그녀에게 마음의 부담을 지우고 싶지 않았다. 학교를 파했는지 원장실 바깥에 아이들 소리가 요란해졌다.

"슬슬 가봐야겠습니다. 직원들이 기다리고 있거든요."

그가 자리에서 몸을 일으켰다. 그녀가 아쉬운 눈빛을 하며 따라 일어섰다.

"어머, 원장 선생님. 손님이 계셨네요."

백악기의 추억 153

막 나가려던 차에 문이 열리면서 젊은 여자가 얼굴을 들이밀었다. 단발머리에 얼굴이 동그랗게 생긴 여자였는데 노란 티셔츠에 무릎까지 오는 치마를 입고 있었다. 몸매도 육감적이라고 여겨질 만큼 적당히 통통했다. 노크도 없이 문을 열었던 게 미안했던지 혀를 날름 내밀었다.

"혹시 원장님 애인이세요?"

그의 얼굴을 유심히 바라보며 여자가 당돌하게 물었다. 그녀가 얼굴을 붉혔다.

"아니야. 그냥 잘 아는 분이야."

"이은정이라고 합니다."

여자가 공연을 마친 배우처럼 살짝 무릎을 구부리며 그에게 인사를 건넸다. 미소를 띤 모습이 귀엽고 붙임성이 있어 보였다.

"저를 도와주는 피아노 선생이에요. 현재 지방 음대에 출강하고 있죠."

복도를 나오며 그녀가 조금 전의 민망함을 감추려는 듯 애써 말했다.

학원 출입구에서 그녀는 가벼운 목례로 작별인사를 했다. 니트로 된 연보랏빛 브이넥 사이로 드러난 긴 목에 좀 쓸쓸해 뵈는 눈빛이었다. 그 쓸쓸함이 그녀의 성품에서 비롯된 것인지 아님 남편과 자식을 잃은 뒤에 생겨난 것인지 모를 일이었다.

계단을 내려오며 그는 다음을 약속하지 않았음에도 왠지 이상하게 그녀와의 만남이 계속될 것 같은 예감이 드는 건 왜일까 하고 자문해보았다. 그게 그냥 일시적 느낌에 불과한지, 어떤 운명적 직관 같은 것인지 그로선 알 수가 없었다.

\*

차가 대문 계단 앞에 멈춰 섰다. 키를 돌려서 시동을 끄자 차 천장을 두드리는 빗소리가 세찼다. 그는 가만히 앉아서 차창 전면을 통해 비가 쏟아지는 바깥을 바라보았다. 어두워서 잘 보이진 않지만 유리창에 떨어지는 빗방울로 봐선 꽤나 세찬 비였다. 사흘째 연이어 내리는 비였다. 남한강을 낀 중부의 한 지역에 물난리가 났다는 방송이 나온 게 어제였다.

이 빗속에 아이를 데리고 오지 않은 건 잘한 일이지.

아까 아홉시경에 그는 전처에게 전화를 걸었다. 모친의 기일이었지만 헤어진 전처를 데리고 갈 생각은 추호도 없었다. 아이를 데려가기 위해서였다. 해옥은 아이가 TV를 보다가 조금 전에 잠들었다고 했다. 데려갈까 묻자 마음대로 하라고 했다. 아이를 깨우라고 하려다가 그만두었다. 어차피 아이들 세대가 되면 제사도 없어질 것이다. 장손도 아닌 터에 굳이 제사 지내는 걸 봐둘 필요는 없었다. 더욱이 아이에겐 생전에 얼굴조차 보지 못한 할머니의 제사였다.

그는 우산을 펼쳐 들고 차에서 내렸다. 우산을 두드리는 빗소리가 자못 삼엄했다.

거실에는 이미 제사 준비가 한창이었다. 여덟 폭 병풍 아래 두 개의 상이 잇대어 펼쳐져 있고, 배며 사과, 귤 따위의 과일이 먼저 상의 한쪽을 차지하고 있었다. 상 앞에는 향로도 준비되어 있었다. 비웃이며 지짐 굽는 냄새가 실내에 가득했다.

그는 얼마 못 본 사이에 키가 덜렁 커진 두 조카의 인사를 받으며 거실을 거쳐서 주방으로 건너갔다. 주방에서 아내를 돕던 형이 쑥스러운 얼굴로 이제 왔느냐고 인사말을 건넸다. 형수 역시 바쁘게 음식을 조리하며 어서 오라는 인사를 건넸다.

"오늘 누나에게서 전화가 왔다."

제사상 위에 송편이 쌓인 제기를 올려놓으며 형이 말했다. 형은 나이가 들수록 어머니의 얼굴을 닮아가고 있었다. 남에게 야박한 소리를 못 하는 어진 성품도 어느 정도 닮아 있기는 했지만.

"그래도 어머니의 기일은 잘 기억하고 있나 보더라. 살기에 바쁠 텐데 음력 날을 맞춰 전화까지 다 하고 말이야."

순이라는 평범한 이름을 가진 누나는 형과는 세 살, 그와는 다섯 살 터울이 졌다. 미국에서 살고 있었다. 누나에게서 오는 전화는 늘 일방적이었고, 일정한 간격도 없었다. 일 년에 두 번, 어떨 때는 이 년에 한 번, 그렇게 불규칙적으로 전화가 걸려오곤 했다. 이편에서는 전화번호를 알 수 없었고, 할 엄두도 나지 않았다. 하나뿐인 누나는 늘 그렇게 비밀 속에 있었다.

"뭐라고 해?"

양복을 벗어두고 와이셔츠 차림으로 형이 주방에서 가져온 음식을 제사상 위에 올리며 그가 물었다.

"뭐라고 하겠어. 언제나 똑같지. 오늘 어머니 제사가 아니냐고 묻고, 너희들끼리라도 잘 지내란 말만 하더라. 어머니가 기뻐하실 거라면서. 어떻게 사는지는 물어보지도 못했어."

"잘 살고 있겠지, 뭐."

그의 누나에 대한 기억은 언제나 희미했다. 얼굴조차 제대로 기억나지 않았다. 그가 초등학교를 다닐 무렵에 누나는 방직공장을 다녔다. 한집에 살았지만 누나만큼은 다른 가족이나 혹은 하숙생 같았다. 이른 아침에 출근하고 밤이 이슥해서야 돌아왔기 때문이었다. 공장은 주야간 2교대였고 걸핏하면 당직근무에 잔업이었다. 야간근무 때는 항상 집에 돌아오면 종일토록 잠만 잤다. 햇빛을 못 봐서 그런지 항상 얼굴빛이 파리했다. 그에게 남은 기억 하나는 누나가 야간근무를 하고 야식으로 받은 빵을 먹지 않고 가져와서 그에게 먹으라고 건네준 것이다. 그건 단팥빵이었고 팥소에 사카린을 듬뿍 넣었는지 무척이나 달았다.

무슨 이유에선지 방직공장을 그만둔 누나는 얼마 지나지 않아 가출을 했다. 누나의 가출은 가족들 사이에 아직도 비밀로 남아 있다. 그건 그녀만의 비밀이었다. 아니, 어쩌면 어머니라면 알고 있었을지도 몰랐다. 가끔 침침한 부엌에서 누나와 긱징스런 얼굴로 뭔가 귓속말을 주고받곤 했으니까. 하지만 집안의 평화를 위해 굳게 침묵을 지키셨는지도 알 도리가 없었다. 나중에 어머니가 병으로 돌아가시기 전에 고등학교를 중퇴한 형을 머리맡에 불러놓고 "불쌍하고 불쌍한 네 누나, 잘 돌봐주거라" 하는 부탁인지 유언인지 모를 말을 남겼을 뿐이었다.

기실 그가 보기에 불쌍한 건 누나가 아니라 어머니였다. 이미 그때 어머니는 오랜 병마에 시달리고 있었다. 이유 모르게 몸이 말라갔고, 조금만 걸어도 가슴이 찢어지는 것처럼 아프다며 담을 짚어야 했다. 몇 달을 그렇게 시름시름하던 어느 날 심장이 터져나갈 듯 답답하다며 가슴을 쥐어뜯다가 세상을 떠난 것이다. 평생 남에게 나쁜 소리 한 번 안 하고,

남편에게 '쓸개도 배알도 없는 년'이란 소리를 듣고 산 어머니의 심장 속에 실제로는 얼마나 많은 복장이 터질 사연들이 숨어 있었는지 그로선 알 길이 없었다.

가출한 뒤로 누나는 늘 소문으로만 떠돌았다. 캠프 헨리인가 하는 미군부대 근처 술집에서 보았다는 사람이 있었고, 수숫대처럼 키가 껑충한 미군과 팔짱을 낀 채 시시덕대며 시내를 걸어가는 모습을 보았다는 사람도 있었다. 허벅지가 드러나는 짧은 치마에 머리를 양년처럼 노랗게 하고 다닌다고도 했다.

그 소문을 뒷받침하듯 이 년쯤 뒤에 집으로 봉투 테두리에 빨갛고 파란 줄이 쳐진 항공우편이 날아왔다. 미국 메릴랜드 주의 영문명조차 읽기 힘든 어느 도시였다. 그곳에서 마음에 맞는 남자를 만나서 잘 살고 있다는 간단한 내용이었다. 상대 남자가 흑인인지 백인인지, 히스패닉계인지 아니면 한국 남자인지에 대한 언급도 없었다.

그 뒤 몇 년 동안 쭉 소식이 없었다. 나중 전화를 걸었다가 어머니가 돌아가셨다는 소식을 전해들은 누나는 전화통 저쪽에서 쿡쿡 한참을 흐느꼈다. 그 뒤로 일이 년 간격으로 어머니 기일이면 형에게 전화를 걸어오곤 했다.

"이제 누나도 많이 늙었을 거야. 목소리도 많이 쇠약해졌더라."

가스라이터로 향에 불을 붙이며 형이 중얼거렸다. 늙은 건 누나뿐만이 아니지. 형도 형수도 늙어 있긴 마찬가지였다. 거실에 향 연기가 슬슬 퍼져갔다. 어느덧 자정이 가까워져 있었다.

\*

"그래, 식사는 제대로 하고 다니세요?"

나중에 먹을 음식을 골라 플라스틱 바구니에 담으며 형수가 그에게 물었다. 혼자 사는 처지가 좀 마음에 걸리는가 보았다. 제사가 끝난 다음이었다. 모두 함께 둘러앉아 음복을 하던 중이었다. 조카들은 제사상에서 맛있는 음식만 골라서 쩝쩝대고 있었다.

"제가 안 바쁘면 시아주비 반찬이라도 만들어 갖다 드릴 텐데 슈퍼란 게 어디 몸을 빼낼 시간이 있어야죠."

"저는 늘 밖에서 사 먹는걸요."

"식당에서 사 먹는 음식이 어디 살로 가나요. 순 조미료 범벅일 텐데……."

재빠르게 손을 놀리며 형수가 말했다.

"요사이 슈퍼는 어때?"

형수의 마음 씀씀이에 곤혹스러워진 그가 형에게 말을 돌렸다. 술잔을 든 형이 슬쩍 사과를 깎고 있던 형수에게 눈길을 주었다.

"힘들어요. 더욱이 대형마트가 들어선 후로는 통 장사가 안 되네요."

듣고 있던 형수가 냉큼 대답했다.

…… 문어처럼 무수한 흡반을 지니고 주변의 돈을 무차별로 빨아들이는 현대판 불가사리. 빈익빈 부익부의 부조리한 경제구조. 엄청난 로비력에 이를 묵인하는 일부 부도덕한 정치인들.

대형마트에 대항할 방도는 없었다. 그 거대한 자본의 횡포 앞에서 일개 동네 상점은 그야말로 조약돌을 들고 탱크 앞을 막아서는 것처럼 무력한 존재일 것이다.

"그래도 어쩌겠어요. 목구멍이 포도청이라고 그만둘 수도 없는 형편이고. 내명년이면 큰애 지훈이가 대학에 들어가게 되는데……."

그는 음복술을 목구멍에 털어 넣으며 슬쩍 형과 형수의 얼굴을 바라보았다. 준엄한 세월의 흐름. 두 사람도 많이 지치고 늙어 있었다. 처음 부부가 함께 누군가 내어놓은 작은 슈퍼를 얻어 장사를 시작할 때만 해도 두 사람 모두 시금치를 먹은 뽀빠이처럼 팔팔했고, 에베레스트에 오를 정도로 의욕에 차 있었다.

하지만 몇십 평 안 되는 슈퍼에서 그들은 지쳤고, 나이가 들 만큼 들었다. 앞으로 다른 일은 꿈꿀 수도 없을 것이다.

가끔씩 그가 가본 슈퍼는 개미굴과 같았다. 새벽부터 밤 늦도록 손님이 드나들었고, 숫자도 세지 못할 물건들이 매일처럼 진열되고, 팔려나갔다. 잠시도 마음 놓고 쉴 겨를이 없어 보였다. 두 사람이 교대로 들어와서 집 안의 아이들을 돌봤다. 부부 중 한 사람이라도 아프면 큰일이었다. 휴일도 어머니 기일을 포함해서 일 년에 고작 네 번 정도였다.

언젠가 슈퍼에서 일하는 형과 형수를 지켜보던 그는 저 짓을 하느니 차라리 사기를 치는 게 나을 법하다는 막된 생각까지 든 적도 있었다. 단번에 수억을 사기해 먹어도 변호사만 잘 사면 곧장 집행유예로 풀려나는 세상이었다. 그러나 우리의 삶에는 개미의 몫도 있고, 사자의 몫도 있었다. 생존 방식이야 어떻든 그 고충은 서로 비슷했다. 사자는 사자로서의 고통이 따랐고, 개미는 개미로서의 설움이 있었다. 그런 면에서 세상은 공평한 편이었다.

"지훈이, 지혁이."

그가 조카들을 불렀다.

"너희들 혹시 '지옥의 여신'이란 게임 아니?"

"에이, PC방에 갈 시간이 어디 있어요."

"내가 가는 PC방에는 그런 게임이 없던데요."

고등학교 다니는 큰 조카와 중학생 작은 조카가 입을 모아 대답했다.

그런 게임이 눈에 띄어도 너희들은 절대 하면 안 돼. 그는 마음속으로만 말했다. 판도라의 상자. 금지는 욕망의 뚜껑. 괜히 아이들의 호기심을 불러일으켜 화근의 뚜껑을 열게 할 필요는 없었다.

"너 참, 아버지한테 한번 가보지 않을래?"

형은 군대 폭발물 제거반이 폭탄의 뇌관을 제거하듯 조심스럽게 입을 열었다. 그의 내부에서 돌연 마그마처럼 감정이 부글거리며 끓어올랐다.

"완전히 대여섯 살짜리 아이처럼 되어서 내일모레 한다더라. 아무리 그래도 돌아가시기 전에 얼굴이나 한번 봐야 되지 않을까 싶다. 밉건 곱건 자식 된 도리로 할 일은 해야지."

뇌출혈로 쓰러졌다는 소식을 들은 건 벌써 일 년 전이었다. 하지만 그는 아직도 아버지를 용서할 수 없었다. 어머니를 버리고 떠나서 다른 여자와 살림을 차린 후로 이미 아버지는 그의 마음에서 지워내고 없었다.

"그러서요. 세상에 죽음보다 더한 일은 없잖아요. 그전에 화해를 하세요. 이 세상에서 맺은 한은 이 세상에서 푸는 게 좋아요."

상하기 쉬운 음식을 냉장고에 넣어두고 오던 형수가 곁에서 거들었다. 형수는 그가 아버지에 대한 뿌리 깊은 미움과 증오를 갖고 있다는 걸 형에게서 들어 알고 있었을 것이다.

"시간도 늦고 해서 이만 가보렵니다."

그가 자리를 차고 일어났다. 형이 머쓱해진 눈길로 그를 올려다보았다. 형수도 어색해하기는 마찬가지였다. 조카들이 줄줄이 따라 일어섰다.

"자, 이거 얼마 되지 않지만 제사상 차린 비용에 보태라고 드리는 겁니다."

그가 양복 안주머니에서 미리 준비된 봉투를 꺼내 형수 앞에 내밀었다. 마지못해하며 형수가 봉투를 받아 들었다. 형네 가족들의 배웅을 받으며 현관으로 나섰을 때 밤늦도록 세차게 내리던 비는 어느덧 말끔히 그쳐 있었다.

*

그는 수증기에 흐려진 욕실 거울을 손으로 대강 훔쳤다. 한쪽 턱이 욱신거렸다. 거울 속에 동그랗게 그의 얼굴이 드러났다. 입술 한쪽이 터져 있었고, 턱 일부가 단단하게 부풀어 올라 있었다. 그는 낮게 욕설을 중얼거렸다. 대체 이 나이가 돼서 이게 무슨 꼴이람.

그는 입술 부근과 턱에 비누를 문질렀다. 조금 전에 모텔 층계참에 설치된 자판기에서 꺼내온 면도기로 면도를 시작했다. 아무리 돌이켜도 어젯밤의 해프닝이 낯 뜨거웠다.

문제라면 지나치게 마신 술이었다.

어제는 전직 최 계장이 룸살롱을 개업한 날이었다. 저녁 무렵에 그가 마 경사와 양 경사, 김 경장을 비롯한 직원들과 함께 룸살롱을 찾았을 때 개업식은 예상보다 성황을 이루고 있었다. 사거리 도로 입구부터 삼층 계단 위까지 각계각층의 사람들이 보내온 화환이며 화분들이 통로가 비좁도록 늘어서 있었다. 시의원이며 경찰서 관계자들, 구청장, 주류도매협회, 유흥업협회, 자유연맹, 자율방범협회 등의 단체명이 적힌 붉고 노란 리본들이 분분히 바람에 펄럭였다.

룸살롱은 스무 명쯤 들어갈 수 있는 대형 방이 두 개, 작은 방이 열 개나 되는, 그 바닥에선 제법 큰 규모였다. 카운터에 서 있던 전직 최 계장이 살집이 두툼한 손으로 그의 손을 힘주어 잡았다. 우 팀장, 옛정을 생각해서라도 앞으로 잘 좀 부탁해. 검은 윤기가 도는 모직 양복을 빼입은 최 사장은 이미 그 바닥에서 한가락 하던 사람처럼 굴었다.

대단하군요. 나중에 옷 벗으면 여기 지배인 자리라도 얻어야겠는데요.
마 경사가 농담처럼 최 사장의 비위를 맞추었다.

그들 2계 팀원들만 따로 작은 방이 배정되었다. 복도를 지나치며 보니 강력계 직원들과 다른 계의 직원들, 그리고 지역 조폭도 얼핏 보였고, 부정시비에 말려서 경찰서 조사를 받았던 구의원도 보였다. 언제 왔는지 형사과장이 2계 직원이 있는 방을 삐죽 들여다보며 적당히 놀다 가라는 의례적인 부탁을 늘어놓았다. 아슬아슬한 옷차림의 아가씨들과 함께 양주와 맥주가 들어오고 이어 폭탄주가 회전목마처럼 돌기 시작했다.

그가 유미가 하는 단란주점을 찾은 것은 룸살롱을 나온 다음이었다. 대강 자정 가까이 되었을 시간대였다. 그 시간에 거길 왜 찾아갔는지 지금도 알 수가 없었다. 어떤 남모를 울분 같은 걸 느낀 듯도 하고, 몹시 외로웠던 것도 같았다. 어쨌거나 잔뜩 취한 술이 원인이었을 것이다.

젖은 머리를 타월로 닦으며 그는 욕실을 나왔다. 헝클어진 담요 위엔 김 경장이 새우처럼 모로 구부린 채 잠들어 있었다. 민소매 내의에 달랑 사각 면팬티 바람으로 사타구니에 손을 박고 자는 모습이 어쩐지 외로워 보였다. 그가 김 경장의 어깨를 잡아 흔들었다.

"어, 팀장님, 언제 일어나셨어요?"

멀뚱한 눈길로 그를 바라보던 김 경장이 기지개를 켜며 물었다.

"나가야 될 시간이야."

젖은 타월을 화장대에 함부로 던져놓으며 그가 말했다.

"아유, 어젯밤에 팀장님 때문에 한바탕 해프닝을 벌였네요. 기억나십니까?"

"글쎄. 잘 기억이 안 나."

재생하고 싶지 않은 기억들. 택시에서 내려 단란주점으로 갔을 때 유미는 카운터에 없었다. 유미를 찾아서 안으로 들어갔을 때 그녀는 방에 일전의 젊은 남자와 함께 있었다. 그는 그녀에게 밖으로 나오라고 말했다. 잠깐 주저하던 그녀가 나왔다. 젊은 남자가 곧장 뒤를 따라 나왔다. 술기운이 있던 젊은 친구는 그를 향해 노골적으로 이죽거렸다. 나이 든 아저씨가 음탕하게 젊은 아가씨나 찾아다닌다는 게 말이 됩니까.

그 말이 그의 내부에 눌러두었던 뇌관을 건드렸을 것이다. 순간적으로 욕설과 함께 젊은 남자와 드잡이가 벌어졌고, 주변의 의자며 탁자가 나뒹굴었다. 유미가 둘 사이를 말렸고, 여종업원이 전화를 걸었다. 젊은 남자의 주먹이 그의 턱을 때렸고 입술에서 피가 튀었다. 격분한 그가 젊은 남자의 몸에 올라타고 몇 대 얼굴을 후려친 것 같았다.

조금 후 순찰차가 오고 그를 붙잡은 것은 얼굴이 동글납작한 박상수란 경찰이었다. 그는 분에 차서 식식거리는 그를 한쪽으로 데려가서 말했다. 경위님, 여기서 오래 끌면 우리가 손을 쓰기 힘듭니다. 주위 사람들 눈도 있으니 일단 지구대로 가십시다.

아마 그가 화가 나서 뭐라고 고함을 쳤던 것 같다. 박 경사는 곤란한 표정을 짓더니 그를 억지로 순찰차에 태웠다. 박 경사는 어디론가 전화를 걸었다. 그때부터 기억은 토막토막 끊어지고 어떤 것들은 뒤죽박죽이 되어 있었다.

나중 지구대에 나타난 건 김 경장이었다. 박 경사와 이야기를 나눈 김 경장이 의자에 앉아 있는 그의 어깨를 부축해 일으킨 것까지는 기억에 흐릿하게 남아 있었다.

"어제는 무슨 화나는 일이라도 있었습니까?"

김 경장이 방바닥에서 일어나며 물었다.

"아냐. 공연히 술에 취해서 그런 거지, 뭐."

그가 말을 얼버무렸다.

"다행히 그쪽 지구대 박 경사가 도와줘서 대충 수습을 하긴 했는데 저쪽 상대가 어떻게 나올지 모르겠는데요. 어젯밤에 보니까 진단서를 끊으려고 병원에 간다고 하는 것 같던데요."

"그래?"

"팀장님도 만약을 위해 병원에서 진단서라도 한 장 끊어두는 게 어떨까요?"

"놔둬. 술에 취해 서로 약간 치고받고 한 건데 별일이야 있겠어."

그는 얼얼한 자신의 턱을 만졌다. 부어오른 게 손에 뚜렷이 느껴졌다. 이 꼴을 하고 어떻게 사무실에 출근을 한담. 명색 경찰관이란 작자가 밤에 술집에서 젊은 녀석과 싸움질이나 벌여댔으니. 더구나 젊은 여자와 치정에 얽혀서. 아주 잘하는 짓이야. 그는 자신을 한 대 세게 쥐어박고 싶었다.

"하여간 팀장님이 그렇게 고주망태가 된 건 처음 보았어요."

타월을 목에 걸고 욕실로 가던 김 경장이 감탄한 것처럼 말했다.

# 7

 형사과의 각 계장과 팀장이 참석하는 아침회의가 끝났다. 매주 열리는 정례적인 회의였다. 각 계별 수사 상황과 검거 실적, 애로점, 건의사항, 중점 수사 대상들이 거론되었다.
 다들 회의실 밖으로 나가려던 찰나에 형사과장이 그와 강 계장을 찾았다. 눈을 부릅뜬 과장의 표정이 심상찮았다.
 "두 사람은 과장실에 좀 왔다 가도록 해."
 과장이 먼저 등을 돌려 가는 것을 보며 그는 강 계장의 얼굴을 바라보았다. 강 계장 역시 영문을 알 수 없다는 표정이었다.
 "이게 뭔지 알아?"
 그들이 들어가자 미리 와서 책상 앞에 앉아 있던 과장이 몸을 일으키며 손에 든 서류를 그들 앞에 팔랑팔랑 흔들었다.
 "뭡니까?"

"고소장이야, 고소장. 그것도 우 경위에게 얻어맞았다는 고소장."

과장의 눈길이 그의 얼굴에 화살이 되어 꽂혔다. 그는 잠깐 어리둥절했으나 그게 무엇인지 알아차렸다. 순간 안면이 굳었다. 전혀 예상치도 못했던 일이다. 오늘 일진이 사나울 모양이다.

"글쎄, 어제 저녁에 민원계에서 나에게 이걸 넘겨주는 거야. 어떻게 된 거냐면서."

그저께 그와 단란주점에서 다툰 그 젊은 친구가 병원에서 발급받은 상해 진단서를 첨부하여 고소장을 제출했을 것이다. 젊은 녀석이 재수 없게 노는구나 싶었다.

과장의 손에서 서류를 넘겨받은 강 계장이 내용을 읽었다. 다 읽고 난 강 계장이 슬쩍 그의 얼굴을 쳐다보았다. 개구쟁이를 바라보는 것처럼 입가에 웃음기가 서려 있었다.

"나이가 마흔이 넘은 사람이, 그것도 명색이 경찰관 나리가 술을 마시고 술집에서 젊은 친구를 두들겨 팼다. 이게 말이나 되는 소린가? 허 참."

미리 외워둔 대사처럼 두꺼비 과장은 줄줄이 그를 탓하고 늘어졌다. 그동안 산적해온 경찰의 온갖 비리가 몽땅 그의 과실인 것처럼 여겨질 정도였다.

"이러니까 경찰이 민중의 지팡이가 아니라 몽둥이라는 볼멘소리를 듣는 게지."

혼자 한참을 씩씩대던 과장이 의자에 털썩 몸을 내려놓았다.

"이거 이제 어떡할 거야? 정식으로 접수된 고소장을 처리 안 할 수도 없고 말이야."

"제가 알아서 처리하겠습니다."

그의 말에 과장이 홍 하고 코웃음을 쳤다.

"고소를 당한 사람이 스스로 사건을 처리한다? 홍, 누구 마음대로."

그는 자신의 실수를 깨닫고 아차 하며 입을 다물었다. 틀린 말이 아니었다. 이십여 년 경찰 생활에 이제 엉뚱하게 젊은 친구한테 고소까지 당하고. 그는 자신이 못내 한심스러웠다.

"과장님, 이건 제가 처리하도록 하겠습니다. 제 팀의 일이 아닙니까?"

강 계장의 말에 흘끗 그를 쳐다본 과장이 마지못한 것처럼 짧은 목 위에 얹힌 고개를 끄덕였다.

"그래, 대학 후배인 강 계장의 낯을 봐서라도 이만해두지. 암튼 뒤탈 없도록 잘 처리해. 안 그래도 여론에서 경찰 기강이 무너졌니 어쩌니 말이 많은 시기 아냐. 또 수사권 독립을 놓고 검찰과의 사이도 껄끄러운 상태에 있고 말이야. 이럴 때일수록 몸조심해야지."

다시 한 번 그를 노려본 과장이 나가라는 시늉으로 턱으로 출입문을 가리켰다.

"어떡할 건가?"

과장실을 나오며 그가 물었다. 강 계장이 손에 든 고소장을 접어서 양복 주머니에 집어넣었다.

"저라고 다른 방법이 있겠어요. 고소한 젊은이를 만나서 취하하도록 설득해야죠."

"빌어먹을!"

그가 나직하게 씹어뱉었다. 낭패감보다 어린 사람 보기가 창피스러웠다. 그의 심정을 알았는지 강 계장이 히죽거리며 웃었다.

*

　그가 약속 장소인 레스토랑에 들어섰을 때 젊은 남자와 강 계장이 먼저 와서 구석진 위치에 자리를 잡고 있었다. 얼굴에 반창고를 붙인 젊은 남자 옆에는 비슷한 또래의 낯선 청년 하나가 어깨에 힘을 주고 앉아 있었다. 혹시나 했지만 유미는 보이지 않았다. 그는 안도감을 느꼈다. 그녀 앞에서 자신의 이런 모습을 보여주기 싫었다.
　꼴사납게 그를 여기까지 불러낸 상대는 유미보다 두 살 어린, 스물아홉의 젊은 녀석이었다. 조카나 다름없는 그런 젊은 녀석과 여자 관계에서 비롯된 구차스럽기 짝이 없는 대화를 나누는 꼬락서니는 강 계장만 보는 것으로도 충분하고 남았다.
　어제 강 계장의 전화를 받은 녀석은 절대 고소를 취하하지 못하겠다고 버티었다. 그러나 계속된 강 계장의 설득에 마음이 움직였는지 조건을 하나 달았다. 자기를 때린 남자와 직접 대화할 자리를 만들면 그때 가서 고려해보겠다는 얘기였다.
　처음 그는 녀석과 만나는 장소에 나이 몇 살 차이 나지 않는 양 경사를 데려가고 싶었으나 사람이 너무 호인인 게 마음에 걸렸다. 이런 일에 어울릴 사람이 아니었다. 그렇다고 마 경사를 좋지 못한 자리에 데려와서 오래도록 입소문에 오르내리고 싶지도 않았다.
　고민 끝에 혼자 약속 장소에 나가려는 것을 강 계장이 말리고 나섰다.

언제 중이 제 머리 깎는 것 본 적 있습니까. 홧김에 더 두들겨 패기라도 하면 어쩌려고 그럽니까. 젊은 친구를 다루는 데는 젊은 제가 더 적당하죠. 하긴 강 계장은 이왕 사건을 알고 있었고, 영악한 구석이 있어 마음이 놓이는 건 사실이었다.

"사촌형이 현재 지방검찰청 검사로 있다는 걸 아십시오. 그리고 학교 선배가 모 일간신문사 기자로 재직하고 있습니다."

턱과 이마에 반창고를 붙인 녀석이 으름장이나 놓듯 제법 거들먹거렸다. 옆에 앉은 청년이 손가락 마디를 똑똑 꺾었다. 어깨가 넓고 체격이 잘 잡힌 게 어디 수영 코치나 체육대학 학생처럼 보였다. 여자깨나 홀릴 얼굴이었다.

이런 젖비린내 나는 녀석들하고는.

차를 마시며 형근은 낮게 한숨을 내쉬었다. 아무리 술이 취했다고는 하지만 적지 않은 나이에 이런 덜떨어진 녀석과 여자를 두고 다투었다는 사실이 민망하고 수치스러웠다.

"경찰에 계신답시고 어영부영 사건을 덮으려 하면 절대 그냥 넘어가지는 않을 겁니다. 우리도 그만한 힘은 있다는 말입니다."

"그렇죠. 경찰이 시민을 폭행했다는 기사가 실리면 당장에 옷을 벗어야 할 수도 있습니다. 그건 우리보다 두 분이 더 잘 알고 있겠지요."

곁의 청년이 변죽을 울렸다. 때리는 시어미보다 말리는 시누이가 더 밉다더니. 두 젊은이를 번갈아 보며 형근은 할 일 없이 아랫입술을 빨았다.

"그럼 중재하는 경찰관의 입장에서 제가 솔직하게 말씀드리죠. 고소를 누가 먼저 했건 이건 분명 두 사람 사이에 일어난 우연한 싸움입니다. 삼 주짜리 진단서가 있다고 해도 이미 이 경찰분도 진단서를 끊어두고 있습니다. 또 젊은 사람이 나이 든 분에게 먼저 시비를 걸었다는 목격자도 있습니다. 단란주점에 근무하는 종업원 아가씨의 참고인 증언도 벌써 받아놓은 상태입니다. 만일 이대로 합의하지 않고 쌍방 고소로 나가면 서로 좋을 게 하나도 없습니다. 공연히 법정에 불려가서 비싼 벌금을 물지 않으려면 이쯤에서 적당히 끝내는 게 현명한 방법입니다."

강 계장의 설명에 두 젊은이가 의외라는 듯 얼굴을 마주 바라보았다.

"그래도 이 상태에선 절대 합의할 수 없습니다. 저는 저 아저씨한테 일방적으로 맞은 것입니다. 여기 상처를 보십시오."

녀석이 턱에 붙은 반창고를 떼고 팅팅 부은 상처를 내보였다. 강 계장이 잠시 곤란스러운 표정을 지었다.

"잠시 저하고 단둘이 이야기 좀 할까요?"

강 계장이 녀석을 불러서 화장실이 있는 뒤쪽으로 데려갔다. 조금 후에 녀석과 강 계장이 함께 모습을 드러냈다. 강 계장이 그를 향해 찡끗 윙크를 해 보였다.

"좋습니다. 합의를 한 걸로 하고 고소를 취하하겠습니다. 다만 그전에 한 가지 조건이 있습니다. 그걸 들어주셔야 합의를 하겠습니다."

자리에 앉자마자 녀석이 조건을 꺼냈다. 사뭇 비장한 얼굴이었다.

"말해보지."

들고 있던 찻잔을 내려놓으며 그가 말했다.

"앞으로 유미 씨를 절대 만나지 않겠다는 약속을 해주셔야 합니다."

말을 마친 녀석이 그의 눈치를 살폈다. 처음부터 마음에 두고 협상의 조건으로 가지고 나온 것일 터였다. 그는 입맛을 다셨다.

그녀와 사귄 게 일 년인가. 처음 만난 게 작년 이월경이었으니 그 정도 되었을 것이다. 그녀는 그에 비해 한참이나 젊었고, 충분하게 성적 만족을 주었다. 부드럽고 뜨거웠으며 나긋나긋하면서 팽팽했다.

좋긴 했지만 아무래도 그녀는 너무 젊었다. 어떻게 딸처럼 젊은 여인이 자신의 애인이 되었는지 분에 넘친다고 느낀 적도 적지 않았다. 그녀와 함께 있는 현실은 현실 같지 않았다. 그래선지 그녀와 함께하는 미래는 상상이 되지 않았다. 사랑이란 건 미래가 담보되는 약속인 것이다. 누구든 미래가 없는 사랑을 꿈꾸지는 않는다. 만약 있다면 그건 사랑이 아닌 일시적 욕정에 눈이 멀었을 뿐인 것이다.

그녀와 만나면서 그는 그녀와 어떻게 살아갈 것인지 하는 현실적 계획도, 나이가 들면 두 사람 사이가 어떻게 변할 것인지 하는 미래에 대한 상념도 가져본 적이 없었다. 그건 그녀의 젊음과 그 자신의 나이에서 오는 간극을 극복하기 어려웠기 때문이었다.

"어떡하시겠습니까?"

녀석이 대답을 종용했다. 그의 마음속에 자괴감이 치밀었다. 한때 좋아했던 여자를 두고 이런 유치한 결말을 맺는 게 서글펐다. 유미, 그녀가 자신을 사랑하지 않는 건 분명했다. 그녀는 중년의 남자보다 젊은 연하의 남자를 더 마음에 들어하고 있는 것이다. 일전에 다시 만나기 힘들 거라는 말도 했지 않은가.

서글픔과 우울함이 해일처럼 그를 덮쳐왔다. 그의 내부에서 송곳처럼 각성이 일었다. 대체 이게 무슨 꼬락서니란 말인가. 이 나이에, 어린

애 불장난도 아니고.

"그렇게 하지."

그가 딱딱 잘려 나가는 음성으로 말했다. 그들의 세대는 그들의 것이다. 나이 든 자신이 끼어들 자리는 아닌 것이다. 그녀를 좋아했지만 그게 다는 아닌 것이다. 상대의 미래를 약속해주지 못하는 한 그건 이기적인 소유욕일 뿐이다.

"오늘 같은 날 한잔 마셔야 하지 않을까요?"

레스토랑을 나와 함께 택시에 올랐을 때 강 계장이 조바심 어린 눈길로 말했다.

"정말 단란주점 아가씨의 증언을 확보해두었나?"

"그럼요. 어젯밤에 어르고 달래고 해서 겨우 한 장 받아두었습니다."

솜씨 하나는 빠르단 말이야. 그는 내심 감탄했다.

"그건 그렇고 아까 젊은 친구를 화장실에 데려가서 무슨 말을 한 거야?"

아까부터 그는 그게 궁금했었다.

"자꾸 그러면 단란주점 하는 애인한테도 하나 이로울 게 없을 거라고 했죠."

"이 사람이 대체 무슨 소릴 한 거야?"

그가 버럭 목소리를 높였다.

"아휴, 농담입니다, 농담."

강 계장이 웃으며 꼬리를 내렸다.

\*

 잠시 눈을 붙였는가 싶었는데 벌써 기차는 수원을 지나고 있었다. 봄 하늘은 맑았다. 하지만 도심지 특유의 스모그가 대기를 회색빛으로 만들어놓고 있었다. 멀리 야산을 깎아내고 논밭을 메운 땅에 새롭게 첨단 빌딩과 고층 아파트들이 속속 들어서고 있는 게 눈에 들어왔다.
 "이제 깨셨습니까?"
 차창 밖을 물끄러미 내다보고 있자니 옆 좌석에서 책을 보고 있던 강 계장이 말을 건넸다.
 "피곤했던 모양이야."
 "야간 당직을 하셨는데 피곤한 거야 당연하지요."
 "나이는 못 속인다는 옛말 하나 틀린 거 없어. 몇 년 전만 해도 잠복근무로 이삼 일을 꼬박 새우고도 아침에 술집을 찾아갔었는데 말이야."
 "지금도 그 나이에 그 정도면 괜찮으신 겁니다."
 "얼마 사이에 정말 많이 변했어. 건물들이 들어서는 속도가 점점 빨라지는 것 같아. 대체 이 변화는 언제까지 계속될 건지……."
 차창 밖을 내다보던 그가 한탄처럼 말했다. 어쩐지 콘크리트로 이루어진 선인장들이 들어찬 불모의 사막으로 들어가는 기분이 들었던 것이다.
 "시멘트가 몽땅 바닥나든지 더 이상 지을 땅이 없어지든지 하면 끝나지 않을까요?"
 강 계장이 실없는 소리로 맞받았다.
 "내 예상이지만 앞으로 오십 년쯤 후면 우리나라에 외국 관광객이 엄청나게 몰려들 거야."

"그건 왜 그렇죠?"

강 계장이 읽던 책을 접고 그를 바라보았다.

"한국 땅 전체가 커다란 아파트 단지로 바뀌고 난 다음에 말이야. 한국인이 이처럼 비문화적이고 획일적인, 그야말로 벌집이나 다름없는 공간에서 어떻게 희망과 꿈을 가지고 살았는지 그 심리도 연구할 겸 관광차 현장을 답사하러 오는 거지. 도시화 사회의 한국인의 삶과 인생에 관한 연구. 이쯤 되는 타이틀을 갖고 말이네."

"팀장님도 참. 난 또 무슨 말씀이라고."

"마냥 웃어넘길 일만은 아니지. 만일 백 년쯤 뒤에 급작스런 기후 변화나 혹은 혜성 충돌 따위의 우연한 사고로 백악기에 공룡이 멸망한 것처럼 지구의 인간들이 멸종했다고 쳐봐. 그런 다음 외계에서 날아온 우주인들이 있다면 이 지구를 지배했던 인간의 삶을 어떻게 규정지을까. 우주인들이 착륙한 장소가 한국의 수도권이라면 사막의 선인장처럼 하얗고 즐비하게 늘어선 콘크리트 건물을 바라보며 어떤 생각을 가질까. 어쩌면 인간들을 벌이나 개미 따위의 종으로 분류하지 않을까."

...... 공룡의 뼈처럼 하얗게 석회화된 아파트 단지들. 무너지고 무수히 균열이 간 콘크리트 고층 건물들. 그물처럼 갈라져 흔적만 남은 아스팔트 도로와 시멘트 도로. 곳곳에 고목처럼 비스듬히 넘어져 있는 시멘트 전봇대들. 죽죽 갈라터진 콘크리트 사이를 비집고 솟아난 초록의 잡초들. 이 지구란 별에서 인간이란 무수한 생명체는 무얼 먹고 살았던가. 석회질의 콘크리트를 일종의 배설물처럼 쏟아내어 그걸 이용하여 괴상

한 형태의 집을 짓고 사는 기이한 군집생명체가 아니었을까.

"글 쓰신다더니 역시 상상력이 풍부하시군요."

"지금 읽고 있는 책은 무슨 책인가?"

강 계장의 손에 들린 책 표지를 슬쩍 넘겨다보며 그가 물었다.

"생리심리학이라고, 생물학적 측면에서 인간 두뇌의 활동을 연구한 책입니다. 두뇌 구조에 관해 무어라도 알고 있어야 교수의 설명을 들으면서 아 그런가 보다 할 거 아닙니까. 그래서 어제 급하게 시내 서점에 들러 구입한 겁니다."

강 계장의 열성에 고개를 끄덕이긴 했지만 입맛이 썼다. 아무래도 괜한 일에 강 계장을 끌어들였다는 자책감이 들었다. 열흘인가 전에 강 계장이 게임의 유해성 여부를 알아내기 위해 회사에서 얻어온 게임프로그램을 연구소에 보낸다고만 했을 때도 내심 켕기기는 해도 그러려니 방관적인 태도를 취했던 것이다.

그런데 그제 연구 결과를 듣자며 함께 서울로 출장을 가자는 말을 들었을 때는 정말 내키지가 않았다. 꼭 음흉스런 자신이 엉뚱한 소리를 늘어놓아 어린 강 계장을 골탕 먹이려 드는 그런 기분이었다. 유미에 연관된 고소 사건도 그렇지만 지금도 자신이 사건을 일으키고 강 계장이 이를 수습하는 격이었다.

"그나저나 연구 의뢰 비용이 꽤 만만찮게 청구될 텐데."

한 달 단위로 지급되는 자신의 수사보조금을 몽땅 털어봐야 하루 연구 의뢰비에도 못 미칠 거란 속셈을 하며 그가 말했다. 강 계장이 웃었다.

"수사비용 청구서를 내밀면 결제가 날까?"

"그런 걱정은 하지 않으셔도 됩니다. 저 개인적으로 그만한 비용을 지불한 만한 돈은 있으니까요. 앞으로 물려받을 유산도 적지 않고요."

"유산? 그렇게 집안의 유산이 많은가?"

"조부님 때부터 가진 토지가 좀 있었나 봅니다. 잘 모르긴 해도 서울에서 제법 큰 빌딩 두세 채는 살 수 있을 겁니다."

강 계장에게 그 정도 유산이 있다는 건 놀랄 만한 일이었다. 보통 그 정도의 재산이 있으면 놀고먹을 궁리만 하지, 강 계장처럼 경찰이 될 생각은 꿈도 꾸지 않을 것이다.

"지난주엔 변사 사건이 좀 잠잠했던 편이지요?"

이 주 동안 다섯 건의 변사 사건이 발생했지만 청소년 변사 사건은 세 건에 불과했다. 예상보다 증가되지는 않고 있었다. 세 건의 변사 사건 중에서 두 건은 변사자의 전날 행적을 알아낼 수 없었다. 한 건만 '지옥의 여신'이란 게임을 했다는 증언을 얻는 데 그쳤다. 결국 세 건 모두 이유 모를 충동적 자살로 조사 보고서를 올릴 수밖에 없었다.

"그런 셈이었지."

"혹 일종의 잠복기 같은 것 아닐까요? 대개 병에는 체내에서 발병할 때까지의 잠복 기간이란 게 있지 않습니까. 그런 것처럼 일정한 시일 동안 인간의 두뇌 속에서 잠복해 있다가 느닷없이 터져 나오는 것 아닐까요?"

"이게 무슨 매독이나 말라리아 같은 세균성 질병도 아니지 않은가?"

"아닙니다. 만에 하나, 아니 백만에 하나 팀장님의 수사에서 나타난 것처럼 청소년의 이유 모를 자살 사건이 '지옥의 여신'이라는 게임에 의해서 발생한 것이라면 얼마나 놀라운 일입니까. 저도 반신반의하고 있긴 하지만 만약 그렇다면 게임 회사에서 삼월경부터 배포를 시작한 서울 경기 지역의 수많은 청소년들이 모두 죽음의 게임에 노출되는 셈이 아닙니까."

그가 미간을 접었다. 불현듯 차가운 전율이 등줄기를 꿰뚫는 느낌이었다. 그는 머리에 떠오른 참혹한 상상을 얼른 지웠다. 상상은 말 그대로 상상일 뿐, 그럴 일은 없을 것이다. 우리 현실이 그리 녹녹한 건 아닌 것이다. 눈에 보이지 않는 수없이 많은 제도적, 인적 그물망이 빈틈없이 정교하게 얽혀서 돌아가는 게 인간사회인 것이다. 그런 터에 아이들 장난이나 다름없는 게임 하나로 사회 전체가 흔들릴 일은 없는 것이다. 오래전 유럽을 강타해서 수백만 인간을 죽음으로 몰고 간 유행성 독감이나 에이즈, 또는 중국판 조류 인플루엔자 따위의 불가항력적인 악성 바이러스에 의한 것이라면 또 모를 일이지만.

"그런 불길한 이야기는 그만하고. 그보다 과장에게 제출한 보고서에 대한 언급은 아직 없었는가?"

"예. 그 뒤 아무런 언급이 없는 걸로 보아 과장님 선에서 적당히 처리해버렸는지도 모르지요."

두꺼비 과장의 성품으로 보아 그럴 가능성이 농후했다.

"좋은 대학 선배님을 두어서 강 계장은 좋겠어."

그가 콧방귀를 뀌며 짐짓 빈정거렸다.

"훌륭하신 선배님이시죠. 재주가 좋으셔서 얼마 안 있어 영전을 할 모양입니다. 참, 그것보다 지난번에 중단했던 얘기나 마저 해주시죠."

"지난번에 무슨 얘길 했더라. 건망증이 심해서 말이야."

"팀장님이 쉬는 날, 집에서 하다가 중단한 앞집 새댁 이야기 말입니다."

"아아, 이제 생각나는군. 하여간 기억력도 좋아, 강 계장은."

"앞집 색시를 자기 것으로 만들겠다는 결의를 다졌다는 대목까지 얘기를 들었습니다."

"그렇게 매일처럼 결의를 다지고 또 다졌지. 호시탐탐 기회를 노리면서 말이야. 그러던 어느 날 갑자기 그 새댁의 남편이 나타난 거야. 알고 보니 그녀의 남편은 군인이었고 모처럼 휴가를 나온 거였지. 그런데 그 군인이 예사 군인이 아니었어. 짧은 머리에 얼굴이 킹콩처럼 시커먼 해병대 장교였지. 덩치는 또 얼마나 크고 억세 보이던지 보기만 해도 오줌이 마려울 지경이었지."

"어린 나이에 실망이 컸겠군요."

"실망이야 컸지. 하지만 그보다 여자를 포기한 건 다른 이유가 있었어. 즉, 상상을 하나 하게 된 거야. 그 해병대 장교와 그 색시가 침실에서 알몸으로 그 짓을 하는 광경을 머리에 떠올린 거지. 흑사와 백사가 엉킨 것처럼 서로 뒤엉켜 신음을 내지르고 땀을 흘리는 모습을 말이야. 그런데 이상하게도 그다음부터는 그 색시가 나와 아무런 관계가 없다는 생각이 확실하게 드는 거야. 묘한 일이었지. 아무튼 그걸로 끝이었어. 여자든 남자든 일단 마음에서 떠나면 그걸로 관계는 종치는 법이니까."

얘기 도중에 문득 그는 유미를 잠깐 떠올렸다. 종친 여자. 이제 완전히 떠나간 여자. 열차가 어느새 속도를 늦추어 영등포역으로 접어들고 있었다.

\*

　전화 연락을 받은 교수가 미리 연구실에 나와 기다리고 있었다. 쉰 남짓한 중년 교수였는데 머리가 유독 하얗게 세어 있었다. 하지만 얼굴 피부가 깨끗한 덕에 나이가 많이 들어 보이지는 않았다. 전체적으로 부드러우면서 이과 교수 특유의 경직된 분위기를 가지고 있었다.

　"마침 낮에 강의가 비어 있어서 다행입니다."

　교수가 그들을 맞으며 말했다.

　"예상과 달리 연구 과정에 애로점이 적지 않았습니다. 시중에서 사용하는 게임용 PC는 우리 학교에서 쓰는 것과 달라서 하는 수 없이 대여료를 지불하고 시중 PC방에서 사용하는 기종과 동일한 기종을 다섯 대나 들여와야 했지요."

　"고생이 많으셨습니다."

　강 계장이 허리를 굽혀 그동안의 노고에 대한 고마움을 표했다.

　"그동안의 실험 결과를 보시려면 이리로 오시죠."

　교수가 연구실 한쪽으로 두 사람을 안내했다. 각종 데이터를 종합하는 곳인 듯 커다란 서버 장치에 여러 대의 공학용 컴퓨터가 탁자마다 늘어서 있었다. 심장과 호흡의 박동을 재는 카이모그래프 장치도 보였다.

　"우선 실험 과정을 간략하게 설명드리겠습니다. 1차로 우리 대학교의 재학생 중에서 일이 년 이상 PC방 출입을 하며 게임을 했던 학생들을 지원 대상자로 한정하여 지원자를 정했습니다. 그중에 나이별로 다섯 명을 피험자로 선정한 다음 일주일간 저녁 일곱시부터 매일 여섯 시간 이상씩 게임을 하도록 했습니다. 물론 피험자들의 게임 중 뇌파와 두뇌 활동에 관련된 반응과 패턴을 측정하기 위해 컴퓨터 두뇌단층영상 촬영 측정기기를 사용했으며 맥박과 심전도 검사 등 여러 각도에서 조사도 이루어졌습니다. 또한 매회 게임이 끝났을 때마다 피험자에게 게임을 할 때의 심리적 상황과 느낌 등을 일정한 문항을 주어 적어 내도록 했습니다."

교수의 설명은 말라빠진 통나무처럼 딱딱해서 마치 공식적인 브리핑을 듣는 것 같았다.

"일주일이라면 너무 짧은 기간인 것 아닙니까?"

형근이 교수의 설명을 자르고 나섰다. 게임에 중독되려면 적어도 보름 이상은 해야 한다는 게 그 나름의 판단이었다. 게임과 관련된 변사자들 대부분이 보름 이상 게임을 한 경험을 가지고 있었다는 걸 새삼 떠올렸던 것이다.

교수가 그의 의문을 간단하게 잠재웠다.

"그렇지 않을 겁니다. 일반적으로 어떤 게임에 익숙해지는 기간이 보통 이삼 일이라는 점을 감안한다면 그 이상은 게임에 숙달되거나 집착하게 되는 과정일 뿐이지, 오랜 시간 게임을 한다고 해서 특별히 다른 변화가 일어나는 것은 아닙니다."

"결과는 어땠습니까?"

어색한 분위기를 느꼈는지 강 계장이 나섰다.

"결론적으로 얘기해서 별다른 이상 증상은 발견되지 않았습니다."

형근은 나직이 한숨을 내쉬었다. 안도감과 동시에 실망스러운 감정이 치밀었다.

"아무 이상도 없었다는 말씀이십니까?"

강 계장이 의사의 옆얼굴을 뚫어지게 쳐다보았다. 그와 강 계장이 연구 보고서를 서류나 인터넷상으로 받지 않고 굳이 시간을 내어 직접 연구소를 찾은 건 행여 있을지도 모를 일말의 숨겨진 단서를 찾아내기 위해서였다.

서류는 그 자체를 수치나 도표로만 나타낼 뿐, 연구 중의 세세한 부분까지 드러나지 않을 수 있었다. 하지만 대화를 하다 보면 연구 과정에서 간과된 부분이나 연구 방법의 선택에 있어서 전혀 고려하지 못한 결점을 발견할 수도 있는 법이었다. 모든 수사는 현장에서 출발한다. 현장 수사를 담당하는 경찰에게 자주 강조되는 원칙이었다.

교수가 강 계장을 돌아보며 끄덕였다.

"게임이 끝난 후에 일부 피험자에게 몇 가지 생리적, 심리적 변화가 감지되었지만 그건 통상적인 변화라고 할 수 있습니다. 게임을 끝내고 난 직후 현기증을 느끼거나 일시적인 환청 현상을 겪는 걸로 나타났지만 그건 대체로 경미한 수준이었습니다."

"현기증과 환청 현상이 왜 생깁니까?"

"현기증은 오래도록 집중해서 화면을 응시하다 보니 생기는 것 같았습니다. 또 환청 현상은 게임 도중에 계속적으로 듣게 되는 강렬한 배경음 또는 효과음에 기인한 것으로 판단됩니다. 이 게임은 유난히 배경음을 많이 사용한 것 같습니다. 주로 둔중한 울림의 저음을 사용했는데 게임 진행과 일정한 연관이 있는 걸로 보입니다. 아마 음향을 효과적으로 사용해서 게이머들에게 게임에 대한 집중도와 긴장도를 높이려는 게 목적이 아닐까 여겨집니다."

그는 교수가 자주 같았다, 싶었다, 여겨진다 등의 간접어법을 쓰는 게 마음에 들지 않았다. 현대가 아무리 불확실성의 시대라지만 맞으면 맞고 아니면 아닌 게지, 명확한 결론을 내어놓아야 할 교수며 연구자의 입장에서 사용해선 안 되는 말투란 생각이 들었다.

"유해성 여부는 밝혀졌습니까?"

강 계장의 말에 교수가 콧등에 걸린 안경을 손가락으로 올리며 비스듬히 웃었다.

"유해성이라…… 어떤 게임이든 장시간 몰두하게 되면 육체나 정신, 양측에 모두 좋지 않겠지요. '지옥의 여신' 역시 그런 수준에서 얘기할 수 있겠습니다. 객관적으로 따지고 보면 다른 게임에 비해 잔인하다거나 폭력성이 지나치지 않다는 게 피험자들의 일치된 주장입니다. 오히려 다른 게임보다 슬픔이나 연민, 고독 따위의 정서적 감정을 자극하는 게임이라는 평입니다."

"여신을 도와주는 과정에서 얻어지는 심리적 기쁨 같은 것 말이군요."

강 계장이 말했다.

"계장님도 이 게임을 해보셨군요?"

"예. 시간이 날 때마다 재미삼아 해보고 있습니다."

교수의 물음에 강 계장이 잘못을 저지른 아이처럼 쑥스러워했다.

"그럼 저보다 더 잘 아시겠군요. 괜히 법석을 떨었군요."

교수가 농담인지 비꼬는 것인지 모를 한마디를 던졌다. 멋쩍게 웃던 강 계장이 질문을 던졌다.

"알겠습니다. 그전에 마지막으로 한 가지 물어볼 게 있습니다. 좀 엉뚱한 질문 같지만 저녁 늦게 게임을 하고 난 뒤 게이머가 수면을 취하는 시간 중에 뇌에 어떤 미묘한 변화가 일어나는 경우는 없을까요? 엉뚱한 가정에 불과할지 모르지만 알코올중독자나 약물중독자처럼 섬망이 생긴다든지, 혹은 몽유병자처럼 무의식적으로 어떤 충동적 행위를 한다든지 하는 것 말입니다."

교수가 어림없다는 듯 고개를 살래살래 저었다.

"무슨 생각에 그런 질문을 하시는지 모르겠지만 그건 거의 불가능한 일입니다. 만약 잠자리에 들기 전에 마약 따위의 약물을 과다하게 복용했거나 알코올을 지나치게 섭취했다면 그런 상태가 될 수 있겠지요. 또 지나치게 게임에 몰두하다 보면 그 게임과 연관된 악몽을 꾼다든지 하는 부작용은 일부 일어날 수 있습니다. 연구 조사에 따르면 게임을 오래 하는 사람에게 게임중독 현상이 발생할 수 있다는 사실은 오래전에 골드버거나 브레너 같은 외국의 유명한 정신의학자들을 통해 밝혀진 바 있습니다. 하지만 PC 게임을 한 것만으로 인간의 두뇌가 영향을 받아서 수면 도중에 무의식적으로 충동적 행위를 하거나 착각이나 망상 등이 발생하기는 거의 불가능할 것입니다. 제가 아는 한 아직 그런 예를 들어본 적이 없습니다. 아울러 과학적으로 그런 일이 발생했다는 학설 역시 아직 학계에 발표된 바 없습니다."

"그렇군요."

연구실에 들어설 때부터 자책감에 젖어 있던 그가 무겁게 고개를 끄덕였다. 강 계장의 적극적인 태도로 말미암아 청소년 변사 사건을 이곳 서울의 유수 대학 연구소까지 끌고 오게 되었지만 이런 무의미한 결론이 날 것을 그는 애초에 짐작하고도 남았다. PC 게임이 사람을 자살로 이끈다는 가설은 지나가던 개가 들어도 배를 잡고 웃을 일이었다.

"그동안 수고 많으셨습니다."

강 계장과 교수의 의례적인 인사가 끝나기도 전에 그는 터덜거리며 연구실 문을 향해 몸을 돌렸다. 대상을 알 수 없는 미움과 혐오감이 모락모락 정수리에 치밀었다.

\*

커다란 벚나무가 서 있는 모퉁이를 돌아가자 저만치 아파트 현관 앞에 아이가 제 엄마와 서성거리고 있는 게 보였다. 오월 초순답게 날씨는 더없이 화창했고 아파트 화단에는 철쭉이며 영산홍이 붉은 꽃망울을 축제의 불꽃처럼 무수하게 피워내고 있었다. 그는 차를 아파트 현관 앞으로 몰아갔다.

전처가 차 뒷문을 열었고, 아이가 냉큼 올랐다. 이어 그녀 역시 뒷좌석에 올라탔다.

"에이, 난 집에서 게임이나 하고 노는 게 더 좋은데······."

아이가 볼멘소리로 칭얼거렸다. 그는 룸미러를 통하여 뒤편을 바라보았다. 전처 해옥의 얼굴이 콧등 아랫부분만 잡혔다. 입술에 분홍빛 루주가 엷게 발라져 있었다. 그는 룸미러를 움직여 뒤편이 잘 보이도록 조정했다. 전처가 아이의 머리를 쓰다듬었다.

"그래도 오늘같이 어린이날엔 야외에 나가서 바람도 쐬고 하는 거야. 늘 집에만 있으면 건강에 안 좋아."

"치, 그게 어때서. 난 이제 열세 살이야. 어린애가 아니잖아."

어제 전화가 왔을 때 아이가 놀러 가고 싶다고 칭얼댄다는 말을 꺼낸 건 전처였다. 아빠가 돼서 어린이날 하루 아이와 놀아주는 게 그렇게 어려워? 그가 사건 수사로 바쁘다는 말을 하자 해옥은 그렇게 되받았다. 그는 어쩔 수 없이 오전에 시간을 내보겠다는 대답을 해주었다.

자연스럽게 집에서 놀도록 놔두는 게 어때?

입천장까지 나온 말을 그는 억지로 꿀꺽 삼켰다. 왜 자신이 그녀의 말이나 태도에 대해 본능적이라고 할 만큼 알레르기 반응을 나타내는지 자신도 모를 일이었다. 부부가 금슬이 나쁘면 원수보다 못하다는 옛말이 틀린 게 아니었다.

처음부터 그런 건 아니었다. 신혼 때만 해도 그는 아내를 무척 아끼고 또 사랑했다. 하지만 오랜 장마에 누수가 생기는 것처럼 조금씩 그녀와의 사이에 보기 싫은 얼룩이 생겨나기 시작했다. 작은 모래 알갱이도 해를 두고 쌓이면 사막이 되는 법이었다. 생활에서 빚어지는 사소한 마음의 앙금들이 두 사람 사이에 조금씩 해를 두고 켜켜이 쌓여갔다.

사실 따지고 보면 별거 아닐 수도 있었다. 그가 그녀에게 받는 대부분의 스트레스는 주로 그녀의 말투에 있었다. 그녀는 생선을 토막 치듯 말을 톡톡 잘라 하는 버릇이 있었다. 걸핏하면 이야기 도중에 '그게 어때서?'라거나 '다 그런 거지 뭐' 하는 식으로 세상물정을 모두 꿰뚫은 현자처럼 말하길 즐겨 했다. 그러면 머쓱해져서 더 이상 얘기하고 싶은 마음이 달아났다. 또 둘 사이에 어떤 트러블이 생겨서 그 다툼의 전말을 논리적으로 납득시키려고 들면 아내는 발끈해서 따발총처럼 쏘아붙였다.

남자들은 왜 그렇게 논리, 논리, 논리적인 것만 찾는 거야. 그냥 자연스러우면 되는 거 아냐? 다투는 데 논리가 왜 필요해. 성질나면 성질을 내면 되는 거지.

또 하나, 아내는 남자 타령을 자주 했다. 입에 밴 소리가 '남자들은'이거나 '남자가 되어서' 혹은 '남자가 그것도 못 참아' 아니면 '남자가 여자를 보호해줄 줄 알아야지'라는 말을 어설픈 요리사가 양념 쓰듯 써댔다. 한번은 그가 홧김에 '그럼 장인은 장모를 잘 보호해주나 보지?'라는 말을 하려다가 애써 참은 적이 있었다. 아무리 부부싸움이 격렬해져도 끝까지 해선 안 될 말이 있는 법이니까.

"어디로 갈까?"

"아빠가 알아서 해."

그가 물었고, 아직 마음이 풀리지 않았는지 아이가 시큰둥하게 대답했다.

"그냥 아무 데나 가. 종일 놀 것도 아닌데 뭘."

차창 밖을 내다보며 그녀가 말했다. 그는 일단 꽤 이름 있는 연방랜드로 가보기로 했다. 하지만 이십여 분을 달려서 연방랜드 부근에 도착했을 때는 이미 어린애들을 싣고 밀려든 차량들이 주변 도로까지 길게 장사진을 치고 있었다. 순서를 기다려서 차를 주차시키고, 입장권을 끊고 하다간 해가 저물어서야 겨우 입장할 수 있을 것 같았다.

"왜 어른들은 어린이날만 되면 바리바리 먹을 것을 싸들고 공원이다, 놀이동산이다 찾는지 몰라. 평소에 아이들을 데려가면 오죽 좋을까."

늘어선 차량 행렬에서 빠져나오기 위해 승용차를 회전시키며 그가 툭 짜증을 던졌다.

"뭘 그래. 없는 것보단 낫잖아."

전처가 말을 받았다. 하긴 어린이날이 없는 것보단 나았다. 그는 자신이 어릴 적에 어린이날이면 무엇을 했는지 기억을 더듬어보았다. 하지만 아무런 기억도 나지 않았다.

"일단 야외 공원으로 가기로 해. 거긴 좀 덜 붐빌 거야."

그가 차를 야외 공원이 있는 방향으로 몰았다. 그린벨트 지역이라 주변이 넓고 숲까지 있어서 가족 나들이 하기에는 괜찮은 곳이었다. 경양식 레스토랑과 민속음식점이 있었고 아이들이 타고 놀 수 있는 놀이기구도 아쉬운 대로 몇 가지 설치되어 있었다.

"엄마, 나 똥마려워. 급해."

공원 도착을 십여 분 앞두고 있을 때였다. 아이가 금방 시트에 볼일을 봐야 될 것처럼 인상을 찌푸렸다. 아이는 점점 제 엄마를 닮아가고 있었다. 말투나 생김새 모두. 몸집은 뚱뚱한 장모를 닮고 있었지만.

그는 주변을 둘러보았다. 아이를 데려갈 마땅한 곳이 없었다. 문득 지구대가 생각났다. 얼마 멀지 않은 곳에 경찰지구대가 하나 있었다.

지구대 안쪽의 직원 화장실에 아이를 앉혀두고 바깥으로 나왔을 때 혼자 책상에서 사무를 보던 순경이 경례를 붙였다. 경찰서에서 몇 번 본 적이 있어서 낯이 익은 순경이었다.

백악기의 추억  189

"강 경사는 어디 갔나?"

"조금 전에 변사 사건 신고를 받고 나갔습니다."

"변사 사건?"

"예. 고등학생 하나가 아파트에서 투신했다는 신고가 접수되었습니다. 그래서……."

또 청소년 변사 사건이야. 그는 양미간을 접었다. 서울에 가서 허탕을 치고 내려온 일이 마음 한구석에 개운치 않게 남아 있었던 것이다.

*

"자기도 많이 늙었네."

아이가 회전그네를 타는 걸 근처 나무 벤치에 앉아 지켜보고 있을 때 해옥이 슬며시 말했다. 나이가 들면 다 늙지 뭘 그래. 그는 대답 없이 허공에서 회전하는 여러 대의 그네 중에서 아이가 탄 그네를 눈길로 쫓았다. 아이가 두 사람에게 손을 흔드는가 싶더니 어느새 뒤로 돌아갔다.

"혼자 사는 게 외롭지는 않아?"

"그냥 그래."

건성으로 대답은 했지만 해옥의 물음이 예사롭지 않았다. 예전과 다르게 싹싹해진 태도야 나쁜 일은 아니었지만, 그게 어떤 의도가 있지는 않을까 의심스러웠다. 해옥을 때린 남자를 떠올렸다. 얼굴도 모르지만 어떤 남자인지 궁금하긴 했다. 해옥과 잠자리는 좋았을까. 그 남자와 침대에 들었을 때 해옥은 어떤 태도를 취했을까. 어쩌면 그것 때문에 화가 치밀어서 해옥에게 손찌검을 한 것은 아니었을까.

해옥은 시집온 뒤로도 남자를 잘 몰랐다. 처녀였다는 뜻이 아니라 남자에 대해 이해하는 게 많지 않았던 것이다. 특히 남자의 성적 욕구에 관해서는 무지에 가까웠다. 성장 환경에 기인한 것일 수도 있었다. 따라서 그와 아내와의 잠자리가 잘될 턱이 없었다.

결혼 초부터 아내는 여자가 원하면 언제든 남자는 그걸 해주어야 한다고 믿고 있었다. 육체가 피곤할 때는 남자의 욕구도 데쳐놓은 부추처럼 시들시들해진다는 걸 잘 이해하지 못했다. 여자가 옷을 벗고 요구하면 남자의 아랫도리는 커져라 얍! 하면 불쑥 커지는 도깨비방망이쯤으로 알았다. 여자가 섹스를 원하면 남자야 커지는 게 자연스러운 거 아냐. 언젠가 남자도 잘 안 될 때가 있다는 얘기를 들려주었을 때 반라 차림의 아내는 못 미더워하며 눈을 흘겼다.

반대로 그가 불쑥 욕구가 치밀어 몸을 더듬으면 그녀는 잠깐 기다리라는 말부터 했다. 남자가 잠깐을 못 기다리느냐며 못마땅하게 여겼다. 머쓱해진 그가 침대에서 멀뚱히 기다리는 동안 그녀는 옷을 벗고 욕실로 들어갔고, 소변을 보고 샤워를 했다. 곧 사용해야 할 부위까지 청결하게 세척을 하고 나올 때쯤이면 그의 욕구는 어느덧 차갑게 식어 있기 일쑤였.

하고 나서 씻으면 안 돼? 그가 물었을 때 아내는 더러운 물건을 만진 것처럼 얼굴을 찡그렸다. 깨끗하게 씻은 다음에 안으면 서로 좋잖아. 그리고 그게 들어온다는 생각만 하면 갑자기 소변이 마려운데 어떡해. 잘못하면 실수할 수도 있잖아. 난 그런 건 절대 못 참아.

백악기의 추억

그는 아이의 운동화 신은 두 발이 그의 머리 위를 빠르게 지나가는 걸 올려다보았다. 그 남자는 침대에 누워서 욕실에 간 여인을 기다려주었을까.

"새로 일을 시작해볼까 해. 집에서 놀고만 있으니 심심해서 힘들어."

"무슨 일?"

회전그네가 천천히 속도를 늦추고 있었다. 중력의 법칙에 따라 그네는 땅을 향해 서서히 하강을 시작했다.

"처녀 적에 하던 일 말이야."

해옥이 처녀 적에 무슨 일을 했었는지 잘 기억나지 않았다.

"액세서리 공예 말이야. 그것도 기억 못 해?"

"건망증이 생겨서 그래."

그제야 생각이 났다. 아내는 결혼한 뒤로도 한동안은 액세서리 공예를 계속했었다. 형태를 만든 귀걸이나 브로치, 펜던트 따위에 칠보나 색유리 등을 입히거나 은세공을 하는 일이었다. 불현듯 온종일 알전구 불빛 아래서 어깨를 구부린 채 시계를 수리하던 장인의 작은 체구가 떠올랐다. 어쩐지 아내는 직업조차 장인과 닮은꼴이란 생각이 들었다.

"그거 괜찮은 생각이야. 사람은 일이 있어야 덜 외로워."

"우리 사이 말이야. 다시 한 번 생각해볼까?"

저만치 회전그네에서 아이가 내리는 게 보였다. 그는 못 들은 척 얼른 자리에서 일어났다.

"그네도 탔으니 이제 뭘 먹으러 가볼까?"

그가 다정스레 아이의 손을 잡으며 물었다.

다시 시작한다는 건 어리석은 일이었다. 함께한 시간들이 즐거움이나 기쁨보다 고통과 갈등이 훨씬 더 큰 비중으로 그의 머릿속에 저장되어 있었다. 아니, 고통스럽지 않았더라도 사람은 불후의 명작이라면 모를까 수십 번이나 되풀이해서 읽었던 대중소설을 다시 읽으려고 들지는 않는 법이었다. 그는 더 이상 읽을 내용도 없고, 표지조차 똑같은 낡은 책을 다시 손에 들고 싶지는 않았다.

**8**

그가 사무실에 들어섰을 때 직원들은 책상에 걸터앉거나 의자에 등을 기대고 앉아 담배를 피우면서 막간의 여유를 즐기고 있었다. 양 경사는 다리를 책상 위에 얹은 채 조간신문을 뒤적이고 있었다. 주야간 교대 시간이었고, 조금 있으면 계장이 주재하는 간략한 팀 회의가 있을 예정이었다. 오월의 아침 햇살이 사무실 안쪽 칠판에까지 환하게 비쳐들었다.

직원들의 목례를 받으며 그는 자신의 책상에 가서 자리에 앉았다. 책상 위에 처음 보는 붉은 꽃이 소담스레 피어난 화분이 하나 놓여 있었다. 화분은 금박 포장지에 예쁘게 싸여 있었다.

"이 화분, 웬 거야?"

그의 물음에 야간 당직을 섰던 장 순경이 대답했다.

"아침에 배달 왔던데요."

꽃나무 사이에 분홍빛 쪽지가 끼여 있었다. 그는 쪽지를 떼어내서 읽었다.

'좋은 월요일 아침 되세요. 수경.'

그는 한참 쪽지를 내려다보았다. 기분이 좋았고, 무언지 모를 감동 같은 게 마음의 바닥에서 출렁이며 조금씩 차올랐다. 아는 사람의 관심을 받는다는 건 누구에게나 기쁜 일이었다. 직원들의 잡담이 계속해서 이어졌다.

"아이를 데리고 시민운동장에서 하는 어린이날 행사장에 갔더니 사람들이 얼마나 많은지 밟혀 죽는 줄 알았어요."

이 순경이 당시의 상황을 떠올렸는지 혀를 내둘렀다.

"장가간 지 한 달도 채 안 된 사람이 벌써 어린이까지 생겼어?"

책상 위에 작은 거울을 올려놓고 정수리까지 벗겨진 머리에 발모제를 톡톡 두드려가며 바르던 김 경장이 눈을 크게 하며 짐짓 놀랍다는 얼굴을 했다.

"에이, 제 일곱 살짜리 조카 이야깁니다."

"김 경장, 발모제를 오래 사용하면 정력이 약해진다는 말이 있는데 사실이야?"

길게 담배연기를 내뿜으며 마 경사가 물었다. 연기가 허공에서 하얗게 풀어졌다.

"일부에서 그런 말도 있어요."

"그럼 머리털이 나면 뭐해. 남자 거시기가 부실하면 말짱 꽝이지."

"전 힘이 남아서 탈입니다."

김 경장이 힘주어 말했다. 장 순경이 히히거리며 웃었다.

"어이, 이것 좀 봐. 근래에 청소년 변사 사건이 급증했다고 중앙지에 대문짝만 하게 났어."

양 경사가 기사가 실린 면을 직원들이 보이도록 펼쳐 보였다. 그는 기사의 내용을 떠올렸다. 차량 순번제에 묶여서 승용차를 두고 출근하던 중에 지하철역에서 잠깐 읽었던 것이다. 일간지였는데 오월 청소년의 달 특집기사로 2면에 걸쳐서 청소년 자살 문제를 상세하게 다루고 있었다. 특히 사월 들어서 청소년 자살이 급증했다는 기사와 함께 자살 이유로 나빠진 경제 및 취업난, 사회적 소외와 미래에 대한 전망 부재, 부모들과의 대화 단절 등을 들고 있었다. 아울러 청소년 자살을 방지하기 위한 전문가의 사례별 진단과 조언을 몇 가지 싣고 있었다.

"도대체 왜들 그렇게 잘 죽는 거야."

김 경장이 거울에 대고 툴툴거렸다.

"경찰들만 바쁘게 생겼네. 안 그래도 일이 많은 터에……."

담배를 재떨이에 비벼 넣으며 마 경사가 한숨을 내쉬었다.

"국토는 좁은데 너무 인구가 많아져서 생기는 자연현상이 아닐까요? 듣기엔 자연조절설이라던가. 암튼 일정한 크기의 섬에 양의 개체수가 너무 늘어나면 양들이 제 스스로 물에 뛰어들어 일정한 수만 남기고 죽는 것처럼 말입니다."

이 순경이 어디선가 읽은 정보를 떠올렸다. 어쩌면 그럴 수도 있겠지. 인간도 동물의 범주에 속하니까. 형근은 내심 고개를 끄덕였다.

…… 인간의 수명이 늘어나고 인구가 폭발적으로 증가하면서 인간들은 스스로의 생명에 대한 경외감을 잃어갔다. 굶어 죽었다는 기사는 나

지 않아도 연예인 누군가가 살을 뺐다는 기사는 특집으로 실리는 시대다. 사람들은 죽음을 그저 하나의 활자나 영상으로만 인식하기 시작했다. 이제 죽음은 인간의 인식에서 멀어졌다. 인간이 여타 동물과 다른 점은 항상 죽음을 인식하고 살아간다는 점이다. 그렇지 않다면 도살장으로 향하는 차량에 실려 가면서도 먹을 것을 갖고 다투는 돼지와 다를 바가 무엇일 것인가.

갑자기 김 경장이 어이! 하며 반가움에 찬 소리를 내질렀다. 직원들의 눈길을 받으며 사무실 문을 들어선 것은 보름 전 조직폭력배 검거 작전에 나섰다 흉기에 부상을 입고 병원에 입원했던 황 경장이었다. 그동안 푹 쉬었는지 얼굴색이 희멀겋게 바뀌어 있었다. 그를 향해 먼저 인사한 황 경장이 주위를 향해 고개를 주억거렸다.

"이왕 다친 김에 좀더 쉬지 그래?"

마 경사가 웃으며 농담처럼 말했다.

"걱정들 해주신 덕에 일찍 퇴원했습니다."

"앞으로 술 좀 적당히 먹게. 술에 원수진 사람도 아니고 원."

"팀장님, 파트너가 돌아와서 좋겠습니다."

김 경장이 그를 돌아보며 말했다. 뒤이어 간부회의를 마친 강 계장이 사무실로 들어섰다. 블루 계통의 넥타이까지 맨 깔끔한 춘추 정장 차림이었다. 주위를 한 바퀴 둘러본 강 계장이 입을 열었다.

"시간도 없고 하니 간부회의에서 거론된 내용을 간단하게 말씀드리겠습니다. 주지하다시피 오월은 민생 치안 확립의 달입니다. 치안과 방범 활동을 강화함과 동시에 강·절도 사건을 중점적으로 해결해나갈 수 있도록 여러분의 적극적인 활동 부탁드립니다. 그리고 황 경장의 완쾌를 축하합니다."

정말이지 간단한 회의였다.

직원들이 각자 할 일을 찾아 흩어진 뒤에 강 계장이 그의 책상으로 다가왔다. 코가 닿을 정도로 가까이 온 강 계장이 작은 소리로 그에게 말을 건넸다.

"오늘 조간신문 읽으셨습니까?"

"청소년 변사 사건 기사 말인가? 대충 읽었네."

"아무래도 이상하긴 하죠. 지난달부터 서울 경기 지역에서 청소년 변사 사건이 급증하는 게 말이죠. 이 지역에서 변사 사건이 증가한 시기와, 게임 회사에서 서울 경기 지역에 게임을 배포한 두 달이란 시간적 간격에 따른 변사자 증가가 거의 일치하는 것 같지 않습니까?"

"그렇더라도 이미 결론이 난 것 아닌가. 게임과는 무관하다는 게······."

"팀장님은 연구소에서 말한 그 연구 결과에 대하여 확신하십니까?"

강 계장이 그의 옆얼굴을 지그시 바라보았다.

"그건 아니지만 더 이상 알아볼 도리가 없잖은가."

"아닙니다. 집중해서 파고들다 보면 분명히 무언가 나타날 거라는 게 저의 믿음입니다. 팀장님도 그렇게 아시고 수사를 계속해주시지요. 혹 예상한 결과를 얻지 못한다손 치더라도 그게 대수겠습니까. 결과를 얻기 위해 최선을 다하는 그 자체가 우리 일 아닙니까? 예전에 팀장님 별명이 낙타였다고 소문으로 들었습니다. 더위와 갈증을 견디면서 천천히, 그리고 꾸준히 목표를 향해 가는 사막의 낙타."

"다 젊었을 적에 이야기지."

민망함을 느낀 그가 말을 우물거렸다.

"지금도 늦지 않았습니다."

"어제 오후엔 보이지 않던데 어디 갔었는가?"

"양 경사와 사건 조사차 지방을 다녀오는 바람에 좀 늦었습니다."

그가 어제 오전에 자리를 비우는 바람에 하는 수 없이 양 경사를 데려갔던 모양이었다.

"요즘도 게임을 하고 있는가?"

강 계장이 그의 귀에 입을 가져다 댔다.

"물론입니다. 웬 물건이 갈수록 재미가 생기던데요. 특히 앞으로 Madre 여신을 사랑하게 될 것 같습니다. 엔간히 매력적이어야죠."

그가 느물거리며 웃었다.

"그렇다고 너무 사랑에 빠지지는 말아. 현실의 여자가 슬퍼할 테니까."

오늘따라 강 계장이 친동생처럼 여겨졌다. 두 사람이 다정히 소곤거리는 모습을 김 경장과 마 경사가 의심스러운 눈길로 힐끗 쳐다보았다.

\*

문을 열자 후끈한 열기가 바깥으로 밀려나왔다. 컴퓨터 팬에서 뿜어내는 열기 속에는 음식 냄새와 매캐한 담배연기도 섞여 있었다. 사십 평 남짓한 실내에는 이십여 명의 청소년들이 각자 PC를 한 대씩 차지하고 앉아서 게임이나 인터넷 채팅에 열중하고 있었다. 오래된 아파트들과 낡은 주택들이 난립한 변두리 동네라서 그런지 청소년들의 입성이 대체로 허름했다. PC방의 실내 역시 지저분하고 우중충한 분위기였다. 오랫동안 찌든 담배 냄새가 역겹게 느껴질 지경이었다.

"어떻게 오셨습니까?"

카운터 옆 소파에서 컵라면을 먹던 서른 남짓한 남자가 라면 가락을 나무젓가락으로 집어든 채 그들을 멀거니 올려다보았다. 아침에 세수를 안 했는지 얼굴이 꾀죄죄했다.

"서에서 나왔습니다."

황 경장이 경찰수첩을 내보였다. 아래쪽 턱수염을 반 뼘쯤 기른 주인 남자가 떨떠름한 얼굴을 했다. 꽁지머리에 검은 티셔츠를 입고 있었는데 가슴에 희게 해골 그림이 프린트되어 있었다. 남자는 반 넘어 남은 컵라면 그릇을 바닥에 내려놓았다.

"경찰에서 무슨 일이십니까?"

그가 수첩 속에 끼워둔 명함 크기의 사진을 꺼냈다. 죽은 청년과 함께 살던 친할머니에게서 얻어온 것이었다. 입술에 묻은 국물을 손등으로 훔친 주인은 목을 빼고 사진을 들여다보았다.

"여기 자주 오는 청년입니다."

주인 남자는 금방 사진 속의 학생을 알아보았다.

"매일 오후 한두 시쯤에 와서 새벽 두세 시경까지 게임을 하다 갔습니다. 점심과 저녁은 여기서 컵라면이나 과자 같은 걸로 때우고요."

"무슨 게임을 했지요?"

"전에는 '서든 어택'을 했었는데 요즘에는 'The goddess of hell'이란 게임만 했습니다."

주인 남자는 청년이 무슨 게임을 좋아했는지까지 알고 있었다. 형근은 흠 하고 목에서 솟아나는 신음을 삼켰다. 혹시 했지만 역시였다. 그의 심중을 아는지 모르는지 황 경장이 그의 얼굴을 바라보았다.

"그 청년이 나쁜 짓이라도 저질렀습니까?"

주인 남자가 그와 황 경장을 번갈아 보며 궁금하게 여겼다.

"죽었어요."

황 경장이 무뚝뚝하게 말했다. 주인 남자가 어이없다는 표정을 했다.

관내에는 그제와 어제 두 건의 청소년 변사 사건이 잇달았다. 어제는 대학생이 자기 아파트 베란다에서 뛰어내려 사망한 사건이었다. 그제는 집에서 놀고 있던 스물두 살의 청년이 역시 자신의 임대아파트 옥상에서 뛰어내려 즉사한 사건이었다. 두 건 다 남긴 유서도 없었고, 다른 사람과 다투거나 타살의 흔적도 없었다. 이전까지의 청소년 의문 추락사 사건과 흡사했다.

어제 일어난 대학생의 전날 행적을 조사한 결과 변사자인 대학생 역시 친구들과 어울려 술을 마신 다음 헤어져서 혼자 PC방에서 게임을 하고 집으로 돌아갔다는 증언을 얻어낼 수 있었다. 그래서 인근 PC방을 뒤지고 다닌 결과 아파트와 가까운 PC방에서 밤늦도록 게임을 했다는 주변 사람들의 증언이 나왔다. 아울러 대학생이 아파트 투신 전날 한 게임이 '지옥의 여신'이라는 걸 밝혀낼 수 있었다.

그제 변사 사건의 당사자인 청년 역시 전날의 행적을 알 수 없었다. 그래서 막연히 변사자가 사는 변두리 동네 주변의 PC방을 오전부터 몇 시간째 뒤지고 다녔던 것이다. 그 결과 마침내 찾아낼 수 있었던 것이다.

그는 자신이 무언가를 겨냥하고 있는 건 분명하다고 생각했다. 가는 곳마다 나타나는 증거가 그걸 확인시켜주고 있었다. 하지만 막상 잡으려면 손에 잡히는 건 아무것도 없었다. 자살한 청소년들이 그 전날 한 게임이 '지옥의 여신'이다, 이 정도만 드러날 뿐 그 게임이 죽음과 어떤 연관이 있는지, 어떤 촉매작용을 하는지 자신으로선 알 도리가 없었다. 범죄를 증명하는 데 가장 중요하고 기초적인 사항이라고 할 수 있는 인과관계가 성립되지 않는 것이다.

게임을 하는 도중에 자살했다거나 하면 그나마 게임이 게이머에게 어떤 영향을 끼쳤을 것이라는 가정을 성립시킬 수 있지만 게임이 끝나고, 집으로 돌아가서 한숨 자고 난 후에 자살한 경우에는 게임이 두뇌에 어떤 작용을 했는지, 설혹 작용을 했다손 치더라도 자신으로선 그걸 증명할 아무런 방법이 없었다. 그나마 내심 한 가닥 기대를 걸고 서울에 의뢰했던 조사마저 공연한 헛발질을 한 셈이었다.

"이 PC방에서 '지옥의 여신'이란 게임을 하는 청소년이 얼마나 됩니까?"

"글쎄요. 잘 모르지만 한 이십여 명쯤 되는 걸로 알고 있습니다."

청년은 그 이십여 명 중의 한 사람인 셈이었다. 왜 다른 사람들은 멀쩡한데 유독 그 청년만 자살을 했을까. 거기에는 분명 그럴 만한 이유가 있을 것이다.

뭔가 빠트린 건 없을까? 청소년이란 사실 말고도 변사자들 사이에 어떤 공통점이 있지는 않을까? 몇 가지 있긴 했다. 모두 아파트에 거주하고 있다는 것, '지옥의 여신'이란 게임을 했다는 것, 잠을 자고 난 다음이라는 것, 대강 그 정도였다. 하지만 그건 너무 광범위한 공통분모였다.

분명히 내가 모르는 무엇인가가 있을 거야.

그는 카운터 뒤편 벽에 붙어 있는 커다란 게임 광고 포스터를 바라보았다. 전에 게임 회사에 들렀을 때 본 적이 있는 Madre란 여신의 캐릭터였다. 풀어헤친 갈색머리에 슬픔을 머금은 커다랗고 깊숙한 눈동자, 정말 누구라도 사랑을 느낄 만큼 뛰어나게 아름다운 모습이었다.

저렇게 아름다운 여신이 아무 죄도 없는 청소년들을 죽음으로 몰아넣을 수가 있을까? 그건 아닐 것이다. 어디까지나 게임은 게임일 뿐이었다. 여기에는 자신으로선 풀기 어려운 어떤 기이한 난제가 남아 있었다. 자신은 아직 그걸 찾아내지 못하고 있는 것이다.

"선진국에선 청소년들에게 일정한 시간 외에는 게임을 못 하게 제도적인 장치를 만들어두고 있다는데 왜 한국에선 그렇게 하지 않는지 모르겠습니다. 밤낮을 안 가리고 게임을 하도록 방관만 하고 있으니……."

궁리에 잠겨 PC방 계단을 내려오던 그에게 황 경장이 말을 건넸다. 그는 골몰해 있던 생각에서 벗어났다.

어른들의 물질적인 욕심 때문이겠지. 겉으로는 자라나는 세대들을 위하느니, 자기 자식들을 훌륭하게 키운다며 비싼 돈을 들여서 외국에 유학까지 보내며 교육에 열을 올리는 한편으로 주변의 청소년들이 어떻게 되든 말든 돈벌이만 되면 모든 걸 묵인하는 이중적인 잣대를 가진 한국의 어른들.

바깥은 오후의 햇살이 무척 따가웠다. 오월임에도 한여름이나 다를 바 없었다. 그와 황 경장은 뜨거운 햇살을 피해 건물 그늘을 따라 걸었다.

"수사하러 PC방을 드나들다 보니까 컴퓨터 게임이 아이들에겐 정신적인 마약이란 생각이 듭니다. 게임을 완전히 없애지는 못하더라도 청소년들을 위해선 좀더 엄격한 제재를 가해야 하는 것 아닙니까?"

"다 위에서 하는 일들 아닌가."

"하긴 따져보면 술이나 담배도 마찬가지지. 나쁜 걸 알면서도 팔고 있으니……."

"그래서 인간을 두고 탐욕스러우면서 어리석은 동물이라는 거 아닌가."

그의 냉소적인 말에 황 경장은 더 이상 할 말을 잃었는지 묵묵히 걸음을 옮겼다. 더위 탓에 등줄기에 땀방울이 흘러내리는 게 적지 않게 불쾌하게 느껴졌다.

*

병원 별관에 마련된 장례식장은 예상보다 문상객이 적어서 썰렁했다. 짧지 않은 투병생활 끝에 돌아가신 판이라 이미 마음을 정리한 사람이 많았고, 고모부의 연세가 적지 않아서 문상을 올 주변 친구들도 그리 많지 않았던 것이다.

하지만 장례식장은 의기소침해 있지 않고 오히려 문상객이 밀려드는 다른 방보다 기묘한 화기가 흘렀다. 영정을 두고 둘러선 방 안의 상주

들이나 조문을 온 문상객도 슬픔을 나타내거나 애석해하는 표정을 짓지 않았다.

따지고 보면 고모부는 치매에 걸려 살아가는 동안 그간 사람들의 기억 속에 남아 있던 인간으로서의 기억을 모두 지워낸 셈이었다. 치매에 걸린 순간에 이미 고모부는 정신적으로 사망한 거나 진배없었다. 애꿎은 육체만 이승에 거추장스레 머물러 있었을 뿐이었다.

고모는 영정을 모신 방구석에 망연히 앉아 있었다. 이 세상의 아무것도 바라보고 있지 않는 텅 빈 눈길이었다. 일흔에 가까운 나이라서 기력도 쇠진했지만 치매에 걸린 남편을 오랫동안 곁에서 수발하느라 정신적, 육체적 소모가 컸을 것이다.

"상주 입장에서 이런 말 해선 안 되는 줄 알지만 입고 있던 겨울 솜옷을 몽땅 벗어던진 기분이야. 속이 다 후련해."

찾아온 문상객들에게 술과 음식을 나눠주는 자리에서였다. 말괄량이 삐삐라는 별명처럼 성격이 걸걸한 고종사촌 누이가 그에게 소주잔을 건네며 솔직하게 말했다. 벌써 몇 잔 걸쳤는지 얼굴이 불그스레했다. 그보다 세 살이 적어서 어릴 때부터 서로 말을 트고 지낸 사이였다.

"간병이 보통 어려운 일이 아니지."

고종누이가 부어주는 술을 한 손으로 받으며 그가 긍정했다.

"그래서 병구완 삼 년에 효자 없다는 말이 나오는 거 아냐."

그의 곁에서 형이 고개를 끄덕였다.

"병도 병 나름이지. 치매환자 간병은 정말 힘들지."

"아니할 말로 오죽했으면 차라리 어서 세상을 떴으면 좋겠다는 못된 생각까지 품었겠냐고. 그것도 맏딸 된 입장에서…….”

고종누이의 목소리가 한층 높아졌다. 그동안 마음고생을 했던 여러 기억들이 술김에 한꺼번에 치미는가 보았다.

"이해해. 그래도 고모부는 평소에 점잖으셨잖아. 그런 분이 어떻게 그렇게 변하셨지?"

"고모부가 점잖았어?"

그의 말에 고종누이가 눈을 하얗게 흘겼다.

"아휴, 말도 마. 네 고모부가 얼마나 바람둥이였는지 알 만한 사람은 다 알지. 다행인 건 네 고모가 옛날 사람이라서 남정네들 그런 행태를 대수롭잖게 여긴 것뿐이야. 딱 잘라 말해서 고모부는 난봉 중에서도 팔난봉이었어. 내가 다 기억하는걸."

그는 슬쩍 방 안에 넋을 놓고 앉아 있는 고모를 바라보았다. 남편의 그런 몹쓸 행위를 보며 고모는 어떤 생각을 했을까. 타고난 숙명이려니 체념하고 살았던 것일까. 아니면 증오의 뿌리를 저 땅속 깊숙한 곳까지 뻗으며 한스런 세월을 보냈던 것일까. 어떤 면에서 가정의 평화를 유지하기 위해서는 누군가의 양보나 체념, 또는 한스런 가슴앓이가 필요한 건 아닐까.

"한창때는 네 부친과 죽이 맞아서 함께 오입질도 다녔나 보더라. 그 정도라면 말 안 해도 알겠지?"

사촌누이가 작은 소리로 말했다. 그는 고개를 돌려서 형을 바라보았다. 그가 모르는 또 다른 은밀한 이야기들. 양파처럼 겹겹이 싸인 삶의 구린 구석들. 인간의 여러 숨은 면들.

그가 장례식장 구내 화장실로 갔을 때 형이 그의 뒤를 따라 들어왔다.

"형근아. 아버지께 한 번만 가보면 어떻겠니?"

그는 말없이 바지 지퍼를 내렸다. 그의 뒤에서 형이 서성대는 구둣발 소리가 들렸다. 한 발만 가까이 다가서면 당신은 문화시민입니다. 화장실문화 개선운동협의회. 변기 위쪽의 작은 표어.

"며칠 전에도 그 여자가 우리 슈퍼로 전화를 해왔더라. 아버지가 너를 찾는다고. 꼭 할 말이 있다는 것 같더라."

그 여자라면 어머니가 돌아가시고 난 다음 해에 그들 형제를 두고 집을 나간 아버지가 새로 얻은 일종의 후처였다. 그와 형은 그냥 그 여자라고만 불렀다. 아버지만 아니라면 그들과는 아무 관계도 없는 사람이었다.

"형은 아버지가 밉지도 않아?"

그의 질문에 형이 멈칫했다. 눈에 곤혹스런 빛이 스쳤다.

"밉기는 하지만 이제 다 지난 일이잖아."

형은 언제나 정이 많고 매사에 순응적이었다. 맺고 끊음이 분명한 그와는 전혀 반대였다.

"난 그렇지 않아. 나중에 얘기해."

서둘러 지퍼를 올린 그가 화장실을 빠져나왔다. 타일 바닥에 구둣발 소리가 유독 크게 울렸다. 형의 눈길이 그의 등판에 따라붙은 걸 그는 보지 않고도 알 수 있었다.

\*

그가 사무실로 가기 위해 복도를 걸어가고 있을 때였다.

막 사무실을 나온 마 경사가 목례를 하는 둥 마는 둥 하며 그의 곁을 지나쳐갔다. 어딘가 경황이 없어 보였다. 퇴근시간이 다 되었는데 어딜 가는지 짐작이 가지 않았다.

"마 경사는 어디 바쁘게 가는 거야?"

책상에 앉아서 웃음을 섞어가며 휴대폰으로 통화를 하고 있던 장 순경이 슬그머니 통화를 끊었다.

"저녁 출동시간 전까지는 돌아오겠답니다."

"무슨 일인데 그래?"

장 순경이 말해야 될지 말아야 할지를 놓고 쭈뼛거렸다.

"저, 아까 전화를 하는 걸 들어보니 막냇동생이 무슨 사고를 친 모양입니다."

"사고라니?"

허리에 찬 수갑을 풀어놓으며 그가 반문했다.

"예. 오늘 낮에 술 마시고 나오다가 지나가는 행인과 시비 끝에 두들겨 팼는데 어떻게 된 게 전치 6주가 나왔답니다."

전치 6주라면 작은 싸움은 아니었다. 형사입건 조치될 사안이었다. 그는 혀를 찼다. 두 명의 남동생이 자주 말썽을 빚는다는 소문은 익히 알고 있었지만 이번엔 막내가 사고를 친 것이다. 정 많은 마 경사가 속 깨나 끓이겠군.

마 경사를 보면 형이 떠올랐다. 형은 집안의 대소사를 늘 맡아 처리했다. 집안의 경조사며 큰일이 있을 때마다 장남이란 이유로 앞장서 나서야 했다. 그러고 보면 집안에는 꼭 한 사람 정도, 집안일을 도맡아 처리하는 사람이 있구나 하는 생각이 들었다.

그나저나 지난겨울에는 마 경사의 늙은 부친이 시멘트 계단을 내려오다 발을 헛디며 넘어지는 바람에 골반에 금이 가는 중상을 입어서 마 경사를 한동안 정신없게 만들더니 이젠 막내가 말썽이라. 가지 많은 나무에 바람 잘 날 없다는 속담이 헛말이 아니었다.

"어디서 사건을 맡고 있어?"

"서부경찰서 형사 5계에 접수되었다는 말을 들었습니다."

서부경찰서 형사 5계라면 계장을 맡은 염 형사와 중학교 동창이라서 제법 이야기가 통하는 사이였다. 그는 조만간 시간을 내어 찾아가봐야겠다고 생각했다. 전화를 하는 것보다 그 편이 도움이 될 것이다. 하지만 어려울 것이다. 피해자의 부상 정도가 너무 컸다. 일단 피해자와 합의를 보는 게 가해자의 선결 사항이었다.

김 경장과 이 순경이 덜렁거리며 사무실로 들어섰다. 그들은 들어서자마자 손에 들고 있던 작은 가방을 책상에 던지듯 내려놓았다. 디지털 캠코더 장비였다.

"건수는 잡았나?"

그가 물었다.

"요놈들이 약아서 통 잡히지가 않네요."

"걱정 마. 끈질기게 기다리다 보면 언젠가 걸리게 되어 있어."

김 경장과 이 순경은 요즘 사흘째 캠코더를 들고 재래시장에 나가 잠복근무를 서고 있었다. 시장 부근의 깡패들이 노점상을 협박하여 돈을 갈취한다는 제보가 들어왔던 것이다. 그들에게 영장을 신청하려면 노점상에게 돈을 갈취하는 현장을 증거로 남겨야 했다. 그러기 위해서 시장 옥상 부근에 숨어서 그들의 행동을 캠코더로 녹화하고 있었던 것이다.
"다들 모였습니까?"
강 계장이 푸른 체크무늬 남방 차림으로 사무실에 들어왔다. 휴가라도 다녀온 차림새였다.
"오늘 밤 주부도박단을 검거하기 위한 비밀하우스 급습 작전을 편다는 얘기 다 들으셨지요? 도박판이 한창 무르익는 열시 무렵에 급습을 할 겁니다. 그때까지 저녁 많이 드시고, 쉬고 싶은 분은 푹 쉬고 계십시오."
"하우스가 여기서 멉니까?"
황 경장이 물었다.
"시와 도 경계여서 차로 두 시간쯤 가야 합니다."
사흘 전 양 경사와 사건 조사차 지방을 다녀왔다는 게 도박판이 벌어지는 하우스 부근을 정탐하고 왔던 모양이었다.
급습에 필요한 간단한 지시를 내린 강 계장이 슬슬 그의 곁으로 다가왔다.
"청소년 변사 사건 수사는 잘 되어갑니까?"
"다람쥐 쳇바퀴 굴리기지, 뭐. 별 성과 없네."
"끈질기게 찾다 보면 뭐라도 나오겠죠. 너무 급하게 생각 마십시오."
조금 전에 그가 김 경장에게 한 말과 비슷해서 그는 혼자 미소를 흘렸다.

"좀 피곤해 보이는데?"

강 계장은 전보다 많이 까칠해진 모습이었다. 눈언저리도 푸르게 그늘이 져 있었다.

"걱정 마십시오. 아직 거뜬합니다."

"요즘도 밤마다 게임을 하는 모양이지?"

그가 물었다. 이상하게 마음이 놓이지 않았다. 물가에 어린애를 놓아둔 불안한 심정이었다. 왜 그런 생각이 드는지 자신도 알 수 없었다. 서로 친해져서 동생처럼 여겨진 때문일까.

"물론입니다."

그의 걱정을 불식시키듯 강 계장이 이를 드러내며 활짝 웃었다. 그는 고개를 끄덕였다. 하긴 강 계장을 염려하는 자신이 좀 이상스럽긴 했다. 강 계장은 어디까지나 자신의 상관이었다.

*

피로가 통증처럼 양쪽 어깨를 무겁게 짓눌렀다. 당직을 해서 더욱 그럴 것이다. 오전에 숙직실에서 몇 시간 수면을 취하기는 했지만 오후 들면서 피로감은 더욱 심해졌다. 화장실 거울 속에는 삶의 피로에 찌든 중년의 남자가 우두커니 서 있었다. 그는 몇 번 자신의 얼굴을 이리저리 당겨도 보고 밀어도 보았다. 부질없는 짓이었다.

그는 세면기 꼭지를 틀어 찬물에 얼굴을 씻었다. 약간 정신이 맑아진 듯했지만 무거운 마음은 그대로였다. 기분이 마치 깊은 물속으로 침몰

하기 직전의 썩은 폐선 바닥 같았다.

손수건을 꺼내 얼굴을 대강 닦은 다음 그는 조사실로 향했다. 벌써 복도엔 형광등이 켜져 있었다. 저녁시간이 가까웠다. 창밖에 불그레하게 노을이 내리고 있었다.

조사실 문을 열고 들어선 그는 팔을 서너 번 크게 원을 그리며 휘저은 다음 인조가죽이 씌워진 의자를 당겨 자리에 앉았다.

기다란 포마이카 테이블 앞에 앉아 있던 소년이 그를 가만히 응시했다. 무슨 생각을 하는지 알 수 없는, 비어 있는 눈길이었다. 덥수룩한 앞머리가 눈썹까지 내려와 있어서 아래로 고개를 숙이면 어떤 표정을 짓고 있는지조차 보이지 않았다.

그는 손에 든 볼펜을 빙빙 돌리며 무슨 말을 물어야 할지를 궁리했다. 이미 대강의 질문은 다 한 셈이었고, 사건의 내용과 상황은 비교적 상세하게 진술되어 있었다. 이제 조사보고서를 계장에게 제출하면 될 것이었다.

"이제 조사가 끝났나요?"

"오늘 조사는 대충 끝난 셈이야."

말하던 그는 몇 가지 묻고 싶은 말이 떠올랐다.

"처음 아버지를 죽이고 싶다는 생각을 품은 적은 언제였지?"

질문이 미흡하다고 느낀 그가 얼른 말을 덧붙였다.

"이건 그냥 개인적인 질문이야."

아이가 힐끗 그를 건너보았다. 흑백이 분명한 눈길에 남자 어른에 대한 불신의 그림자가 일렁거렸다. 소년의 눈에는 그 역시 마흔여섯의 남자 어른이었다.

　오늘 새벽녘이었다. 산속에 비밀하우스를 차려놓고 도박판을 벌인, 사오십대 주부를 포함한 도박단 일당을 경찰서로 연행해서 대강 일차 조사를 마친 다음 피의자들을 유치장에 집어넣고 잠시 쉬려는 찰나였다. 당직실로 지구대에서 전화가 걸려왔다. 흔치 않은 존속 살인 사건이었다. 그는 함께 당직근무를 맡았던 황 경장을 데리고 현장으로 달려갔다.
　살인 사건이 난 안방은 온통 피로 붉게 얼룩져 있었다. 피살자의 몸에서 흘러나온 피가 바닥이며 침대, 심지어 벽장문에까지 튀어 있었다. 당시의 참혹했던 상황을 여실하게 드러냈다. 살인 용의자는 열다섯 살 된 피살자의 아들이었다. 인근 중학교 삼학년생이었다.
　경찰이 처음 현장에 들이닥쳤을 때 피살자를 죽인 건 자신이라며 나선 건 피살자의 아내였다. 마흔을 갓 넘긴 여자는 안면이며 팔뚝 여기저기에 시퍼렇게 피멍이 들어 있었다. 경찰에 에워싸인 그녀는 더듬거리며 당시의 상황을 털어놓았다.
　남편이 새벽에 술에 잔뜩 취해 들어와서 말도 안 되는 시비를 걸어서 자신을 몹시 때렸고, 겁에 질린 나머지 부엌칼을 가지고 와서 위협만 하려고 한 것이 그만 남편을 찌르게 되고 말았다고 했다. 그녀는 남편을 죽인 자신을 잡아가달라고 흐느꼈다.
　하지만 그건 애초부터 탄로가 날 거짓말이었다. 그는 첫눈에 피살자의 아내의 옷에 피가 별로 묻지 않은 점에 주목했다. 피살자가 수십 차례 칼에 찔려서 절명할 정도면 당연히 가해자인 여자의 옷에 피가 많이 묻어 있어야 했다.

또 한 가지는 사건이 있은 뒤에 집으로 돌아왔다는 소년의 대답이었다. 늦게까지 친구 집에서 놀다가 들어왔다고 얘기했지만 친구 누구와 놀았는지, 어디서 놀았는지, 그걸 본 다른 사람은 없었는지에 대한 질문에 대답을 어물거렸다.

범죄 과학 감식반이 돌아가기도 전에 소년은 피살자를 죽인 것은 자신이라고 순순히 범행을 자백했다. 여자가 울며불며 아니라고, 자신의 짓이라고 말했지만 입술을 굳게 다문 소년은 강하게 고개를 저었다.

소년은 아버지가 어머니를 때리는 걸 중간에 말렸지만 자신까지 때리는 것에 격분하여 부엌에 있는 식칼을 가져와 수십 차례 피살자를 찔렀다고 했다. 소년은 그 증거로 부엌 싱크대 안쪽에 보자기에 싸서 숨겨둔 자신의 셔츠와 바지가 있을 거라고 털어놓았다. 찾아낸 소년의 옷에는 피살자의 것으로 보이는 피가 여기저기 묻어 있었다. 또한 소년의 오른손아귀에 식칼로 범행을 저지를 때 생긴 상처가 발견되었다.

소년은 곧 경찰서로 연행되었고, 유치장에서 오전까지 지낸 다음 그의 조사를 받기 위해 불려나온 것이다. 일반 사무실이 아닌, 조사실에 데려온 것은 피의자가 아직 소년인 데다가 부친을 죽인 존속살해범이어서 타인의 시선에 노출되지 않도록 한 그의 배려였다.

"대답해야 돼요?"

"아니야. 굳이 대답을 할 필요는 없어. 이건 조사 서류에 적을 사항도 아냐. 그저 평소 아버지에 대한 너의 생각을 알고 싶어서 그래."

소년의 아버지는 시장 근처에서 작은 가구점을 했었다. 그때만 해도 소년의 아버지는 성실했고 부지런했다. 그러나 불경기에다 사람들의 가구에 대한 취향이 고급스럽게 바뀌는 바람에 장사는 지지부진했고, 종내 밀린 점포세조차 정리하지 못하고 문을 닫고 말았다. 그때부터 소년의 아버지는 밤낮 없이 술에 절어 살았고, 걸핏하면 아내를 두드려대기 시작했다. 경제적인 궁핍과 실직이 부른 가정 파괴의 일반적인 형태였다.

"그럼 제가 먼저 하나 물어봐도 돼요?"

소년이 고개를 숙인 자세로 엄지손톱 밑을 파내며 물었다.

"그래. 물어봐."

"아저씨는 어렸을 적에 아버지를 죽이고 싶다는 마음을 먹어본 적이 있나요?"

생각도 못한 당돌한 질문이었다. 그는 잠시 생각한 다음 고개를 끄덕였다.

"음, 간혹 있었지. 힘으로 이길 수 있다면 아버지를 실컷 때려주고 싶었지."

숙인 더벅머리 사이로 소년의 눈길이 그를 올려다보았다. 기연가미연가하는 눈빛이었다.

"저도 솔직히 말해도 돼요?"

"응."

그가 고개를 끄덕였다. 소년에 대한 연민이 치밀었다. 소년은 형사적인 처벌을 받고 나서도 평생 자신이 저지른 행위에 대한 정신적 질곡과 사회적 평판에서 벗어나기 힘들 것이었다.

"아까도 얘기했지만 그 사람은 우리 집안의 원수였어요. 늘 술에 취해

집에 돌아오면 고함을 지르며 가구들을 부수고, 엄마를 때리고, 말리려 들면 저까지 때렸어요. 매일매일."

소년은 조사를 받기 시작할 때부터 자신의 부친을 그 사람이라고 호칭했다. 소년의 머릿속에 부친은 하나의 타인에 불과했다. 그 역시 중학교 일학년 때 아버지를 타인으로 여기기로 작정했었다. 그리고 그 작정은 아직도 유효했다.

"그래서……?"

"그 사람만 없으면 우리 집이 얼마나 행복할까 하고 자주 생각하곤 했어요. 엄마에게 그 사람을 두고 여동생과 함께 멀리 도망가자는 말도 해봤어요. 엄마는 말은 그러자고 했지만 한 번도 행동에 옮기려고 들지 않았어요. 나중에 정말 때가 되면 그렇게 하자는 말뿐이었지요."

대부분 여자들의 현실이겠지. 좋은 결혼은 꽃으로 된 울타리 속에 사는 것이지만, 나쁜 결혼은 평생을 넘기 힘든 콘크리트 장벽 속에 사는 게 아닐까. 그는 잠깐 돌아가신 어머니의 암담했던 결혼생활을 떠올렸다.

"어머니를 때릴 때 경찰관에게 신고하지 그랬어."

"신고를 하면 무엇해요. 몇 번이나 주위 사람들이 경찰서에 신고를 했어도 그냥 왔다가 알아서 하라고만 하고 돌아갔어요. 가정일에는 자신들도 어쩔 수 없다고. 두 사람이 알아서 해결하라는 말뿐이었어요."

약간씩 나아지긴 해도 가정에서 일어난 일에 대해서 경찰은 모른 척으로 일관하기 마련이었다. 부부간의 싸움 자체가 미묘한 부분이 있기도 하지만, 남자를 처벌하기도 전에 용서해달라는 여자의 요청이 들어와서 맥을 빼놓기 일쑤였기 때문이다. 그런 면에서 가정은 질긴 고무줄과 같았다.

"그래서 엄마가 두들겨 맞을 때마다 그 사람을 죽일 마음을 먹었어요. 오늘이 아니라도 언젠가는 제 손에 죽었을 거예요."

그는 맹목적인 소년의 분노를 충분히 이해했다. 비상구마저 없는 현실에서 소년이 분노를 표출한 방법은 달리 선택의 여지가 없었을 것이다. 하지만 소년의 뒤편에 도사리고 있을 어둠에 대해서는 아무런 할 말이 없었다.

"지금 마음은 어때?"

"그 사람이 죽은 걸 보니까 좀 안됐긴 했지만 이제 마음은 후련해요. 어쨌든 앞으로는 저나 어머니나 맞고 살지는 않아도 되잖아요."

고개를 쳐든 소년이 항의나 하듯 당당히 말했다.

문을 두드리는 소리가 났다. 문 바깥에 장 순경이 서 있었다.

"피의자 어머니가 사무실로 찾아와 접견을 요청했습니다. 어떡할까요?"

"이리로 들여보내. 거기서 보긴 좀 그렇잖아."

"모든 건 못난 어미의 불찰입니다. 차라리 저를 처벌해주십시오."

조사실에 들어선 여자가 그를 향해 애소를 늘어놓았다.

"쟤가 도망치자고 할 때 도망이라도 쳤으면 이런 불상사는 없을 것인데, 아이고. 이를 어찌하면 좋을까."

여자가 테이블에 엎드려 어깨를 들썩이며 흐느꼈다.

소년과 어머니가 대화를 나눌 수 있도록 잠시 조사실 바깥으로 나온 그는 두터운 안전유리창을 통해 여자가 소년을 품에 안고 흐느끼는 모습을 지켜보았다. 자신의 일처럼 마음이 무겁고 우울했다.

 …… 아비를 살해하고 이승에 남은 소년과 그의 어머니는 남은 생을 힘겹게 버티어나가야 할 것이다. 살았을 때는 현실적인 고통을 안겨주었던 남자가 죽어서는 두 사람의 영혼에 벗어버리기 힘든 가시면류관이 되어 있는 것이다.

 불행에 빠져 허덕이는 두 모자를 보고 있는 동안 그는 갑자기 삶의 통속성에 환멸이 치밀어 견디기 힘들었다. 만사가 허무하게 생각되었다. 당장 모든 걸 때려치우고 어디론가 훌쩍 떠나고 싶었다. 그게 설령 지옥일지라도 상관없을 것 같았다.

\*

 퇴근시간대라서 차가 밀리고 있었다. 신호가 녹색등으로 바뀌었지만 밀린 차량들은 꼼짝할 생각도 않았다. 그는 오른손으로 카라디오를 틀었다. 마침 뉴스 채널에서 대담이 시작되고 있었다. 귀에 익은 아나운서의 음성과 노숙한 음성이 번갈아 들렸다. 청소년의 달을 맞아 청소년 자살 증가에 대한 대담 형식의 방송이었다.

 확실히 우리나라는 세계의 통계에 비해 자살률이 매우 높습니다. 지난해 우리나라의 자살률은 인구 10만 명당 27명으로 OECD 국가 중에서 자살률이 제일 높은 걸로 나타났습니다. 통계청에 따르면 지난해 국내 총 자살 건수는 1만 7천 건으로 전년 대비해서 약 14%가 늘었습니다.

그렇습니다. 참으로 안타까운 현실입니다.

자살로 인한 사회경제적 손실 역시 나날이 커지고 있습니다. 자살의 사회적 손실이 연간 4조 원에, 자살을 유발하는 우울증에 대한 손실 비용이 역시 2조 원이 넘는다는 국립서울병원의 집계가 나와 있습니다. 그럼 이 두 가지를 합친 손실 비용만도 연 6조 원이 넘는데요, 정말 막대한 사회경제적 손실이 아닙니까.

그렇습니다. 하루 빨리 대책을 강구해야 할 것입니다.

특히 오늘은 오월 청소년의 달을 맞아 청소년들의 자살과 그 실태에 대하여 자세히 알아보겠습니다. 마침 대담자인 교수님께서 상세한 통계자료를 준비하셔서 가지고 나와주셨습니다. 고맙습니다. 여기 통계에 의하면 (약간 부스럭거리는 소리) 십대, 이십대 청소년들의 사망 원인으로 자살이 1위로 나와 있습니다. 특히 여기서 주목할 것은 올해 들면서 청소년들의 자살률이 급증하고 있다는 끔찍하고도 놀라운 사실입니다. 이달 들어 조사된 통계자료를 보면 작년 사월에 비해 올해 사월의 청소년 자살이 자그마치 173퍼센트라는 놀라운 증가를 보이고 있다는 점입니다. 교수님, 정말 놀랍지 않습니까. 여기 적힌 173퍼센트라는 수치가 정확한 겁니까.

물론입니다. 경찰청에 집계된 전국의 자살 사건을 통계자료로 한 것이기 때문에 정확할 것으로 판단됩니다.

무엇 때문에 올해 들어 청소년의 자살이 173퍼센트나 급증했다고 생각하십니까? 그 원인에 대해서 아시는 바가 있으면 한 말씀해 주시죠.

자살자들의 자살 동기를 분석해보면 염세나 비관, 가정불화, 학업, 애

정문제 순으로 나타나고 있습니다. 이런 것을 볼 때 부분적으로는 각계 전문가들의 진단이 다를 수도 있다고 봅니다만 대체적으로 고도화된 사회에서 오는 빈부격차의 심화, 악화된 경제상황, 취업난, 학업에 대한 지나친 압박감, 사회적 소외감 또는 사회적 약자인 청소년들을 지켜줄 안전망의 부실 등을 그 원인으로 들 수 있을 것입니다.

그렇다고 해도 이토록 급증하는 데에는 또 다른 원인이 있지 않을까 하는 의구심을 가지지 않을 수 없는데요. 이 점, 교수님께선 어떻게 생각하시는지요?

그 부분에 있어서는 아직 아무것도 밝혀진 것이 없습니다. 앞으로 이 문제와 관련된 전문가들의 보다 활발하고 심도 깊은 연구가 필요할 것입니다.

놀랍습니다. 놀라울 뿐만 아니라 우리 사회의 미래를 이끌어갈 청소년에 대한 걱정이 앞섭니다. 그럼 교수님께 또 하나 물어보겠습니다. 여기 자료에 의하면 청소년 자살자들의 자살 방법 중에서 아파트 투신이 가장 많은 걸로 나타났는데 교수님께선 그건 왜 그렇다고 생각하시는지요?

아무래도 아파트 투신이 자살자에겐 가장 택하기 쉬운 방법이기 때문이겠지요. 요즘 우리나라에는 도시든 농촌이든 어딜 가든 아파트가 많습니다. 따라서 자살자가 마음만 먹으면 얼마든지 쉽게 실행에 옮길 수 있는 장소가 주변의 아파트일 것입니다.

청소년들의 아파트 투신을 막는 좋은 방법은 없을까요. 만일 방법이 있다면 어느 정도 투신자살을 막을 수 있을 것으로 여겨집니다만.

가령 관리소에서 아파트 옥상으로 통하는 출입문을 통제한다든지 삼층 이상의 건물 베란다나 발코니를 모두 창살로 막는다든지 하는 방법도 생각해볼 수 있겠지요. 또는 앞으로 신축되는 아파트에 대해서는 창살을 천장까지 하도록 하는 건축법상의 규제를 두는 방법도 강구해볼 수 있을 것이고 고층 아파트의 경우처럼 아예 창문으로 사람이 드나들 수 없도록 하는 방안도 하나의 괜찮은 방법이 될 수 있을 것입니다.

대담자로 나온 교수의 말투는 더할 나위 없이 진지했다. 오랜 궁리 끝에 나오는 말인지 즉흥적으로 그냥 입에서 튀어나오는 말인지 그 자신도 모르고 있는 것 같았다.

그는 신경질적으로 라디오를 껐다. 가뜩이나 심란한 상태였다. 이럴 때 자살에 관한 이야기를 더 이상 듣고 싶지 않았다. 지난번 게임 회사에 들렀을 때 매니저란 사내는 게임 시장 규모가 9조 원대니 운운하더니 이제는 자살자로 인한 사회손실비용을 6조 원대니 어쩌니 떠드는 걸 보니까 세상은 오직 돈으로만 이루어진 것 같았다. 하여간 이래저래 돌아가는 꼬락서니들 하고는. 그는 마음이 몹시 불편했다. 차량들이 조금씩 움직이기 시작했다.

만나면 먼저 술부터 한잔 사달래야겠군.

그는 옆에 놓아둔 휴대폰을 열고 액정화면에 들어온 메시지를 다시 한 번 확인해보았다.

'기다릴게요. 수경.'

저녁 무렵 경찰서를 나와 어디로 갈까 망설이는 중에 문득 수경이란 여자가 구원처럼 떠올랐다. 그는 몇 번의 망설임을 물리치고 오늘 저녁에 시간을 내줄 수 있느냐는 메시지를 보냈고, 그렇게 답신이 왔던 것이다.

지난번에 피아노 학원을 찾아가서 보았을 때 그녀의 쓸쓸함을 달래줄 수 있었으면 좋겠다는 생각을 잠깐 한 적이 있었다. 하지만 지금은 외려 자신의 울적한 마음을 달래기 위해 그녀를 불러낸다는 게 왠지 미안하고 멋쩍었다.

사정이 여의치 않으면 그냥 차나 한잔 마시고 돌아오는 거지. 나중에 혼자 술집에 가서 코가 삐뚤어지도록 마시든지 하면 되겠지. 행여 그녀를 만나서 실망할 것에 대비해 그는 스스로 마음을 다스렸다.

눈에 익은 아파트 입구로 차를 몰아갔을 때 한 여자가 정문 경비실을 지나 도로를 향해 걸어 내려오고 있는 게 보였다. 무릎까지 내려오는 분홍색 스프링코트 차림이었다. 코트 아래로 갸름하고 하얀 종아리가 눈에 들어왔다. 이상하게 마음이 설렜다. 언제 느꼈었는지도 모를, 정말 오랜만에 맛보는 감정이었다.

차가 멎자 그녀가 손을 흔들었다. 그는 차창을 내리고 마주 손을 흔들었다.

"제가 연락할 줄 알았습니까?"

아파트 인근, 테라스의 층층나무에 꼬마전구가 색색의 불을 밝힌 퓨전 구이집이 있었다. 규모는 작았지만 아담하고 서구적인 운치가 있었다. 이차선 도로가 내다보이는 창가 탁자에 마주 자리 잡고 앉았을 때 그가 물었다.

"알았어요."

"그건 왜죠?"

"가실 때 좀 외로워 보였어요. 외로운 사람은 외로운 사람을 알아보는 법이라고 하죠. 뭔가 쓸쓸하고, 꼭 오랫동안 객지를 떠도는 사람이 오늘은 또 어디로 가야 하나 방황하는 그런 모습으로 비쳤어요."

"그래도 제가 약속은 따로 하지 않았잖습니까?"

"만날 사람은 따로 약속을 하지 않아도 언젠가 만나게 되어 있다고 믿어요."

맑은 눈길로 그를 건너보며 그녀가 다소곳이 말했다. 그래서 학원을 나오는 날 그녀와의 만남이 계속되리라는 막연한 예감이 들었던 것일까. 그날 그녀도 그런 예감을 느꼈던 것일까. 그녀에게 물어보고 싶었다.

"마음 놓고 마셔도 됩니까?"

웨이트리스가 메뉴판을 들고 왔을 때 그가 물었다. 그녀가 보일 듯 말 듯 입가를 올리며 미소를 지었다.

"그럼요. 여긴 저희 동네인걸요. 단 출근에 지장이 없도록 마시기로 약속만 하신다면."

그는 소년 피의자를 조사하는 오후 내내 그를 짓눌렀던 무겁고 어두웠던 마음에 조금씩 빛살로 채워지는 느낌을 받았다. 깊고 어두운 우물 속에 밝은 햇살이 비춰드는 것처럼. 조명에 비친 그녀의 얼굴이 몹시 고혹적으로 보인다고 그는 생각했다.

그의 마음을 아는지 그녀가 그에게 수줍은 미소를 지어 보였다.

## 9

"멋지군!"

현관을 들어서던 그가 한마디 던졌다. 구층에서 엘리베이터를 내려 현관으로 갈 때만 해도 지은 지 몇 년 지난 일반 아파트인가 여겼으나 현관문을 열자 전혀 다른 광경이 펼쳐졌던 것이다. 첫눈에 봐도 인테리어 비용이 적지 않게 들었다는 걸 알 수 있었다.

고급 마감재를 사용하여 현대식으로 꾸민 실내는 고급스러우면서 깔끔했다. 은은한 조명 아래 옅은 갈색 계통의 거실은 몹시 넓고 심플해 보였다. 가구가 적어서 그럴 것이다. 거실의 가구랬자 6인용 대형 가죽 소파와 한쪽 면을 장식한 대형 액정 디지털 텔레비전과 AV시스템이 전부였다. 거실 벽에 80호 크기의 이름 모를 화가의 유화가 하나 걸려 있는 것을 제외하면. 바닥에는 흰색과 다갈색이 주조를 이루는 대형 카펫이 깔려 있었다.

편해 보이는 흰색 슬랙스 바지에 붉은 플란넬 반팔 셔츠를 입은 강 계장이 현관에서 그를 맞았다. 한 시간 먼저 조퇴한 뒤 집에 와서 그를 기다리고 있었던 것이다. 면도를 해서 말끔했지만 야윈 얼굴이었다.

"이거 자네가 오면서 새로 한 거야?"

그가 포장된 와인을 강 계장에게 건네며 실내를 두리번거렸다.

"이왕 살 거 분위기 좀 내봤죠. 그렇게 서 계시지 말고 이리로 와서 앉으십시오."

강 계장이 그를 거실 소파로 이끌었다.

"이게 몇 평쯤 되나?"

그가 털썩 소파에 엉덩이를 내려놓았다. 아이보리색 가죽을 씌운 소파는 크고 안락했다.

"마흔여덟 평으로 알고 있습니다."

"꽤나 넓군. 혼자 살기엔 좀 적적하겠어."

주위를 둘러보며 그가 부러움이 섞인 말을 던졌다.

"팀장님이 이리로 옮겨오시면 되지 않습니까?"

강 계장이 웃으며 말을 받았다.

"저건 웬 가죽옷이야?"

그가 왼편 소파에 걸쳐진 재킷을 보며 물었다. 검정 가죽재킷이었는데 디자인이 특이했고, 가슴에 영어로 문양이 수놓아져 있었다.

"아, 저거요. 미국에 계신 부친의 생일선물입니다. 몸에 맞을까 해서 한번 입어봤죠."

"부친이 젊으신가 보군. 저런 가죽옷을 입으라고 보내신 걸 보면 말이야."

"사실 저건 부친이 보내주신 게 아니라 부친 생일선물의 사례품으로 따라온 겁니다."

"사례품이 가죽재킷이라…… 무얼 보내셨기에 그런가?"

"오토바이입니다. 할리 데이비슨이란 건데, 그걸 구입하면 저 옷을 사례품으로 주는 모양입니다. 한국지사에서 오토바이와 함께 가져왔던데요."

할리 데이비슨 오토바이라면 그도 알고 있었다. 봄날이면 야외 도로를 따라 몰려다니는 일단의 오토바이족들이 즐겨 타는 오토바이였다. 외제 승용차 가격에 못지않게 비싼 미국제 고급 오토바이였다. 강 계장의 집안이 부자인 걸 들어 알고 있었지만 고급 오토바이를 생일선물로 준다는 건 의외였다. 부자란 사람들은 별 물건을 다 생일선물로 할 수 있구나 싶었다.

"아파트 지하에 넣어두었으니 나중 필요하면 언제든지 빌려 타세요."

강 계장이 말했다. 마침 주방에서 얼굴이 서구적인 삼십 초반의 여자가 조심스런 걸음으로 거실로 나왔다. 하늘색 제복 차림으로 비닐장갑을 끼고 꽃무늬 앞치마를 두르고 있었다.

"음식이 다 준비되었는데 어쩔까요?"

두 손을 앞으로 모은 채 여자가 강 계장에게 물었다. 잘 가꾸어진 날씬한 몸매의 여자였다.

"그럼 이리로 내어오십시오. 손님도 오셨으니 슬슬 파티를 준비해야죠."

여자가 가볍게 허리를 숙여 보인 다음 주방을 향해 걸어갔다. 주방엔 아까 여자보다 약간 나이가 더 들어 보이는 같은 제복 차림의 여자가 한 사람 더 보였다. 몸매가 통통한 여자는 음식을 준비하느라 분주해 보였다.
"웬 여자분들인가?"
그의 물음에 강 계장이 싱긋 웃었다.
"혹시 파티 플래너라고 들어보셨습니까?"
"처음 듣는 말이야."
"전화를 하면 어디든 와서 파티를 열 수 있도록 음식부터 상차림까지 여러 가지를 도와주는 사람을 뜻하는 말입니다. 요즘 신종 유망 직업이죠. 제가 팀장님을 집에 초대하려고 일부러 부른 겁니다."
 결혼식이든 장례식이든 모든 게 상업화되고 시스템화되는 게 요즘 세상의 흐름이라고 생각하자 내심 씁쓰레한 기분이 들었다. 멋지고 편리하기야 하겠지. 강 계장의 취향에 적당하군. 자신 같으면 돈이 아까워서도 못 하겠지.
"차라리 술집이나 호텔 바 같은 곳에서 만나서 한잔 마시는 게 낫지 않을까. 집에서 생일파티를 하려면 아무래도 여러모로 번거로울 텐데……."
"바깥에서 술 마시는 건 언제든지 할 수 있는 일이잖습니까. 오늘은 정식으로 팀장님을 제 아파트에 초청하고 싶었습니다. 그래서 오붓하게 단 두 사람만의 파티를 열기로 했지요. 저 절대 아무한테나 이렇게 하는 거 아닙니다."
"나 역시 생일에 남의 집에 초대받아보긴 열 살 이후론 처음이야."

그는 멋쩍음을 감추려고 농담처럼 말을 받았다. 강 계장이 자신만을 특별하게 생각하여 집으로까지 초대한 것이 적지 않게 고마웠다.
"저도 고등학교 졸업한 뒤 생일파티에 집으로 손님을 초대하긴 팀장님이 처음입니다."
여자들이 거실에 펼쳐놓은 큰상 중앙에 예쁘게 화환을 장식했다. 그녀들이 미리 준비해온 은촛대에 다섯 개의 노란 촛불이 켜졌고, 주방에서 하나씩 준비된 음식을 내오기 시작했다. 그가 못 보던 종류의 서양 요리와 해산물 요리 몇 가지였다. 술안주로 먹기 위해 강 계장이 음식의 종류를 미리 선정해주었을 것이다. 자신을 생일에 초대하려고 신경을 썼을 강 계장의 성의에 새삼 마음이 쓰였다.
"예전에도 집에서 생일파티를 했나?"
거실의 오디오에 음악을 틀어놓고 돌아오던 강 계장에게 그가 물었다. 촛불이 바람에 일렁거렸다. 잔잔한 음악이 거실에 물결무늬로 퍼져나갔다.
"아닙니다. 주로 바깥에 나가서 하는 편이었어요. 부모님이 돈을 주면 호텔이나 레스토랑을 예약해두고 마음에 드는 친구들을 불러 놀고는 했죠."
형근은 지난달에 패밀리 레스토랑에서 아이와 전처와 함께 생일파티를 했던 기억을 떠올렸다. 형식적이긴 했지만 그래도 아이는 부모와 함께한 생일로 기억하겠지.
"부모님들은 바쁘다며 선물을 보내는 걸로 대신했어요. 그래서 어릴 때부터 선물은 많이 받아본 셈입니다. 오늘도 오토바이를 선물로 받았지만 말입니다."

"난 생일 때 선물을 받아본 기억이 거의 없어. 기껏해야 공책 아니면 구멍가게에서 빵이나 사이다를 사 먹을 정도의 용돈을 받았지. 그리고 아침 밥상에 멸치를 넣은 미역국이 나오는 정도였어. 점심으론 명이 길어지라며 어머니가 국수를 삶아주었고……."

"그래도 어쨌든 가족들과 함께 지냈잖습니까. 저는 가족들과 지낸 경험이 별로 없습니다."

"그게 서운했던 모양이지?"

"그건 아닙니다. 기억에 남은 게 없다는 점이 아쉬울 따름이죠."

그의 물음에 강 계장이 어물쩍하게 웃으며 대답하곤 주방으로 갔다. 돌아오는 강 계장의 손에는 와인과 잔이 들려 있었다. 와인 코르크 마개를 따며 강 계장이 말했다.

"오늘 마시려고 준비한 와인입니다. 이제부터 강영준의 서른세 번째 생일파티를 시작해볼까요."

"생일 축하하네."

강 계장이 건배를 제의했고 그가 진심으로 축하한다는 말을 건넸다. 두 사람은 주거니 받거니 와인 한 병을 가볍게 비워냈다.

"이제부터 주종을 고르셔야지요. 맥주 세 종류, 코냑, 브랜디 이렇게 준비되어 있습니다. 뭘 드시렵니까?"

"소주는 없는가?"

"생일인데 소주로 하기엔 좀 그렇죠."

"그럼 코냑으로 하지."

"그걸 선택하실 줄 알았습니다."

강 계장의 부름으로 날씬한 여자가 들고 온 것은 커다란 프랑스산 나폴레옹 코냑이었다.

"이제 제법 술 같은 술이 나오는군. 난 아무래도 와인 체질은 못 되어서 말이야."

둘은 서로 잔을 채워가며 양주를 마셨다. 뒤편에서 대기하고 서 있던 여자들이 상 위의 빈 쟁반들을 골라서 하나씩 내어갔다. 쟁반을 치운 자리엔 모양 좋게 세팅된 과일 접시와 여러 가지 건과와 말린 어포, 과자 등속이 담긴 안주 접시가 연달아 나왔다.

"여기까지가 일차 파티입니다."

"일차 파티는 뭔가? 이차 파티가 또 있다는 말인가?"

"그건 기다려보시면 압니다. 자, 이제 두 플래너분은 마치고 가셔도 됩니다."

"예, 알겠습니다."

파티 진행을 도와주는 젊은 여자가 다가와서 공손히 허리를 숙였다.

"음식은 좀 남아 있겠지요?"

"예. 술안주로 드실 요리 몇 가지를 따로 장만하여 싱크대 위와 냉장고 속에 두었습니다. 언제든지 가져다가 드시면 됩니다. 저희들은 이제 물러가겠습니다. 파티 뒷정리는 내일 오전에 들러서 하도록 하겠습니다. 열쇠는 경비실에 맡겨두고 가십시오."

여자가 싹싹한 음성으로 말했다. 자리에서 일어난 강 계장이 지갑을 꺼내어 여자에게 팁을 내밀었다. 만족한 미소를 머금은 여자가 허리를 숙여서 고마움을 표시했다. 두 여자는 옷차림을 정리한 뒤 가져온 몇 가지의 물품을 담은 알루미늄 박스를 들고 현관을 나갔다. 집 안이 조용해졌다.

"이제 오붓한 분위기가 나는군. 취기도 적당하게 오르고 말이야."

그가 말했다.

"아직 여덟시도 안 되었습니다. 이제부터가 밤의 시작이죠."

자신의 잔에 양주를 채우며 강 계장이 말했다.

"이제 올 때가 되었는데……."

강 계장이 벽시계를 올려다보았다.

"오다니, 또 누가 온단 말인가?"

"그건 기다려보시면 압니다."

잔뜩 음모를 꾸며놓은 사람처럼 강 계장이 짐짓 음흉스런 미소를 머금었다.

"요즘도 게임은 계속하고 있겠지?"

다소 심심해진 그가 지나가는 말로 물었다.

"물론입니다. 이제 밤에 게임을 안 하면 잠도 못 잘 정도입니다."

"완전 중독 현상이군. 그나저나 헛된 일에 시간을 낭비하는 거 아닌가 모르겠어. 나도 PC방 수사를 계속하고 있지만 확신이 서지 않거든. 분명 뭔가 있을 것 같기는 한데 너무 막연하단 말이야. 그래, 게임을 하는 동안 뭐 특별히 느낀 건 없는가?"

"그 게임이 왜 시중에서 인기를 얻어가는지 알겠더군요."

"재미있다는 거야?"

"재미하고는 약간 다른 겁니다. 우선 여신의 매력이 대단합니다. 악마의 부하들을 물리쳐서 일정한 점수를 올릴 때마다 여신이 은혜를 베푸는 방식인데, 하나의 관문을 통과할 때마다 여신이 기이한 미소와 태도를 보이며 은혜를 베풀어줍니다. 그때 나타나는 이상한 배경과 음악은 누가 구상했는지 정말 환상적이죠. 게다가 여신의 캐릭터가 정말 잘 만들어졌어요. 기이하게도 어떨 때는 누이 같고 어머니 같다가도 어떨 때는 농염한 애인으로 바뀝니다. 그리고 딱 잡아서 설명하기 힘들지만 게임을 하는 동안 참으로 묘한 느낌을 받게 됩니다."

천장의 조명을 올려보며 강 계장이 생각을 다듬는 듯 눈을 깜박였다.

"묘하다? 묘한 느낌이란 게 무언가?"

"참으로 특이한 느낌이죠. 우선 관문을 통과하지 못하여 여신의 사랑을 받지 못할 때는 말로 형용하기 힘든 가장 원초적인 외로움 같은 걸 맛보게 되거든요. 드넓은 세상에 다른 사람은 아무도 없이 혼자 들판에 서 있는 기분이랄까. 아무튼 그와 유사한, 자신의 삶이 허무하고 외롭다는 절대적인 느낌에 사로잡히는 거죠. 게임에 열중하는 동안엔 그 외로움을 느끼지 못하지만 게임을 끝낼 즈음이면 그런 외로움이 한꺼번에 밀물처럼 왈칵 턱밑에까지 치밀어 오르는 겁니다."

그가 소파에 기댔던 상체를 앞으로 세웠다. 정수리에 빨간 전등이 켜지는 느낌이었다. 변사자 중의 하나가 게임이 안 풀려서 외롭고 우울하다는 말을 한 다음 날 자살했다는 친구의 진술을 들은 기억이 있었다. 친구란 녀석이 재수생이었든가 아무튼 그랬다.

"혹시 그런 지독한 외로움이 게임을 한 청소년들이 자살을 하게 되는 이유가 아닐까?"

"모르죠. 그럴 수도 있지만 혹은 저 혼자만의 개인적인 감정일 수도 있으니까요. 또 게임을 하고 외로움을 느꼈다고 해도 자살을 할 정도는 아닙니다."

"그래, 그럴 수도 있겠지."

강 계장의 대답에 그는 다시 소파에 등을 기댔다. 그랬다. 아전인수식 해석일 수도 있었다. 사람들은 왕왕 큰 잔치를 벌인 다음이나, 커다란 기쁨을 느낀 다음에 허무한 감정에 빠져들기 십상이었다. 강 계장이 얘기하는 외로움이나 쓸쓸함도 어쩌면 게임의 세계에서 빠져나올 때 느끼는 허전함, 아니면 두 세계를 오갈 때 느끼는 낯선 위화감 같은 것일지 몰랐다. 아니면 객지에 혼자 살면서 밤이 늦도록 PC방에서 게임을 하고 나올 때 자신의 존재에 대해 느끼게 되는 젊은 도시인의 외로움일 수도 있었다.

"게임을 계속하다가 강 계장마저 위험해지는 것 아닐까?"

반 농담 삼아 던진 말에 강 계장이 킬킬거리며 장난스럽게 웃었다. 슬슬 취기가 오르는지 뺨이 발그레했다.

"제 나이가 어언 서른셋입니다. 청소년이라기엔 너무 늦지 않았습니까?"

"꼭 청소년만 게임에 중독된다는 법이라도 있나?"

강 계장이 대답을 하기도 전에 딩동 현관 벨이 울렸다.

"와우, 이제야 왔군."

강 계장이 현관문을 활짝 열어 손님을 맞아들였다. 들어선 사람은 몸에 착 달라붙는 짧은 원피스를 걸친 여자와 생머리에 베레모를 쓴, 터질 것처럼 팽팽한 청바지를 입은 스물두셋 남짓한 여자들로 둘 다 남에게 뒤지지 않을 만큼 예쁘장한 용모를 가지고 있었다. 늘씬한 체형의 원피스의 여자는 조용하면서 다소곳했고, 육감적인 몸매의 청바지 여자는 발랄해 보였다. 직업여성 같아 보이지는 않았다.

"많이 기다리셨죠? 미안해요. 사고가 나서 차가 밀렸어요."

청바지 여자가 생글거리며 말했다. 부츠를 벗은 여자가 다가와서 그에게 인사를 했다.

"누구신가?"

그가 어정쩡하게 소파에서 일어서며 물었다.

"오늘의 이차 파티를 맡아줄 처녀 요리사들입니다."

"요리사?"

"안녕하세요. 저는 미스 정, 저쪽은 미스 김이라고 합니다. 오늘 밤 함께하게 되어서 정말 영광입니다. 잘 부탁드려요."

두 여자가 손을 내밀었다. 그는 얼결에 두 여자와 악수를 나누었다. 여자들이 소파에 앉았고, 어리둥절해서 서 있는 그의 귀에 대고 강 계장이 이골이 난 바람둥이처럼 소곤거렸다.

"팀장님이 먼저 마음에 드는 스타일을 선택하시지요. 오늘 밤의 메인 이벤트입니다."

 요즘엔 정말 별별 직업이 다 있군.
 혼자 중얼거리며 그는 택시 차창 밖을 바라보았다. 열시가 가까운 시간이지만 기온이 온화해서 그런지 밤거리에 나와 있는 사람들이 적지 않았다. 편의점 앞 도로가에 설치된 플라스틱 탁자를 끼고 앉아 맥주를 마시는 중년 남자도 있었고 체육복 차림으로 밤 산책을 즐기는 가족 단위의 남녀들도 보였다. 다정히 팔짱을 끼고 걷는 청춘 아베크족도 보였다.
 강 계장은 지금 예쁜 여자를 양쪽에 끼고 양주를 홀짝거리고 있겠지.
 그가 술자리를 떠나려고 하자 강 계장은 못내 아쉬워했다. 괜히 젊은 여자를 불렀다는 자책 어린 말도 했다. 정말 꼭 가볼 곳이 있어 그래. 그의 설득에 강 계장은 하는 수 없이 머리를 끄덕였다. 그를 마중하려고 현관에 나왔을 때 강 계장은 조금은 외로워하는 표정으로 말했다.
 제가 형님 무척 좋아하는 것 아시죠?
 그가 발걸음을 멈추고 돌아보자 강 계장이 말했다. 앞으로 개인적으로는 형님이라고 부를 겁니다. 괜찮겠지요? 그때 강 계장의 눈매가 술 때문인지 아님 외로움 때문인지 약간 젖어 보였다. 평소의 명석하고 단정하던 강 계장답지 않은 모습이었다.
 한국에도 전화만 하면 찾아와서 밤새 이야기 상대가 되어주는 직업도 있었군. 원하기만 하면 잠자리를 함께할 수도 있고.
 그는 사회의 현실적 변화가 놀라웠다. 반면에 세상은 이토록 사람들로 넘쳐나지만 정작 외로운 사람들을 상대해주는 직업까지 생겼다는 사

백악기의 추억

실이 아이러니하면서 조금은 서글프게 여겨졌다. 오늘 강 계장의 태도로 보아 분명 처음은 아닐 것이다. 모르긴 해도 생일이면 밤새워줄 여자들을 호텔이나 집으로 불러들여서 놀았을 것이다. 겉보기에 부러울 게 없을 것 같은 강 계장의 또 다른 면모였다.

사실 그가 굳이 강 계장을 두고 나온 건 젊은 두 여자가 부담스러웠기 때문만은 아니었다. 여자들과 둘러앉아 술을 몇 잔 마시다 보니 불현듯 수경이란 여자가 보고 싶어졌던 것이다. 취기로 감정에 거품이 생긴 때문일까. 기껏해야 만난 지 사흘밖에 지나지 않았음에도 오랫동안 못 만난 사람 같았다. 사흘 전 그녀와 함께 있던 내내 즐겁고 유쾌한 감정으로 지냈던 기억 때문일지도 몰랐다. 보고 싶은 충동을 억누르기 힘들었다. 그는 염치 불구하고 휴대폰으로 메시지를 보냈고, 아파트로 놀러 오라는 답신을 받았던 것이다.

"뉴 그린힐 아파트라고 하셨지요. 요즘은 새로 생겨난 아파트가 너무 많아서 어디가 어딘지 자주 헷갈린다니까요."

육십 가까운 나이의 운전사가 차를 왼쪽 도로로 꺾어 넣으며 투덜거렸다.

"그 근처에 적당히 세워주시면 됩니다."

그녀는 어떤 모습으로 기다리고 있을까. 그녀의 아파트에서 만난다고 생각하자 마음이 바람 부는 갈대밭처럼 사정없이 일렁거렸다. 이 나이에 주책이 다발이군. 그는 자신의 경망함을 질책했다. 사흘 전 술집을 나와서 장난처럼 이마에 가벼운 작별의 키스를 했을 때 그녀는 좀 놀란 얼굴을 했다. 오늘은 약간 점잖아질 필요가 있었다. 사흘 전에는 너무 들떠서 자신이 무슨 말을 했는지조차 모를 지경이었다. 무슨 말을 해도 유쾌하고 화기애애했다.

　십몇 년을 함께 산 아내하고도 그처럼 많은 이야기를 나누지는 않았을 것이다. 아내와의 대화는 늘 두세 마디를 넘기지 못했다. 행위 위주의 질문과 대답들, '밥은 먹었어?', '오늘은 야근이야', '아이는 자나?' 등의 간단한 질문들과 그에 따른 '응' 아니면 '아니'라는 아무 감정도 실리지 않은 짤막한 응답. 자연 할 말이 없어지고, 함께 있어도 두 사람의 눈길은 TV에 가 있기 일쑤였다.

　선생님, 제가 너무 수다스럽죠?

　사흘 전, 무슨 얘긴가를 하던 그녀가 부끄러운 듯 두 손으로 얼굴을 감쌌다.

　여태껏 제 내면에 이처럼 많은 말들이 숨어 있었는지 미처 몰랐어요. 예전에는 이처럼 많은 이야기를 해본 적이 거의 없거든요. 여자 친구들과 모여도 마찬가지였어요. 오늘 너무 떠든 게 사실 좀 부끄러워요. 그런 면에서 사람은 상대적인가 봐요. 제 이야기 뚜껑을 열어젖힌 건 엄연히 선생님이세요. 선생님께 책임이 있으니까 앞으로는 듣기 싫어도 종종 들어주셔야 해요.

　그녀는 말을 재미있게 했다. 잠자코 이야기를 들어줄 때를 알았고, 사려 깊게 대화를 이어가는 방법을 알고 있었다. 상대를 납득시키려고 들지 않았고, 자기가 아는 게 전부인 양 고집을 내세우지도 않았다. 그녀는 여러 화제들도 다양하게 알고 있었다. 음악과 책과 영화와 그림들. 그리고 삶에서 우리 인간이 가지게 되는 여러 의문들과 살아가며 생각하고 이해하고 알아야 할 것들.

그 역시 오늘처럼 말을 많이 한 적이 없다고 털어놓자 그녀는 그럼 두 사람 모두 그동안 꽁꽁 막혀 있던 이야기의 둑이 터진 것이 아니겠느냐며 공감 어린 표정을 지었다.

그녀는 그동안 외로웠던 것인지도 몰랐다. 사랑은 외로움에서 출발하는 게 아닐까 하고 그가 넌지시 말했을 때 그녀가 잠깐의 생각 끝에 조심스레 대답했다.

외로움이 두 사람을 연결하는 요소이긴 하지만 전부는 아니라고 봐요. 외려 이해받고 있다고 느낄 때 기쁘게 마음의 문을 열게 되죠. 그런 측면에서 사랑은 외로움보다 상대에 대한 이해에서 출발한다고 여겨져요. 상대에 대한 이해가 없으면 그건 일방적인 소유욕이나 집착에 불과할 테니까요.

택시에서 내렸을 때 그는 손에 아무것도 들고 있지 않다는 걸 깨달았다. 아파트와 이어진 도로 주변에 불을 밝힌 작은 슈퍼가 하나 보였다. 그녀와 오랫동안 다정한 이야기를 나누려면 싸구려 포도주라도 한 병 있어야 할 것 같았다. 그는 그리로 가기 위해 도로를 건넜다.

*

"이쯤에 세워주십시오."

그가 택시 운전사에게 말했다. 택시 운전사가 의아해했다.

"손님이 말씀하신 병원은 아직 조금 더 가야 합니다."

"상관없습니다."

택시가 도로변에 멈춰 섰다. 그는 준비한 요금을 지불하고 택시에서 내렸다. 좀 천천히 걷고 싶었다. 걸으면서 뒤숭숭한 마음을 정리해야 할 것 같았다. 아직 마음의 결정조차 확실하지 않았다. 마음만 먹으면 당장이라도 발길을 돌릴 수 있는 터였다. 형에게 실없는 사람이란 핀잔을 들을 각오는 해야겠지만.

오전에 그가 형에게 전화를 걸어 아버지가 입원한 병원을 물었을 때 형은 자신의 일처럼 기꺼워했다. 바쁘지만 그가 원하면 시간을 낼 수도 있을 거라고 말했다. 그는 그럴 필요까지는 없다고 딱 잘라 거절했다.

형과 함께 아버지를 만나고 싶지는 않았다. 당당하게 혼자서 아버지의 모습을 마주하고 싶었다. 그렇지 않으면 아예 만나기를 포기하거나 둘 중의 하나였다. 이제 그는 중년의 어른이었다. 어린애처럼 잔뜩 겁에 질린 채 전봇대 뒤에 숨어서 떨고 있을 필요는 없었다.

오후의 하늘은 잔뜩 흐렸다. 곧 비라도 내릴 것처럼 낮고 우중충한 날씨였다. 그는 차라리 잘되었다고 생각했다. 햇살이 화창한 날 아버지를 만나고 싶지 않았다. 그건 전혀 어울리지 않았다. 어두운 기억은 어두운 장소에서 꺼내는 게 이치에 옳았다.

그는 병원으로 가는 도로를 따라 산보라도 나온 사람처럼 한가하게 걸음을 옮겼다. 저만치 도로변에 늘어선 건물들 사이로 병원의 흰 건물 상층부가 비죽이 자태를 드러내기 시작했다. 조금씩 그의 걸음이 느려졌다.

수경의 말이 아니었으면 병원에 찾아오지 않았을까? 어쩌면 그럴 수도 있을 것이다. 그는 어젯밤에 들은 그녀의 말을 떠올렸다.
 증오는 상대가 아니라 자기 자신을 파괴해요. 저도 한동안 아이와 남편을 빼앗아간 음주 운전자를 몹시 증오했어요. 내가 가진 모든 것을 한 순간에 파괴한 원흉이잖아요. 삶의 모든 계획도, 준비도, 희망과 꿈도 그 사람으로 인해 한꺼번에 사라진 셈이니까요. 하지만 시일이 지나면서 조금씩 그건 무의미하고 옳지 못한 생각이라는 걸 깨달았어요. 상대도 다만 불운했을 뿐이에요. 그 가해 운전자도 기분 좋게 술을 마시고 운전한 게 그런 끔찍한 일로 바뀔 거라는 건 상상도 못 했을 거잖아요. 그런 면에서 가해 운전자가 정상적인 사람이라면 자신이 받은 충격도 적지 않을 거예요. 무엇보다 제가 증오를 품어서 나아질 것은 아무것도 없다는 사실을 깨우쳤어요. 증오의 목적은 오직 파괴에만 있어요. 상대를 파괴하고 나면 그럼 그다음에는 무얼 하죠? 아니, 그전에 자신이 증오에 의해 손상되고 파괴되기 쉬워요. 칼을 가진 사람이 그 칼에 다치기 쉬운 것처럼 말이죠.
 어제 술자리에서 그는 이런저런 얘기 도중에 자신의 가족에 대한 이야기를 꺼냈고, 어쩌다가 그녀에게 아버지에 대한 자신의 심정을 털어놓았다. 오랫동안 서로를 알고 지낸 것처럼 정감 어린 분위기 탓이었을까. 다른 사람이라면 그런 얘기는 입 밖에 꺼내지도 않았을 것이다. 그건 오랫동안 애써 감추어둔 내면의 보기 흉한 상처 자국과 같았다. 살면서 남에게 절대 드러내고 싶지 않은 부분이었다. 아직 그는 자신의 아버지에 대한 이야기를 타인에게 해본 적이 없었다. 헤어진 아내에게까지도. 하지만 수경이란 여자는 이상하게 그 어떤 이야기도 받아줄 것 같았다.

선생님의 부친도 그때 당시의 삶을 살아간 것뿐이라고 생각해요. 그 당시의 부친들은 대개 가족에게 권위적이고 폭력적이었잖아요. 그게 자식이 밉거나 적대감 때문에 그런 건 절대 아니에요. 단지 시대에 따른 교육 방식의 문제라고 봐요. 그리고 무엇보다 그게 누구든, 어떤 잘못을 저질렀든, 과거의 잘못을 뉘우칠 기회는 주어져야 하잖아요. 어떤 극악한 범죄자에게도 자신의 죄를 반성하고 회개할 시간을 주는 것처럼 말이에요.

사거리 모퉁이를 지나자 병원을 둘러싼 철제 창살이 이어졌다. 창살 울타리에는 장미가 한창이었다. 울타리에 기대어 붉은 장미들이 송이송이 무리 지어 피어나 있었다. 그 붉은색을 보는 순간 그의 머리에 하나의 잊고 싶었던 광경이 떠올랐다.

중학교 2학년 때였을 것이다. 하교 후 집에 돌아와 마루에 엎드려 있을 때였다. 한 중년 남자와 할머니가 이 집 저 집을 기웃거리다가 그의 집 마당에 들어섰다. 할머니는 손가락으로 그를 지목했다. 저놈 맞아. 친구들이랑 우리 가게에 몰려와서 돈과 물건을 훔쳐 달아났어. 틀림없이 저놈도 한패거리야.

변두리 동네여서 불량 청소년들이 많았다. 거칠고 못된 학생들은 걸핏하면 가게의 물건을 훔치거나 자기보다 힘 약한 아이들의 물건을 빼앗았다. 우르르 몰려다니면서 가게 주인의 정신을 빼놓고는 물건을 슬쩍 하기도 했다. 아마 가게 할머니도 그렇게 돈과 물건을 빼앗겼을 것이다.

마침 집에는 아버지가 낮술에 취해 돌아와 있었다. 단숨에 방에서 뛰쳐나온 아버지는 마루에 엎드려 있는 그의 멱살을 잡아 일으켰다. 이놈이 그랬다고요? 아버지가 큰 소리로 물었다. 할머니가 대답했다. 그놈이 틀림없다니까. 아까 반 시간 전에 그 짓 하고 도망쳤어, 내가 헛말하는 늙은이 줄 아남.

네놈이 친구들과 몰려다니며 도둑질이나 해? 아니에요, 변명이 끝나기도 전에 뺨에 불이 번쩍였다. 이런 도둑놈의 자식은 애초에 죽여 없애야 해. 격노한 아버지는 뺨을 맞고 쓰러진 그를 타고 앉아 큼직한 두 손으로 목을 졸랐다. 그는 놀라서 사지를 버둥거렸다. 목이 조여서 말도 나오지 않았다. 벌겋게 취한 아버지의 사천왕처럼 무서운 얼굴만이 확대되어 망막 가득 들어왔을 뿐이었다. 공포와 두려움이 장막처럼 덮쳐왔다. 이제 이렇게 죽는구나. 까마득하게 의식이 멀어져갔다. 바깥에 나갔다가 오는 길에 이 광경을 발견한 그의 어머니가 달려와 아버지를 밀쳐내지 않았다면 그는 죽었을 것이다.

이년이 사람을 밀쳐! 자신을 떠민 것에 격노한 아버지가 어머니를 힘껏 떠밀었다. 떼밀린 어머니가 넘어지면서 마루에 얹어놓은 다듬잇돌에 뒷머리를 부딪혔다. 짧은 비명소리가 났다. 그가 겨우 어렷한 정신을 차리고 보았을 때 마루에는 장미꽃이 피어난 것 같았다. 점점이 뿌려진 빨간 핏방울들, 머리를 싸맨 어머니의 손가락 사이로 흘러내리던 붉은 핏줄기. 모든 시간이 정지된 듯 선연하던 그 광경. 그는 이를 악물며 결심했다. 앞으로 어떤 일이 있어도 절대 아버지를 용서하지 않겠노라고.

어떤 기억들은 그 사람의 삶에 벗어날 수 없는 덫이 되기도 해요. 거기에서 풀려나지 않으면 안 돼요. 그건 악몽이고 비극이에요.

수경이란 여자가 말했다. 하지만 그때 아버지는 왜 한마디 그의 해명을 들어볼 생각을 하지 않았을까. 자신이 그런 게 아니었다는 말 한마디 할 시간을 주지 않았을까. 무소불위의 제왕이자 재판장이었던 남자.

병원 현관을 들어선 그는 엘리베이터를 타고 병실이 있다는 오층에 내렸다. 하얀 복도 양쪽으로 병실이 십여 개 대칭으로 늘어서 있었다. 그는 일단 화장실로 향했다. 생각은 없었지만 그러고 싶었다.

남녀 화장실이 분리되는 입구에 들어섰을 때 여자 화장실 쪽에서 할머니 한 사람이 나왔다. 칠십 남짓 되었을까. 약간 굽은 허리에 검게 염색한 파마머리를 하고 있었다. 그와 마주치자 할머니는 놀란 눈으로 그를 뚫어지게 바라보았다. 웬 늙은이인가. 그가 아는 사람은 아니었다. 너무 쳐다보는 게 무안했던지 눈길을 돌린 할머니는 무언가 미심쩍은 듯 고개를 갸웃대며 그를 지나쳐갔다.

523호. 우범곤.

병실 문 앞에 선 그는 크게 두 번 심호흡을 했다. 지금이라도 돌아서 갈까 생각을 했지만 이미 손가락은 문을 두드려놓고 있었다.

들어오라는 여자의 말에 문을 열고 들어서자 낯이 익은 할머니가 그를 맞았다. 아까 화장실에서 마주친 그 할머니였다. 잘못 찾아왔나 싶었으나 아니었다.

뒤편 병상 옆에 줄무늬 환자복을 입고 휠체어를 타고 있는 사람은 분명 낯이 익었다. 많이 늙고 왜소해진 모습에 허옇게 센 머리를 군인처럼 짧게 깎고 있었지만 그의 기억에 담겨 있는 얼굴의 윤곽만은 그대로였다. 오랜 세월로도 지워내지 못한 원형의 얼굴은 그대로 남아 있었다. 노인이 여름 양복을 입은 그를 빤히 바라보았다. 말려놓은 대추처럼 주름진 얼굴에 이해하기 힘든 표정이 스쳐갔다.

"아까 화장실에서 보았을 때 아들인 줄 알아봤어요."

할머니가 그를 보고 말했다.

"너무 닮아서 깜짝 놀랐어요. 이렇게 늦게나마 찾아와주어서 너무 고마워요."

닮았다는 건 듣기 좋은 말이 아니었다. 그는 비로소 자신에게 말을 건 할머니가 누구인지 짐작했다. 할머니는 그와 형이 아버지를 들먹일 때 말하곤 하던 '그 여자'였다.

그 여자 역시 너무 늙어 있었다. 그의 상상 속에 살고 있던 그 여자가 아니었다. 그 여자는 아버지를 가로채간 여우 같은 사십대였다. 어머니보다 두 살이나 젊다고 했다. 그렇게 그 여자는 사십 초반의 나이로 기억 속에서 살았다. 그의 어머니가 돌아가신 그 순간부터 나이를 먹지 않고 있는 것처럼 그 여자 역시 늘 한결같은 그 모습으로 그의 기억 속에 머물고 있었다.

문득 그는 아버지가 새 여자를 얻어 집을 나갈 때의 나이를 계산해보았다. 그때 아버지는 마흔다섯쯤 되었을 것이다. 그는 내심 놀랐다. 지금 자신의 나이보다 적었을 무렵이었다. 그렇게 가정을 버리고 떠난 남자가 이젠 저 늙은 할머니의 손에서 생을 마감하게 되었구나. 그는 회한과도 같은 쓸쓸함에 젖었다.

"여보, 둘째 아들이 찾아왔구려. 그렇게 보고 싶어 하더니……."

할머니가 병든 남편을 향해 정한이 깃든 음성으로 말했다.

그는 천천히 휠체어로 다가갔다. 뇌출혈로 쓰러진 칠십 노인네. 이제 무섭지도 않고 두렵지도 않았다. 그가 오랫동안 회피하고 두려워했던 상대는 너무 늙고 병들어 있었다. 그를 마구 때릴 수도 없고, 멱살을 조를 힘도 없었다.

그가 다가가자 노인이 짓무른 눈길로 그를 빤히 올려다보았다. 눈꺼풀이 끔벅거렸다. 흐릿해진 동공으로 그를 알아보는 것일까. 노인이 휠체어 손잡이에 얹힌 손을 힘들게 쳐들었다. 뼈가 앙상하고 정맥이 나무뿌리처럼 울퉁불퉁 튀어나온 손이었다.

그는 손을 내밀어 노인의 손을 손바닥에 올렸다. 마른 나뭇가지처럼 단단한 뼈들만이 느껴지는 손. 약간의 온기가 남아 있는 손. 자신의 목을 조르던 손.

노인이 입을 벌려서 뭔가 말하려 했다. 그가 허리를 약간 구부렸다.

"형근아. 제발 용서해다오."

그는 잘못 들었는가 싶었다. 그러나 노인은 곧 꺼질 듯 낮고 꺼칠한 음성으로 다시 한 번 그 말을 반복했다. 전혀 상상치도 못했던 말이었다. 그는 얼굴을 들고 노인의 눈을 바라보았다. 눈가가 불그레했고 눈자위가 물기에 젖어 축축했다. 얼굴 근육이 경련처럼 실룩거렸다.

"이제 아버님을 용서하세요. 다 지난 일인데……."

할머니가 곁에서 말했다. 그의 내면에서 이해하기 힘든 감정이 폭풍 만난 난바다처럼 출렁거렸다. 무언가 모를 울컥하는 게 목구멍까지 치밀어 올랐다. 하마터면 왈칵 눈물을 쏟아낼 뻔했다. 멀리 어디선가 종소리가 깊은 울림으로 뎅뎅 울려왔다.

제발 용서해다오.

어쩌면 그건 자신이 해야 할 말이었는지 모르겠다고 그는 생각했다. 왜 불현듯 그 말이 그 자신이 오랫동안 마음속으로 벼르며 묻어두었던 말처럼 여겨지는 건지 알 수 없었다. 전도된 이 감정의 원인은 무엇일까? 그 말을 여태 기다렸던 것일까. 아니면 그 자신이 아버지에게 용서받고 싶었던 것일까. 기껏 그 한마디를 위해 그렇게 긴 세월을 기다렸던 것일까.

…… 용서해다오. 사람들은 누구나 자신의 잘못에 대해 그렇게 말한다. 그러나 모두 용서될 수 있는 건 아니다. 용서란 쉽게 말로써 되는 것이 아니다. 뼈저린 반성이 동반되어야 하는 것이다.

그는 말 한마디에 쉽게 무너질 수 없다고 생각했다. 그건 너무 간단해서 스스로 납득하기 힘들었다. 대체 무얼 용서하란 말인가. 용서가 하란다고 하고, 말라면 못 하는 것인가. 그는 이성적으로 대처해야겠다고 생각했다.

"얼굴이라도 보았으니 이제 가봐야겠습니다. 그럼 잘 계십시오."

그가 노인에게 잡혀 있던 손을 빼고 그 여자에게 인사를 했다. 이제 노인의 남은 생은 할머니가 된 '그 여자'에게 맡겨진 것이다. 그로선 아무런 상관 없는 일인 것이다.

그는 회사를 대표해서 병문안을 온 직원처럼 정중히 허리를 굽혀 인사하고 노인의 병실을 빠져나왔다.

\*

황 경장이 양팔을 벌리고 크게 기지개를 켰다. 강 계장이 이를 힐끗 쳐다보았다.

"배도 출출한데 일단 뭐 좀 시켜 먹으면서 합시다."

황 경장이 불룩한 배를 슬슬 어루만지며 말했다.

"그렇게 먹을 걸 밝히면서 무슨 얼어 죽을 선식 다이어트야. 저녁에 먹는 건 다 살로 간다는 말도 못 들었어?"

황 경장의 말에 그가 퉁을 주었다.

"아휴, 이런 것 저런 것 따지고 계산하면 공연히 스트레스만 받아요."

"알았어. 그럼 중국집에 음식 몇 가지 주문하도록 해."

"이왕 배달 나오는 길에 소주도 한 병 가져오라고 그럴까요?"

"하여간 술이라면. 마음대로 해."

그가 짐짓 황 경장을 째려보고 눈을 흘겼다. 황 경장이 사람 좋은 웃음을 헤헤거리며 당직실의 전화기를 집어 들었다.

"그럼 음식이 오기 전에 토론을 마치도록 하십시다."

탁자 앞에 앉아 있던 강 계장이 서둘렀다. 그들은 지금 당직실에서 청소년 변사 사건에 대하여 그동안 조사한 결과를 두고 앞으로의 활동 계획과 방향에 대하여 대화를 나누던 참이었다. 오늘은 마침 그가 순번에 따라 당직을 서는 날이었고, 조금 전에 퇴근한 강 계장과 황 경장이 곧장 당직실로 찾아왔던 것이다.

"그러니까 팀장님과 황 경장이 이번 주까지 재조사한 스물아홉 건의 청소년 변사자들 중에서 전날의 행적이 밝혀지지 않은 다섯 건을 제외하면 나머지는 모두 '지옥의 여신' 게임을 했다는 것인데, 문제는 그 게임과 자살과의 인과관계를 아직 찾아내지 못하고 있다는 것 아닙니까?"

"그래서 내가 새롭게 몇 가지 더 조사에 추가한 게 있네. 여러 데이터를 수집하여 이를 비교 분석하다 보면 자살자들만의 어떤 특징이 나타나지 않을까 싶은 생각에서네. 우선 청소년 변사자들의 나이와 학력, 게임을 계속한 기간, 부모의 직업과 동거관계, 부모와의 친밀도, 아파트에 거주했다면 몇 살 때부터 거주했는지, 언제 아파트로 이사 왔는지, 평소 고민은 없었는지 따위를 모두 조사 항목에 넣었어. 그리고 이번엔 조사 대상을 좀 넓혀서 변사자뿐만 아니라 현재 그 게임을 하는 게이머들도 다 포함시킨 거지."

"일테면 저인망식 조사로군요. 꽤나 힘들겠는데요. PC방을 찾아가서 그 '지옥의 여신' 게임을 하는 모든 게이머들에게 조사 항목을 일일이 캐묻고 기록해야 하는 것 아닙니까?"

"그렇지. 시간이 걸리고 어렵긴 해도 아직은 그 수밖에 없지 않나."

"지난주부터 그걸 조사하기 위해 관내 모든 PC 게임방을 돌아다니느라 몸살이 날 지경입니다."

"그 덩치에 엄살은. 백 번 잘된 일이지. 살도 빠지고, 다리 운동도 되고 말이야."

황 경장의 엄살에 그가 농담을 던졌다.

"그렇게 하다 보면 나중에 어떤 유형의 게이머가 자살을 하게 되는지, 그 이유가 뭔지 대강은 밝혀낼 수 있을 것 같아. 별로 좋은 방법은 아닌 것 같지만 나로선 다른 도리가 없으니 어쩔 수 없지."

그의 체념 섞인 말에 강 계장이 낮게 한숨을 내쉬었다. 강 계장 역시 처음 서에 발령받아 왔을 때보다 지친 기색이 완연했다. 요 며칠 사이에 피부가 눈에 띄게 거칠어져 있었다.

"요즈음 서울 경기 지역에도 청소년 변사자가 급속히 늘고 있는 모양이던데 우리가 조사한 사실만이라도 매스컴에 넌지시 알려주는 게 어떨까요? 그러면 게임에 대한 경각심이 생겨서 약간이라도 자살자를 줄일 수 있을지 모르잖습니까."

청소년 변사자의 발생이 게임과 모종의 연관이 있으며, 강 계장과 팀장이 이 부분에 대한 수사에 집중하고 있다는 사실을 뒤늦게 알아챈 황 경장이 둘의 대화 사이에 끼어들었다.

"물론 황 경장의 말에도 일리가 있어요. 그렇게 하면 청소년 변사자를 얼마간 줄이게 될지도 모르지요. 하지만 생각해보십시오. 어디까지나 우리는 법을 지키는 경찰입니다. 법적 구성요건이 성립되지 않으면 우리로서도 어쩔 도리가 없습니다. 명백한 증거도, 아무런 인과관계도 밝혀지지 않은 추정된 사실만을 가지고 함부로 시중에 떠벌릴 수는 없습니다. 딱 잘라 말해서 그건 우리 소관이 아닌 거죠. 우리는 어디까지나 법적인 토대 위에서만 움직일 수가 있으니까요."

강 계장의 논박에 할 말을 잃은 황 경장이 눈만 끔벅였다. 그가 이야기를 이었다.

"우리가 부딪힌 문제 중의 하나는 우리가 말한 그 게임이 청소년의 자살을 유도하거나 촉발시켰다면 왜 일부 청소년만 자살을 시도하게 되느냐는 점이지. 자살한 청소년들과 그러지 않은 청소년 사이에 어떤 차이점이 있는지를 알아내야만 게임이 자살을 유도했다는 방정식도 풀릴 수 있지 않을까 싶네."

"물론입니다."

강 계장이 심각한 얼굴로 팔짱을 꼈다.

"또 하나, 이해하기 힘든 의문은 그 게임을 한 청소년들 중에는 일반 주택이나 아파트 저층에 사는 측도 적지 않거든. 그런데 왜 그런 낮은 곳에 사는 청소년들은 자살을 하지 않고, 꼭 고층 아파트에 사는 청소년들만 투신을 하느냐는 거지. 만일 그 게임을 하고 자살을 하고 싶은 충동이 똑같이 일었다면 저층 아파트 청소년들도 다른 높은 곳으로 찾아가거나 했을 텐데 말이네. 그게 이상하지 않은가?"

"그건 저도 매우 궁금하게 여기는 부분입니다. 하필 어째서 고층 아파트에 사는 청소년만 자살을 하는 것인지 이해하기가 어렵군요."

"그러게 말이네."

"어휴, 듣고만 있어도 머리가 다 아프네요."

황 경장이 미간을 찌푸리며 자신의 뒤통수를 툭툭 두드렸다. 노크 소리가 들리고 청년 배달원이 당직실에 들어서자 황 경장의 낯빛이 순식간에 밝아졌다.

"음식이 왔으니 일단 먹고 이야기하십시다. 먹고 죽은 놈이 화색도 좋다잖습니까."

배달원이 통에 넣어온 음식을 탁자 위에 주섬주섬 올려놓았다. 그는 점차 어두워지는 창밖을 묵묵히 바라보았다. 이것저것 생각하다 보니 별로 음식 생각도 나지 않았다.

*

정적을 깨며 전화가 따르릉 따르릉 울렸다. 잡지를 뒤적이고 있다가 전화를 받은 이 순경이 한 손에 수화기를 들고 그를 찾았다.

"팀장님, 지구대에서 전화입니다."

책상에 다리를 얹은 채 의자에 깊숙이 몸을 기대어서 잠시 쉬고 있던 그가 몸을 일으켜 전화를 받았다. 벽시계를 보니 두시가 가까워져 있었다. 전화를 걸어온 것은 관내 지구대의 장 경위였다. 장 경위는 간단하게 전화를 건 이유를 밝혔다. 그는 알았다고 대답하고 전화를 끊었다.

"무슨 일입니까?"

그의 굳은 표정을 본 이 순경이 의아한 눈길을 했다.

"자리나 잘 지켜. 잠깐 나갔다 올 일이 있어."

당직실을 나온 그는 순찰차를 몰아 지구대로 향했다. 거리는 어두웠다. 차량 통행도 뜸해져 있었다. 간간이 노란 등을 켠 택시들만 빠르게 도로를 질주했다. 거리의 상점들도 24시간 편의점을 빼곤 거의 불이 꺼지고 셔터가 내려진 상태였다.

지난번에는 술 취한 동생이 길 가는 행인을 폭행해서 그걸 수습하느라 한동안 정신을 놓고 다니더니 이젠 자신이 음주운전 사고라니.

그는 마 경사의 이마가 좁고 음전한 얼굴을 떠올렸다. 마 경사는 장남이라선지 책임감도 있고 모범적인 구석이 있어서 쉽사리 사고를 치거나 음주 운전을 저지를 사람은 결코 아니었다. 말썽쟁이 두 동생들이라면 모를까. 무슨 말 못할 이유가 있었겠지.

그가 지구대에 순찰차를 세웠을 때 옆에는 마 경사가 타는 9인승 승합차가 보였다. 담벼락을 들이받은 듯 차 왼쪽 모서리가 반 이상 찌그러지고 전조등이 달아나고 없었다. 범퍼도 반쯤 떨어져서 바닥에 끌리는 상태였다. 수리비깨나 나가야 할 꼬락서니였다.

지구대 안으로 들어서자 책상에서 사무를 보고 있던 장 경위가 반갑게 손을 내밀었다.

"음주운전을 하고 가다가 학교 주변 가정집 담벼락을 들이받은 모양입니다. 집주인의 신고를 받고 출동하여 데려왔습니다. 잘못했다는 말 밖엔 하지 않아서 제가 우 경위님을 불렀습니다. 2계 강 계장님에게 전화 연락을 했지만 받지 않더군요."

모르긴 해도 퇴근 후 PC방에서 줄곧 게임을 하다가 정신없이 곯아떨어졌겠지.

"잘하셨습니다."

그는 슬쩍 사무실 안쪽 길쭉한 의자에 앉아 있는 마 경사를 살폈다. 머리가 무릎에 닿을 듯 숙인 자세로 팔짱을 끼고 앉아 있었다. 다행히 다친 곳은 없는 것 같았다. 그가 안으로 들어가자 잠깐 눈을 들어 그를 바라본 마 경사가 꾸벅 고개를 숙였다. 낯빛이 불그레했고 입에서 술 냄새가 진동했다. 어디서 적지 않게 마신 모양이었다.

"대체 웬 술을 그렇게 마신 거야? 주량도 약한 사람이, 게다가 음주운전까지 하고…… 만약 사람이라도 치었으면 어쩔 뻔했어?"

"죄송합니다, 팀장님. 제가 볼 면목이 없습니다."

그가 마 경사 옆에 다가앉았다. 마 경사가 깊은 한숨을 내쉬며 고개를 떨구었다.

"무슨 일인데 그래? 말이나 해봐."

마 경사가 구두 신은 발을 앞뒤로 흔들었다.

"마누라가 이혼을 하자고 해서 홧김에 한잔 마셨습니다."

"마누라가 이혼을? 왜 갑자기, 무슨 일이라도 있었어?"

"지난번 동생이 저지른 사고 말입니다."

"그건 이미 수습됐지 않나?"

"그때 다친 피해자와 합의를 보느라 몰래 적금통장을 깬 것을 마누라가 어떻게 알았지 뭡니까. 그걸 알고는 당장에 이혼하자는 겁니다. 더 이상 살 수 없다고요."

그는 마 경사 부인의 수수하고 동글납작한 얼굴을 떠올렸다. 사 남매 중 장녀로 태어나서 아들만 셋인 집안의 장남에게 시집와서 마음고생이 적지 않았을 것이다. 그런 터에 사흘들이로 말썽을 일으키는 시동생 사건을 수습하느라 남편이란 작자가 자신과 의논 한마디 없이 적금통장까지 깼으니 이혼 소리가 나올 만했다.

"그래, 어떡할 셈이야?"

"정 이혼하자고 들면 해주는 수밖에 없지 않습니까? 못난 남편을 만나 고생하는 여자를 더 이상 붙잡아둘 수도 없고, 전들 어쩝니까."

마 경사에게 있어 아내는 모든 것을 받쳐주는 버팀목이나 다름없었다. 그 기둥을 잃는다면 마 경사는 한순간도 버티기 힘들 것이다. 그는 마 경사의 어깨에 팔을 얹었다.

"일단 집으로 들어가서 무조건 잘못했다고 싹싹 빌어. 그리고 이제 동생들이 어떤 사고를 치든지 그냥 내버려둬. 자네가 동생들을 평생 옆에 끼고 살 텐가? 그러면 버릇만 점점 나빠져. 차라리 그럴 거면 지금 당장이라도 부인이 원하는 이혼을 해주든지……."

"그래야겠지요?"

마 경사가 허탈하게 반문했다.

"힘내. 그리고 음주운전 건은 내가 알아서 수습할 테니 곧장 택시 타고 집으로 들어가는 거야. 알겠나?"

그가 마 경사의 어깨를 가볍게 두드렸다. 인간의 삶은 여러 형태로 왜곡을 경험하는구나 싶었다. 전화를 받던 장 경위가 경찰모를 찾아 쓰는 게 보였다. 또 어딘가 출동할 일이 생겼는가 보았다.

## 10

주차장에 차를 세웠을 때 먼저 온 그녀가 나무가 우거진 주차장 주변을 서성이고 있었다. 그가 SS친위대 대원처럼 손을 번쩍 들었고, 그녀가 가볍게 웃었다. 선홍색 저녁놀이 호수를 적시고 있었다.
"왜 안에서 기다리지 않고."
"함께 들어가고 싶었어요."
두 사람은 어깨를 나란히 하고 레스토랑 안으로 들어갔다. 호수를 낀 유원지 부근이어서 주변의 식당이며 레스토랑과 카페들은 시설이 제법 호화로웠다. 그들이 들어선 레스토랑도 실내외 장식을 수입 목재와 대리석을 사용하여 유럽풍으로 고급스럽게 꾸며놓고 있었다. 화강암으로 마감된 벽에는 중세시대의 청동 등잔처럼 생긴 조명기구에서 은은하게 불빛이 새어 나오고 있었다.
그들은 호수가 내다보이는 창가 자리에 마주하고 앉았다.

"분위기가 좋은데요. 여긴 처음 오는 곳이라서……."

생경스럽게 주변을 둘러보며 그녀가 말했다. 함께 실내를 둘러보던 그는 언젠가 여기에 온 적이 있다는 걸 깨달았다. 실내장식은 바뀌었지만 계단으로 이어진 복층 구조는 분명 낯이 익었다. 흐릿하게 기억이 되살아났다. 십오여 년 전쯤일까. 아내 해옥과 데이트를 했던 장소였다. 그때는 상호가 아마 '유리성'인가 했을 것이다. 지금은 뉴캐슬로 바뀌어 있었다.

앉았던 자리도 이 부근이었을 것이다. 호수를 본 기억이 있었다. 그는 건너편 여인을 바라보았다. 레스토랑의 실내장식과 상호도 바뀌었지만 그가 만나는 여자도 바뀌어 있었다. 세상은 변하고 자신도 변하고 있는 것이다. 그리고 오직 남은 것은 세월의 기억일 뿐이었다. 감회가 새로웠다.

"여기 올 직원에게 저를 뭐라고 소개시켜두었어요?"

"그냥 여자친구라고 말해두었어요."

"그것 좋네요. 여자친구."

"하지만 아직 여자친구는 하나도 없습니다. 여자 동창생은 있어도 말이죠."

"저 역시 남자친구는 없어요. 초등학교 남자 동창은 있어도요."

"그럼 피차 똑같군요."

그의 말에 수경이 엷게 미소를 띠었다.

"그런데 수경 씨에게 미리 얘기해두었지만, 곧 나타날 김창수란 친구는 성격도 좋고 여러모로 괜찮은 총각인데 문제는 이 머리에 있어요."

"그건 두 사람이 알아서 선택할 사항이라고 봐요. 마음만 맞으면 그깟 외양쯤은 별 문제가 되지 않을 거라고 믿어요. 외모만 보고 만난다면 굳이 우리가 소개할 필요도 없는 거구요. 함께 있어봐서 알지만 은정이란 그 처녀도 외모만 따지는 그런 부류는 아니에요."

"그건 그렇군요."

고개를 주억이며 그는 그녀를 눈부신 듯 바라보았다. 그녀를 보면 하나의 촛불을 응시하는 것처럼 마음이 평온하고 따뜻해지는 건 왜일까. 그로선 처음 느끼는 감정이었다. 그녀의 내면에 남모를 따뜻한 불이 타고 있는 것일까. 그저껜가 슬쩍 그런 얘기를 했더니 그녀 역시도 그렇다고 털어놓았다. 선생님만 보면 마음이 밝아져요. 즐겁고 유쾌하고요. 왜 그런지 저도 모르겠어요. 이전의 쓸쓸했던 기억들이 죄다 사라지는 것 같아요.

"어머, 안녕하세요?"

먼저 나타난 건 은정이었다. 소매 없는 가벼운 슬리브리스에 하늘대는 시폰 드레스를 입고 있어서 몹시 경쾌하고 시원해 보였다. 찰랑거리는 사파이어가 박힌 귀걸이도 썩 잘 어울렸다.

"요사이 우리 원장님 얼굴색이 왜 그렇게 밝고 환해지셨나 했더니 그게 모두 선생님 때문이로군요."

자리에 앉자마자 은정이란 여자가 둘을 번갈아 보며 부러운 듯 말했다. 당돌한 말에 수경이 말없이 웃고 나서 슬그머니 용건을 꺼냈다.

"그래서 혼자 예뻐지기 싫어서 오늘 좀 무리한 자리를 만들었어."

은정과 김 경장의 선을 주선한 건 수경이었다. 우연히 그가 지나가는 말처럼 노총각인 김 경장에 관한 얘기를 하게 되었고, 그녀는 선뜻 자신이 데리고 있는 피아노 선생과 한번 만나보게 하자는 제안을 꺼냈던 것이다. 은정의 나이 올해 서른이었고, 집에서 결혼을 서두르는 눈치였지만 마땅히 사귀는 남자가 없다고 했다.

"그게 무슨 말이세요? 전 그냥 근사하게 휴일 저녁식사를 하자는 줄 알았는데요."

은정이 놀란 눈을 했다.

"암튼 기다려보면 알아."

말이 끝나기도 전에 김 경장이 양복 차림으로 안으로 들어섰다.

"어, 제가 제일 늦었군요. 죄송합니다."

송구한 듯 머리를 숙이며 김 경장이 자리에 앉았다. 상황을 짐작한 은정이 김 경장을 유심히 바라보았다. 관심이 가는지 눈빛이 남달랐다.

"오늘은 날씨도 덥고 해서 가발을 생략하고 나왔습니다."

벗겨진 머리를 손으로 쓰다듬으며 김 경장이 어색하게 말했다. 아예 깨놓고 나가자는 작전이라도 세운 모양이라고 생각하며 그는 내심 웃었다.

"그럼 평소에 가발을 쓰세요?"

은정이 정색을 하고 김 경장에게 물었다.

"근무할 때는 쓰지 않습니다."

"직업이?"

"경찰입니다. 저에 대해 전혀 소개를 받지 못하셨군요. 지금 당장 제 소개를 올릴까요?"

"그럴 필요는 없어요. 천천히 아는 것도 좋잖아요."

은정이 입을 내밀며 귀염성 있게 말했다.

"사실 우리 부친도 젊었을 때부터 왕대머리셨대요. 하지만 부부간의 금슬이 얼마나 좋으신 줄 아세요. 요즘도 두 분 사이가 부러울 정도예요. 그래서 전 머리 벗겨진 사람 좋게 봐요."

은정의 솔직한 말에 김 경장이 쑥스러우면서 기분 좋은 웃음을 웃었다.

"그렇게 말씀해주시니 고맙습니다."

"얼굴이 동안이라서 그런지 제가 보기엔 넘 귀여워요. 제가 말 너무 함부로 하죠? 귀엽다는 말 취소할까요?"

"아니 괜찮습니다. 칭찬으로 받아들이겠습니다."

김 경장의 군대식 말투에 다들 웃음을 머금었다.

"두 사람 너무 잘 어울리는 것 같지 않아요?"

어둠이 짙어진 호수를 따라 걷던 그녀가 물었다. 식사를 마친 뒤 자신이 계산을 하겠다며 바득바득 우기는 김 경장을 은정과 함께 거리로 내보낸 다음이었다. 밤이 내린 호수는 주변의 가로등 불빛과 상점에서 흘러나온 조명으로 야명주를 풀어놓은 것처럼 반짝거렸다.

"의외로 잘될 것 같습니다."

"그럴 줄 알았어요."

그녀가 고개를 끄덕였다. 오월의 공기가 부드러웠다. 어디선가 집시풍의 음악이 흘러나왔다.

"두 사람이 분위기가 비슷해서 그런 것 아닐까요?"

"순수한 눈매와 말투도 닮았잖아요. 암튼 분위기가 비슷한 사람끼리 만나야 잘 산다는 말을 들었어요. 분위기가 비슷하다는 건 취미와 성품이 비슷하다는 것 아닐까요?"

"맞는 말입니다."

"우리 둘은 어떨까요?"

고개를 치켜들며 그녀가 물었다. 진지한 표정이었다. 형근은 손을 뻗어 그녀의 손을 잡아 쥐었다. 조금 전부터 알 수 없는 욕정으로 몸이 후끈 달아 있었던 것이다. 주변에 불이 밝혀진 모텔은 얼마든지 있었다. 그는 볏을 세운 수탉처럼 헛기침을 하며 목청을 골랐다.

"갈 곳도 마땅찮은데 우리 어디로 들어갈까요?"

거친 물음에 그녀가 보일 듯 말 듯 얼굴을 붉혔다.

"그럼 저의 아파트로 가요."

그는 그녀가 한 말의 의미를 분명하게 알 수 있었다. 그는 서둘러 그녀의 손을 잡아끌었다. 마침 저만치 도로를 따라 노란 불을 켠 택시가 다가오고 있었다.

\*

그는 시계를 보았다. 퇴근시간을 얼마 남겨두지 않고 있었다. 그는 화장실 쪽에 눈길을 주었다. 고속버스 터미널 구내여선지 오가는 여행객들이 적지 않았다. 아직 황 경장은 모습을 보이지 않고 있었다. 조금 전 터미널 입구에서 만났을 때 볼일이 급하다며 구내에서 잠깐 기다리라고 하곤 화장실로 들어갔던 것이다.

그는 시선을 돌려 구내 정면에 대기 승객들을 위해 마련된 대형 액정 TV에 눈길을 주었다. 채널 점유도가 중간쯤 되는 한 방송에서 청소년 변사 사건에 대한 특집 방송을 내보내고 있었다. 얼마 전까지만 해도 간간이 매스컴에서 다루어지던 청소년 자살 사건이 이제 눈에 띄게 언론 매체의 시선을 모아가고 있는 중이었다.

좌담회에 패널리스트로 나온 사람은 TV를 잘 보지 않는 그에게도 낯이 익은 세 명의 남자들과 처음 보는 남자 합쳐서 네 명이었다. 하얗게 센 머리를 가진 모 대학 사회학 교수와 광대뼈가 불거진 철학 교수, 노숙자들을 보살펴서 꽤나 유명세를 타게 된 유들유들한 모습의 목회자였다. 나머지 한 사람은 청색 개량한복을 입은 단아한 남자였는데 아마 자살 문제와 관련이 있는 학계의 전문가일 성싶었다.

패널리스트들은 현 사회에서 일어나고 있는 청소년 연쇄 자살 사건에 대한 나름의 진단을 내렸다. 학생들을 생존경쟁의 전장으로 내모는 교육 당국의 무책임하고 무소신하고 무능력한 삼불정책과 청소년들이 성장하기에 열악한 주변 환경, 계속해서 3~4퍼센트대의 저성장 시대의 나빠진 경제 사정으로 인한 가정의 파괴와 핵가족화, 소득불균형에 기인한 빈부격차, 속칭 왕따로 불리는 청소년들 간에 행해지는 잔인한 폭력, 사람들끼리의 소통 공간도 없이 오직 도시화, 고층화로만 치닫고 있는 현대의 비인간적인 환경 등이 백화점의 진열장에 놓인 물품처럼 다양하게 논의되었다. 언제 들어도 비슷비슷한 천편일률적인 진단이었다.

이어 사회자의 질문에 따른 각 패널리스트의 주장과 대책이 차례대로 방송되었다. 사회학 교수는 청소년 자살자의 증가는 전적으로 국가와 지방자치단체의 책임이라고 주장했다. 몇 년 전 국회를 통과한 자살 예방 대책이 있지만 그 실효성에 문제가 있다고 지적했다. 그는 올바른 사회안전망을 갖추어야 비로소 자살자들을 줄일 수 있다고 말했다. 이를 위해서는 생명의 전화나 자살 예방 센터, 119와 같은 기능을 갖춘 긴급 자살 방지 단체를 각 지자체의 지휘 감독 아래 운영하는 것도 한 방법이 될 것이며 이를 위해선 무엇보다 적절한 예산이 뒷받침되어야 한다고 역설했다.

철학 교수는 자살을 개인적인 문제로 치부해서는 안 될 것이며, 물질 만능의 사회적 배경과 도덕의 붕괴, 그리고 부실화된 교육 문제에서 그 답을 찾아야 할 것이라고 말했다. 아울러 현대의 인간을 하나의 부품으로 생각하는 전문화 교육에서 탈피하여 전인적인 인성 위주 교육의 필요성을 강조했다. 또한 가족들의 따뜻한 보살핌이 있어야 청소년들이 건전한 사회인으로 자라날 수 있다는 말도 덧붙였다.

목회자는 자살자들에 대한 근본적인 이해가 없는 접근은 아무 소용이 없다는 점을 강조했다. 또한 자살자뿐 아니라 자살자 가족들의 정신적 충격 또한 다루어져야 할 문제라고 말했다. 아울러 자살을 기도했다 살아난 사람이 재차 자살을 시도하는 일이 없도록 필요한 조치를 취해야 할 것이라고 했다. 결국 이 모든 연쇄적 자살은 이 사회를 살아가는 모든 사람들에게 그 책임이 있으며 사리사욕과 물신화된 탐욕, 타인을 전혀 고려하지 않는 극단적 이기주의 등이 청소년의 정신을 황폐화시키는 주범이며, 믿음과 명예보다는 당장의 물질적 이익을 추구하는 현재의 어른들이 이 사회를 이끌어가는 이상 우리 청소년들의 좌절감은 치유될 수 없다고 주장했다.

마지막으로 마이크를 잡은 개량한복의 주인공은 우리 사회의 청소년 자살이 급증한 건 급속하게 이룩된 도시화와 관계가 있다고 주장했다. 아이들의 놀이터가 되어야 할 공간이 오직 어른들의 이동로로만 사용되고, 소통의 장이던 골목이 온통 주차장화된 현실에서 청소년들은 제대로 된 꿈도, 추억도, 친구들과의 화합과 우정의 시간도 갖지 못한 채 전국 어디서나 똑같이 획일화된 아파트에서 양계나 육우처럼 사육되고 있다고 성토했다. 또한 그나마 여유 시간도 오락실이나 PC방으로 내몰리고 있으며 그렇게 갇힌 공간에서 게임 등을 하며 희망과 꿈을 잃고 자라난 청소년들은 작은 좌절에도 자살이라는 극단적인 유혹에 빠져들기 쉬우며 부모의 사랑이 없을 때는 더욱 그런 경향을 나타내게 된다고 말했다.

TV를 지켜보던 그의 뇌리에 번쩍하고 작은 섬광이 일어났다. 어젯밤에 수경과 침대에서 나누던 이야기 중의 한 대목이 개량한복을 입은 남자가 한 말에 자극을 받아 머릿속에 불쑥 솟구쳤던 것이다.

그녀와 지나간 이야기를 나누던 중에 슬픔이나 좌절로 인해 자살을 생각해본 적이 있느냐는 질문과 대답이 오갔을 것이다.

남편과 자식을 한꺼번에 잃었을 때 그녀는 매일 자살을 생각하게 되었다고 했다. 실제로 자살의 방법까지 구체적으로 연구해보았다고 했다. 그런 중에 문득 하나의 깨달음을 얻게 된 것이다. 그건 그녀의 마음에 깔린 오래된 추억들이었다. 자살을 꿈꾸게 되면서 그동안 까마득히 잊고 있었던 추억이라는 보석이 점차 조금씩 빛을 내기 시작했다고 얘기했다. 마치 폭풍우 치는 밤바다에서 항로를 잃고 헤매던 배가 우연히 발견한 한 줄기 등대 불빛처럼.

비인간적이고 물질화된 우리 사회에서 그나마 우리네 어려운 삶을 위로하고 지탱해주는 힘은 마음의 바닥에 깔린 아름다웠던 추억들, 그 서정성에 있는 것 아닐까요. 아무런 희망도 미래도 없을 때, 그래도 이 세상은 살아볼 만한 곳이란 위안과 믿음이 그 추억에서 출발하는 건지도 모르죠. 어릴 적 어머니의 무궁한 사랑, 친구들과의 따스한 우정, 자연의 순수한 아름다움, 그런 소중한 기억들이 없다면 현실만의 세상은 얼마나 허무하고 사막처럼 건조한 곳이 되겠어요. 나날이 각박해지는 우리 사회가 그나마 유지되고 있는 건 마음 바탕에 순수하고 아름다운 추억을 가진 사람들이 아직은 많이 남아 있다는 것이겠지요.

그녀의 말과 개량한복 남자의 말이 겹쳐지면서 그는 그동안 PC방을 돌면서 자신이 찾고 있던 게 무엇인가를 홀연히 깨달은 기분이 들었다. 그동안 모은 자료들 중에서 변사자들에게 어떤 공통점이 있었는가 하는 것도. 일단 서로 들어가서 자료를 확실하게 비교해봐야 할 것이지만 몇 가지는 분명하게 머리에 잡혔다.

자살한 청소년의 대부분이 어린 시절부터 아파트에 거주했으며, 바쁜 부모의 직업상 부모님의 사랑을 받지 못하고 홀로 지내는 시간이 많았으며, 잠을 잘 때도 가족과 함께 자는 게 아니라 혼자 잤다는 것.

그게 '지옥의 여신'이란 게임을 했음에도 자살하지 않은 다른 청소년과 확연히 비교되는 점이었다. 아무런 사랑의 추억도 아름다웠던 기억도 없는 세대. 오직 유리와 철근과 콘크리트로 만들어진 아파트에서 어린 시절부터 혼자 시간을 보내야 했던 청소년들. 그런 청소년들이 게임의 제물이 되고 있었다. 어떤 연유에서 그런 청소년들만 게임의 희생물이 되는지 그 자세한 메커니즘은 알 수 없었지만.

그럼 저층에 사는 청소년과 고층 아파트에 사는 청소년의 차이점은 무엇일까? 그 한 가지 문제만 풀린다면 게임과 자살과의 연관성을 한층 좁혀볼 수가 있었다. 조금 이따가 사무실로 돌아가면 강 계장과 이 문제를 깊이 있게 의논을 해봐야 할 것이다.

"없던 변비라도 생긴 거야? 왜 이렇게 늦게 나오는 거야?"

화장실 쪽에서 어정거리며 다가오는 황 경장을 향해 그가 음성을 높였다.

"웬 젊은 남자 두 명이 화장실 안에서 어슬렁거리는 게 좀 수상쩍더라고요."

다가온 황 경장이 야릇한 웃음을 히죽거렸다.

"두 명의 남자가?"

"그래서 숨을 죽이고 기다렸더니 그 두 남자가 함께 한 칸에 들어가지 뭡니까."

"그게 무슨 말인가?"

"곧 이상한 소리가 들리기에 슬쩍 까치발을 하고 칸 너머로 화장실 안을 살펴보았더니 두 남자가 글쎄, 한창 비역질을 하고 있지 뭡니까."

황 경장이 눈을 가늘게 하고 탕아처럼 낄낄거렸다.

"그걸 엿보느라고 늦었군 그래. 하여간 못 말려. 다들 퇴근하기 전에 얼른 서로 돌아가자고."

"그건 그렇고 요즘 팀장님이 많이 변하신 거 알아요?"

그를 따라서 터미널 계단을 내려오던 황 경장이 말했다.

"그건 또 무슨 귀신 씻나락 까먹는 소리야?"

"무언가 모르지만 많이 달라졌어요. 전보다 활기차고 젊어지신 것 같아요. 일을 적당히 하는 것도 줄어들었고, 뭐랄까 삶의 아름다움을 발견한 사람 같습니다. 오라, 혹시 여자와 연애하는 것 아닙니까?"

어렵게 말을 찾아낸 황 경장이 새로운 걸 발견한 사람처럼 신을 냈다.

변하긴 변한 걸까. 다른 직원들에게도 요즘 그가 변한 것 같다는 얘기를 자주 들었다. 만일 변했다면 무엇 때문일까. 젊은 강 계장이 상관으로 온 이후에 생긴 변화일까. 아니면 새롭게 수경이란 여인을 만난 게 삶의 활력소가 된 것일까. 아니면 병원을 찾아가서 노인네의 용서를 비는 말을 들어서 마음이 가벼워진 때문일까. 아니, 어쩌면 그 모든 것들이 도미노처럼 연쇄적으로 일어나는 상호적 결과일 수도 있었다.

"우리네 사는 게 다 연애하는 것 아닌가. 미워도 하고, 다투기도 하고, 뭔가 기다리거나 짜증을 내기도 하는 것. 모두 연애하는 것과 다를 바 없지 않아."

"대답하시는 것만도 봐도 변하셨네요."

터미널을 나서서 도로를 따라 걷고 있을 때 그의 휴대폰이 울렸다. 다급한 여자의 음성이었다.

"안 되겠어. 얼른 나를 따라와. 다른 곳에 갈 데가 있어."

그가 뛰다시피 육교를 향해 걸음을 서둘렀다. 황 경장이 뚱뚱한 몸집으로 헐레벌떡 쫓아오며 물었다.

"무슨 일인데 그러십니까?"

"왜 지난번에 어린 딸을 강제추행 하고 달아난 수배범 있잖아. 그놈이 지금 집에 나타나서 행패를 부리고 있다는 전화가 왔어. 지금 가면 체포

할 수 있을 거야."

\*

　잠의 경계에서 빠져나오는 순간 그는 머릿속을 안개처럼 흘러다니는 꿈의 조각들을 끌어 모았다. 하지만 꿈들은 조각이 나고 희미해진 채 그의 의식 속을 가뭇없이 빠져나갔다. 거듭된 어린 시절의 꿈이었다.
　그는 욕실에서 세수를 하며 조금 전 잠에서 깨어나는 순간 머릿속을 빠져나간 꿈을 해석해보려고 애썼다. 하지만 꿈들은 분해되고 옅어져서 윤곽만 어릿하게 의식에 남아 있었다. 몇 가지의 원색적인 색깔로 이루어진, 그의 어렸던 시기를 배경으로 한 꿈이었다. 하지만 분명한 건 악몽은 아니라는 사실이었다.
　수건으로 얼굴을 닦은 다음 간단하게 로션까지 바른 그는 출근을 서둘렀다. 옷장을 뒤적여서 얇은 감색 바지에 여름용 마직 남방을 꺼내 입은 그는 주변을 둘러보았다.
　홀로 사는 중년 남자의 간소한 살림살이. 영원히 채워지지 않을 듯 텅 빈 공간들. 언제 보아도 낯선 느낌을 던져주는 자신의 아파트였다. 이 집에 수경을 데려오면 어떨까? 그녀가 온다면 집 안은 한층 밝아질 수도 있겠지. 그보다 초라한 살림살이를 보며 좀 한심한 얼굴을 할지도 모르지. 어쩌면 큼큼한 홀아비 냄새를 맡고 살짝 미간을 찌푸릴 수도 있을 테고.
　한가하게 상상이나 즐길 때가 아니었다. 생각을 접은 그는 마지막으로 탁자 위에 얹어둔 변사자 관련 자료 파일 묶음을 챙겨 들었다. 아침 회의 시간에 강 계장에게 보고하기 위해 어젯밤 늦도록 정리해둔 것이었다. 이제 잊은 건 없었다.

아침을 맞은 거리는 조금씩 출근 인파로 붐비기 시작하고 있었다. 아파트에서 사거리까지 걸어 내려온 그는 조금 더 걸어서 지하철을 탈까 아니면 택시를 탈까 망설이던 차에 허리의 휴대폰이 드르륵 울렸다.

당직실이었다. 전화를 건 사람은 김 경장이었다. 조급한 음성으로 강 계장의 아파트 투신을 알렸다. 관할 지구대에서 연락이 왔다고 했다. 너무 놀라서 그는 하마터면 휴대폰을 떨어트릴 뻔했다.

그는 차도에까지 내려가서 택시를 찾았다. 빈 택시는 좀체 오지 않았다. 몇 대의 택시가 지나간 뒤에야 저만치 앞에서 택시 하나가 멎었고, 젊은 여자 승객이 내렸다. 그는 백 미터 달리기 선수처럼 부리나케 택시를 향해 달려갔다.

택시를 타고 강 계장이 사는 아파트에 도착했을 때는 이미 상황은 끝이 나 있었다. 손에 빗자루와 물통을 든 늙은 경비원이 현장 주변을 정리하고 있었다.

중상을 입은 강 계장은 119 구조대가 시내 대학병원으로 후송했다고 경비원이 말했다. 출근 전인 아침 일곱시경에 구층 자신의 아파트 베란다에서 뛰어내렸다는 게 경비원의 말이었다. 다행히 떨어진 지점이 주차된 승합차 지붕 위여서 즉사는 면할 수 있었다고 경비원이 가슴을 쓸어내리며 말했다. 현장의 승합차는 지붕이 폭삭 내려앉았고 전면 유리는 반쯤 부서져 나가고 없었다. 주변에는 사고를 말해주듯 유리 조각들이 어지럽게 흩어져 있었다. 얘기를 끝낸 경비원이 빗자루를 들고 흩어진 유리 조각을 쓸어 모았다.

그는 다시 아파트 부근 도로에 나와서 택시를 잡았다. 러시아워여서 차들이 밀렸다. 삼십 분이나 걸려서 대학병원으로 도착했을 때 강 계장은 수술실에 들어간 다음이었다. 자세한 결과는 정밀검사와 수술 후에나 알 수 있다고 병원 측에서 말했다.

그는 허탈한 심정에 수술실 앞 대기실 의자에 털썩 엉덩이를 내려놓았다. 정신이 멍했다. 머릿속으로 상황을 정리하면서 심한 자책감이 욕지기처럼 치밀어 올랐다. 설마 했던 게 불찰이었다. 생각해보면 결과를 몰랐어도 게임의 위험에 대하여 인지하고 있었다면 강 계장이 게임을 계속하는 걸 말렸어야 했다. 단순히 상관이라는 이유로, 또 청소년이 아니라는 이유로 방관해둔 게 오늘의 사태를 불러온 것이다.

어제 같은 경우만 해도 그랬다. 추행범을 체포하러 간답시고 자신이 깨닫게 된 정보를 강 계장에게 미처 알리지 못한 게 오늘의 사고를 불러온 것일 수도 있었다. 만일 사실을 알았다면 강 계장은 자신도 게임중독 위험군에 속한다는 사실을 알고 게임을 중단했을지도 모를 일이었다.

손깍지를 낀 채 병원 대기실에 한참을 앉아 있던 그는 자리를 차고 일어났다. 이대로 있을 수는 없었다. 되든 말든 최후의 수단이라도 써봐야 할 것이었다.

\*

오전이라선지 신문사 건물 일층에 위치한 커피숍은 한산했다. 구석 자리에 몇 명의 양복 차림의 중년 남자가 둘러앉아 잡담을 나누고 있을 뿐이었다. 건물 전면의 커다란 통유리를 통해 도로에 차량들이 바쁘게 오가는 게 보였다.

그는 담배가 몹시 피우고 싶었다. 벌써 끊은 지 석 달이 넘는 시점에 다시 담배를 피운다는 게 마음에 걸렸지만 지금은 담배를 피우지 않곤 참기가 힘들었다.

카운터에서 머리를 뒤로 묶은 여자 종업원이 심심했던지 이쪽을 빤히 바라보고 있었다. 돈을 주고 담배를 한 갑 사달라고 부탁할까. 갈등을 하는 사이에 안면이 익은 사회부의 김 기자가 서둘러 유리문을 밀고 들어서는 게 보였다. 그는 이쪽을 향해 손을 번쩍 들어 보였다.

"어휴, 우 경위님. 많이 기다리셨죠. 저희 신문에는 지방판이 따로 있어서 이 시간까지는 기사 마감을 해야 하거든요. 그래서 좀 늦어졌습니다."

탁자 위에 수첩을 내려놓으며 김 기자가 변명부터 늘어놓았다.

"담배 가진 거 있습니까?"

그가 물었다. 김 기자가 손사래를 치며 웃었다.

"전 오래전에 담배를 끊었습니다. 이 자리는 금연 구역이구요. 차나 한잔하십시다."

"그럽시다."

김 기자가 손을 쳐들었다. 여종업원이 다가왔다. 김 기자는 그에게 무얼 시키겠느냐 묻고 자신은 홍차를 주문했다.

"이렇게 경위님께서 신문사까지 직접 찾아오신 걸 보니 대단히 중요한 일인가 봅니다."

종업원이 멀어진 뒤 김 기자가 물었다. 그는 침중하게 고개를 끄덕이고 자신이 가져온 자료를 탁자 위에 내어놓았다. 그동안 모은 게임과 연관된 청소년 변사자들의 가족 사항, 거주지, 게임의 지속 기간, 부모와의 친분 관계 등이 총망라되고 통계 처리된 자료를 복사한 것이었다.

"강 계장이 자신의 아파트에서 투신했다고요?"

먼저 그에게서 강 계장의 투신 소식을 들은 김 기자가 몹시 놀라워했다. 김 기자 역시 강 계장을 잘 알았다. 강 계장과 서로 비슷한 연배인데다가 형사과장과 함께 퇴근 후 술자리에서 만나서 안면을 익혀두었던 것이다.

"상태는 어떻습니까? 그리고 투신 이유는 뭡니까?"

김 기자가 연달아 질문을 했다. 그가 되도록 간략하게 상황을 설명했다. 삼월 하순경부터 청소년 변사자 수사 과정에서 알게 된 일련의 기이한 상황들, 연이은 변사 사건과 그에 따라 드러난 미심쩍은 자살의 원인과 그 정황증거들, 계속된 수사 상황과 오늘 아침의 사고. 자초지종을 들은 김 기자는 놀라워하면서도 반신반의하는 표정 역시 감추지 않았다.

"그러니까 강 계장의 투신은 변사 사건을 수사하던 도중에 생긴 사고로군요. 일테면."

"그런 셈이죠."

"참으로 놀라운 얘기군요. 아니, 놀랍다기보다 끔찍하다는 표현이 옳을지 모르겠지만."

"솔직히 털어놓으면 이런 얘기를 하는 나 자신도 아직 그 사실을 완전하게 믿고 있는 건 아닙니다. 어쨌든 그러다 보니 상황이 여기까지 이르게 된 것이죠."

"어떤 청소년이 다음 날 아침 아무 이유 없이 아파트에서 뛰어내려 자살을 한다. 경찰 측에서 수사를 하다 보니 자살한 청소년들의 공통점은 그 전날 모종의 PC 게임을 했던 것으로 나타났다. 정황으로 보아선 PC 게임이 내포한 알 수 없는 작용에 의해 많은 청소년들이 자신의 아파트에서 투신자살을 하기 시작했다. 허 참, 이거 어디까지가 진실이고 어디까지가 픽션인지 정리가 되지 않는군요. 마치 공상과학소설을 읽는 기분입니다."

수첩에 그가 한 이야기를 메모하던 김 기자가 갑자기 갈증이 치밀었는지 탁자 위의 유리컵을 들어 바닥이 드러나도록 물을 들이켰다.

"나와 강 계장 역시 처음 변사자 수사를 개시할 때만 해도 외부적으로 드러난 현상이 너무 엉터리없어서 설마 그럴 리가 있을까 내심 무시를 했지요. 허나 하루하루 수사가 계속되면서 우리들의 예감이 점차 현실로 드러나는 게 놀라웠습니다. 그러나 사실을 아는 것과 사실을 증명하는 것과는 다른 차원의 것입니다. 우리로선 '지옥의 여신'이란 게임이 청소년들의 자살을 유도하거나 촉발시킨다는 걸 증명할 만한 아무런 방법이나 증거를 찾을 수 없었던 것입니다. 서울의 대학 연구소에 게임의 유해성 여부를 의뢰한 것도 그걸 증명하기 위한 노력의 일환이었지요. 물론 얻은 결과는 시원치 않았지만 말입니다. 그렇지 않다면 지금처럼 아파트에서 뛰어내려 자살한 전국의 청소년 수가 하루에도 수십 명을 넘게 된 이 시점까지 그냥 방관만 하고 있지는 않았을 겁니다."

"당연히 그랬겠지요."

손등으로 턱에 흘러내린 물을 닦으며 김 기자가 수긍했다. 여종업원이 쟁반에 차를 가져왔다. 그는 블랙커피를 약간 마셨다. 빈속이라선지 입맛이 썼다. 김 기자가 홍차를 홀짝이며 뭔가 생각에 잠겼다. 잠시 어색한 침묵이 흘렀다. 사태의 심각성을 깨달았는지 표정이 한결 어두워진 김 기자가 먼저 입을 열었다.

"그런데 지금은 청소년 변사자의 급증이 '지옥의 여신'이란 게임 때문에 발생했다는 명백한 증거를 확보하신 겁니까?"

그가 무겁게 고개를 가로저었다.

"문제는 바로 거기에 있습니다. 만일 그걸 찾아냈다면 이처럼 신문사부터 먼저 찾아오지는 않았겠지요. 상부에 이 사건을 보고하고, 하루속히 그 게임에 대한 압수영장을 발부받거나, 게임의 사용을 중지시켰을 테니까요."

"그렇겠군요."

그를 응시하며 김 기자가 신중하게 고개를 끄덕였다.

"어쩌면 지금으로선 신문기사로 다루기조차 어려울지 모릅니다. 명확한 증거는 드러나지 않았으니까요. 여기 가지고 온 자료 역시 일종의 추정된 증거일 뿐이지, 입증된 사실은 아닙니다. 허점도 적지 않습니다. 하지만 그렇다고 명백한 증거가 나타날 때까지 목을 빼고 기다릴 순 없습니다. 지금 이 순간에도 게임에 중독된 청소년들이 자신의 아파트 베란다에서 스스로 아까운 목숨을 끊고 있을 테니까요."

"강 계장 역시 희생자인 셈이군요."

"그렇지요. 게임에 관한 확실한 정보를 얻기 위해 직접 게임을 하다가 스스로 자살까지 하게 되었으니까요."

"경위님 의도대로 전국에 이 사실을 밝혀서 게임을 하는 청소년들에게 경종을 울리려면 중앙지를 선택하시는 게 옳지 않습니까? 저희처럼 지역에 속한 일개 지방지로선 아무래도 그 한계가 있으니까요."

"김 기자의 말씀대로 중앙의 유력 신문이나 공영방송 등 대중 언론매체에 알리는 게 제일 적당할 것입니다. 하지만 서로 안면 익히고 지냈던 김 기자도 내 말을 못 믿어주는 판에 중앙지에 이 사실을 알린다고 과연 누가 믿어주겠습니다. 설혹 믿어주더라도 지상에 발표까지 되려면 아마 몇 달은 지체되어야 할 겁니다."

"옳은 말씀입니다."

김 기자가 수긍이 간다는 표정으로 뾰족한 턱을 주억거렸다.

"그래서 이렇게 허겁지겁 김 기자를 찾아온 것입니다."

"근래에 매스컴의 이슈로 떠오른 청소년 변사 사건이 이 지역의 게임업체와 연관이 있을 줄은 정말 몰랐습니다. 저도 보름인가 전에 청소년 변사 사건의 증가에 대한 기사를 써서 신문에 실은 적이 있습니다."

"그건 읽어보았습니다."

"그때는 그냥 하나의 사회적 상황으로만 다루었지, 이면에 이처럼 어떤 게임과 연결되어 있으리라곤 상상도 못 했습니다. 아마 저 아닌 누구라도 상상하기 힘들 겁니다."

"그래서 더욱 상황이 어렵습니다. 여기 가져온 자료를 기사로 싣기엔 신문사 측에서도 적지 않게 부담이 될 줄 압니다. 하지만 지금으로선 다른 방도가 없습니다."

"물론 부담스럽긴 하죠. 우선 보기에도 경위님이 주신 자료만으로 모 업체의 게임이 청소년의 자살을 부추긴다는 추측성 기사를 썼다간 자칫하면 게임 회사로부터 항의나 반발을 받을 소지가 다분합니다."

"그렇겠지요."

"또 이런 기사를 저 혼자 결정해서 싣는 게 아니기 때문에 데스크와 의논을 거쳐야 합니다. 그 부분에서 어떤 반응이 나타날지 저도 장담할 수 없습니다."

"어쨌거나 이 죽음의 행진을 중지시키고 볼 일입니다. 이건 수많은 청소년의 생사가 걸린 일입니다. 오늘 이렇게 급하게 달려온 것도 한시바삐 이 사실을 밝혀서 애꿎은 청소년의 피해를 줄여보자는 취지에섭니다."

그가 다분히 웅변조로 말했다. 자신의 신분이 비록 경찰이지만 이건 법 이전에 생명이 걸린 문제였다. 형식과 제도, 법적 절차를 따져가며 머뭇댈 성질의 일이 아니었다.

"그야 당연하신 말씀입니다. 한 사람의 생명을 구하는 건 하나의 우주를 구하는 것과 같다는 어떤 사람의 말이 떠오르는군요."

"아무튼 기사로 실릴지 아닐지는 김 기자의 능력에 달려 있습니다."

그의 의도적인 격려에 김 기자가 환한 미소를 지으며 자신에 찬 얼굴을 했다. 경찰서 복도에서 힐끗 스쳐 지나가던 때보다 한결 인간다워 보였다. 그는 그동안 건성으로 술이나 한잔하자는 말을 하긴 했지만 이번

일이 잘되면 정말 자신이 한잔 사야겠다고 마음을 먹었다.

"잘하면 내일 석간 특종으로 나갈 수도 있을 겁니다. 아무튼 저를 믿고 찾아와주셔서 감사합니다. 최선을 다해보겠습니다."

김 기자가 탁자 위에 놓인 자료를 챙겨 들었다. 일단 공은 김 기자의 손에 넘어간 셈이었다.

필요하면 서로 전화를 하기로 약속하고 김 기자와 헤어져 신문사 건물을 나온 그는 지나가던 택시를 잡아탔다.

어느덧 정오가 가까워져 있었다. 그는 운전사에게 가야 할 병원 이름을 댔다. 강 계장이 심히 걱정스러웠다. 그의 마음의 충격 또한 적지 않았다. 자신이 그만큼 강 계장을 좋아했는지 스스로 놀랄 지경이었다.

일전에 생일파티에서 그를 형님으로 부르겠다는 강 계장의 외로워 보이던 얼굴이 뇌리에 떠올랐다. 사실 그 생일파티 이전에도 강 계장이 친동생처럼 여겨진 적이 많았다. 나름대로 조심을 했지만 여러 직원들이 모인 자리에서 강 계장에게 무심코 말을 낮추었다가 당황한 적도 서너 번 있었다. 그럴 때면 강 계장은 두 사람만이 아는 은근한 미소를 지어 보였다.

제발 죽지는 말아야 할 텐데.

걱정과 함께 조바심이 끓어올랐다. 하지만 지금 병원으로 가봤자 도움은커녕 환자 면회조차 되지 않을 게 뻔했다. 마냥 수술실 밖에서 기다리는 수밖에 없었다. 여러 생각 끝에 불현듯 어제 체포해온 추행범이 떠올랐다. 지금쯤 경찰서 사무실에서 황 경장의 조사를 받고 있을 것이다.

그는 운전사에게 양해를 구하고 목적지를 수정했다. 구금 시간 내에

법원에 낼 구속영장부터 작성해야 할 것이다. 아침부터 강 계장의 투신 건으로 경황이 없어서 잠시 잊고 있었던 것이다.

*

　과장은 자리에 앉아서 그가 오길 기다리고 있었다. 문을 들어서자 과장의 눈길이 그의 얼굴과 몸을 거쳐 발목까지 내려갔다가 다시 얼굴에 찰싹 달라붙었다. 땅딸막한 목 위의 얼굴이 공격을 앞두고 딱딱해져 있었다. 곤충을 잡기 직전의 두꺼비의 전형적인 공격 자세와 너무 닮았군. 그의 생각을 읽었는지 나무 몽둥이처럼 단단한 음성이 과장의 입에서 튀어나왔다.
　"잘하고 다니는군."
　"죄송합니다."
　그는 일단 공격의 화살을 반쯤 받아들였다. 직격탄을 맞는 것보다 나았다.
　"도대체 2계는 왜 그렇게 말썽이 많은 거야. 계장이란 놈이 아파트에서 뛰어내리질 않나, 조사하려고 가둬둔 피의자는 유치장에서 목을 매고 지랄을 떨지……."
　가빠진 호흡 때문에 말을 잠시 중단한 과장이 재차 공격을 시도했다.
　"마 경산지 뭔지 하는 놈은 야밤에 음주운전을 하다가 남의 집 담벼락을 부수어놓질 않나. 말 좀 해봐. 경찰이란 놈들이 대체 왜들 그러는 거야?"

제길, 그는 입술을 빨았다. 수습을 한다고 했지만 마 경사의 음주 사고까지 과장의 귀에 들어간 모양이었다. 그는 지구대의 장 경위를 떠올렸다. 사람은 겉으로는 알 수 없는 법이지. 조용히 처리해달라고 부탁해두었는데. 아니지. 사고 당시 다른 경찰이 있었으니 그 친구 입을 통해서 새어 나간 것일 수도 있었다.

아무래도 숨 쉬기가 힘들었는지 과장이 제 손으로 목을 조르고 있던 체크무늬 넥타이를 늦추었다. 목의 핏대가 가라앉고 얼굴의 핏기가 다소 옅어졌다. 과장이 크게 두어 번 숨을 고르고 난 뒤 다시 공격을 시작했다.

"그래, 우 경위. 자네가 2계에서 제일 나이도 많고 소위 팀장을 맡고 있으니 말 좀 해봐. 속 시원하게 이야기 좀 해보란 말이야!"

과장이 다그쳤지만 그는 별로 할 말이 없었다. 구차하게 변명을 늘어놓고 싶지도 않았다. 강 계장이 투신한 것도 따져보면 자신의 잘못이 전혀 없다고 할 수 없었다. 또 유치장에서 목을 매어 자살을 한 추행범도 어쨌든 자신의 감독 소홀로 빚어진 일이었다. 마 경사야 순전히 집안 문제로 사고를 친 것이긴 하지만 역시 자신의 부하 직원이 일으킨 문제였다.

어제 낮 무렵, 그가 신문사에 들렀다가 서내 사무실로 돌아왔을 때 이미 한바탕 소동이 일어난 다음이었다. 황 경장에게 조사를 받던 피의자가 잠시 화장실에 다녀오겠다며 갔다가 화장실 알루미늄 창틀에 목을 매는 사고가 발생한 것이다.

설마 돌아오겠지 방심하던 황 경장이 피의자가 오래도록 나오지 않는 것에 의심을 품고 화장실에 찾아갔을 때는 이미 숨이 멎은 상태였다. 인

공호흡을 실시한다, 119구급차를 부른다, 부산을 떨었지만 피의자는 이 세상으로 돌아와 딸을 추행한 죄의 심판을 받을 생각이 전혀 없었다.

유치장에서 일어난 사고는 일반 사고와 달리 책임 소재에 문제가 많았다. 제 스스로 목숨을 끊은 것이긴 해도 어쨌건 피의자는 경찰의 보호 아래 있었던 것이다. 사고 수습이 보통 일이 아니었다. 어제도 그 일 때문에 서장까지 나와서 한바탕 법석을 떨었던 것이다.

"나하고 원수라도 진 거야? 나한테 한번 골탕을 먹여보겠다 이건가. 아니면 무슨 억하심정이 있어서 단임 평가를 눈앞에 둔 이 마당에 하필 사고를 쳐대냐 그 말이야."

마지막 말은 거의 발악에 가까웠다.

"본의 아니게 누를 끼쳤습니다."

"누를 끼친 건 알고 있나?"

"……."

"누를 끼친다는 걸 잘 아는 사람이 이런 짓을 하고 다녀!"

공격의 마지막 무기는 따로 있었다. 악단 지휘자가 최후의 피날레를 장식하는 것처럼 과장이 책상 위에 놓아둔 신문을 들어 그의 눈앞에 활짝 펼쳐 보였다. 지방지 사회면 톱으로 청소년 변사 사건에 대한 기사가 전면을 장식하고 있었다.

성공했군. 그는 과장 모르게 두 주먹을 움켜쥐었다. 그는 아직 석간신문을 보지 못했던 것이다. 지금쯤 그의 책상 위에도 석간이 배달되었을 것이다. 조금 후 과장실을 나가면 샅샅이 읽어볼 수 있을 터였다.

"거기서 잘 안 보이면 내가 대신 읽어줄까?"

과장이 읽어주지 않아도 대강의 기사는 읽을 수 있었다. 신문에서는 모 소속의 경찰이 청소년 변사 사건에 의문을 품고 사건을 수사하던 중 지역의 모 업체에서 제작한 OO이란 게임을 계속한 청소년들이 연쇄적으로 의문의 자살을 한 사실을 적고 있었다. 아울러 변사 사건 수사를 맡은 경감급 간부가 게임의 유해성을 알아 내기 위해 게임을 하던 중 역시 같은 증세로 어제 오전에 아파트에서 투신해서 중상을 입은 사실을 밝히고 있었다.

"팀장이 돼서 잡으라는 도둑은 안 잡고 이런 기사나 흘리고 다니니 기강이 엉망이 된 것 아냐."

신문을 책상에 신경질적으로 패대기친 다음 과장이 숨을 헐떡였다. 아무래도 안 되겠다 싶었던지 서랍을 뒤져서 약을 꺼내어 책상 위에 있던 물과 함께 들이켰다. 컵을 내려놓은 과장이 한 옥타브 음성을 낮추었다.

"이런 건 사전에 나하고 미리 의논을 해야지. 내가 왜 이 자리에 앉아 있겠어? 수사상 어려움이 있으면 건의를 하고 지시를 받으라고 있는 거 아냐. 그런데도 덥석 개인적인 생각만으로 수사상 얻은 기밀을 함부로 신문에 흘리고 다녀? 그리고 여기 이 망할 놈의 기사엔 청소년을 자살로 이끄는 게임을 제작하는 게 지역의 OO업체라고 나와 있지만 그게 어느 회사인지 모를 사람이 어디 있어. 손바닥처럼 빤한 이 바닥에서 말이야. 만약 이 기사로 인해 게임 업체가 물질적 피해를 입었다며 우리를 상대로 제소하면 어쩔 거야? 엄청난 액수의 피해보상을 해줄 수 있어? 경찰관이 되어서 경찰관 직무집행법도 몰라? 그 법을 위배하면 1년 이하의 징역은 물론이고 배상법에 의해 개인적으로 구상책임도 져야 해. 그러면 이 짓을 저지른 우 경위는 물론이고 상급자인 나한테까지 불똥이 튀게 된단 말이야."

청소년들의 생명이 걸린 일입니다, 라는 대꾸가 머리에 떠올랐지만 유치할 것 같아서 그는 입안에 꿀꺽 삼켰다. 과장이 그를 도끼눈으로 힐끗 노려본 뒤 말을 이었다.

"몇 년 함께 지낸 사이니 솔직히 털어놓지. 그 게임 제작 업체의 실질적 소유주가 누구인지나 알고 있어? 전임 청장을 지내신 분이야. 그리고 대주주 한 분은 지금 문광위 소속 국회의원으로 계신 이 모씨야. 그만하면 대강 돌아가는 사정을 알겠지. 헌데 아직 아무 증거도 확보 못한 상태에서 나와 일차 의논도 없이 신문에다 덜렁 싸질러? 나더러 어떻게 수습하라는 거야? 이 일을 어떡할 거야?"

"지난번에 보고서를 올렸지 않았습니까?"

"그때 내가 더 수사해서 확실한 증거를 확보하라고 했지, 이렇게 신문에다 대문짝만 하게 실으라고 했나?"

책상 위의 신문을 와락 움켜쥔 과장이 손을 부르르 떨었다.

"강 계장이란 녀석도 그렇지. 대학 후배라고 잘 봐주었더니 그 꼴이 뭐야. 명색 경감이나 되어가지고 거리의 꼬맹이들이나 하는 PC 게임을 하다가 중독되어 투신을 했다는 게 얼마나 괴상한 꼬락서니야, 꼬락서니가. 하긴 생각해보니 신문에 날 일이긴 하구면."

기가 찼는지 과장이 의자 깊숙이 등을 기댔다.

"화를 내면 나만 해롭지 어쩌겠어. 이왕 벌어진 일, 주워 담을 수도 없고 말이야."

백악기의 추억   281

혼자 중얼대던 과장이 바닥이 꺼지도록 한숨을 내쉬었다. 달아오르기도 빠르지만 식기도 빠른 과장이었다. 그래서 사람들이 과장을 두고 양은냄비 성격이라고 하는지 모를 일이었다.

"죄송합니다."

"알았으니 어서 나가봐. 자넬 보기만 해도 혈압이 오른단 말이야."

과장이 턱짓으로 문을 가리켰다.

## 11

경찰서 정문을 나왔을 때 저만치 떨어진 곳에 서 있는 그녀를 볼 수 있었다. 청자색 원피스에 목에 얇은 망사로 된 머플러를 맨 차림새였다. 정오의 밝은 햇살 때문인지 그녀가 더욱 화사하게 보였다.

"바쁘신데 나오라고 한 건 아닌가요?"

반가운 웃음을 머금은 그녀가 물었다. 그녀는 두 시간쯤 전에 오늘 시간 되면 점심을 같이 먹으면 좋겠다는 의견을 내놓았고, 그가 그러자고 약속을 정했던 것이다.

"일단 택시를 타고 가면서 얘기합시다."

"어딜 가시게요?"

"강 계장의 상태가 어떤지 병원에 잠깐 들른 다음 오붓하게 식사시간을 가지도록 합시다."

그녀도 그의 상관인 강 계장에 대해선 대강 들어 알고 있었다. 투신 사건으로 중상을 입고 대학병원에 입원해 있다는 사실도 알고 있었다.

"좋은 생각이에요. 안 그래도 언제 한번 함께 가보자는 말을 하려고 했어요."

그녀가 말했다. 택시가 두 사람 곁에 와서 멎었다. 그가 차 문을 열어주었다. 때 이른 더위 탓인지 택시 안은 에어컨이 가동되고 있었다. 이마에 와 닿는 바람이 시원했다. 운전석 앞자리에 틀어놓은 소형 TV를 통해 방송이 나오고 있었다. 그는 방송에 주목했다. 때마침 청소년 자살 사건을 다룬 방송이었다. 마이크를 든 남자 사회자가 방송 멘트를 내보내고 있었다.

계절의 여왕이라는 오월이지만 지금 사회 전반에는 깊은 패배의식과 죽음의 어두운 그림자가 넘쳐나고 있습니다. 이제 청소년의 투신자살은 한 개인의 문제가 아니라 사회 전반에 걸쳐 심대한 영향을 끼치고 있습니다. 주식이 급락하고 후반기 경제 전망도 어두워지고 있습니다. 사람들은 삶의 활력을 잃고, 청소년을 둔 가정에서는 죽음과 상실의 공포에 떨고 있습니다.

그는 오늘 아침 조간신문에도 이와 비슷한 기사가 실린 것을 읽었다. 청소년 자살이 사회적 이슈로 등장하자 벌 떼를 건드린 듯 모든 방송들이 비슷한 내용의 보도를 내보내기 시작했다. 그건 마치 먹을 것을 발견한 하이에나 떼와 비슷한 양상이었다.

그녀가 그의 손을 잡아 쥐었다. 긴장 때문인지 손바닥이 촉촉했다. 그가 그녀를 돌아보자 그녀가 작게 미소를 띠었다. 운전사가 신경질적으로 채널을 바꾸었다. 하지만 다른 방송도 내용은 유사했다.

오늘도 기자는 청소년이 투신자살을 한 시내의 모 아파트 변사 현장에 나와 있습니다. 이달 들어 전국적으로 투신자살한 청소년이 무려 수백 명을 넘고 있습니다. 일각에서 자살 신드롬이라고 부를 만큼 청소년 자살이 사회에 만연한 이유는 무엇일까요? 자살은 사회적 타살이라는 말도 있습니다만 정부는 여태 아무런 대책도 내놓지 못하고 있습니다. 그런 가운데 청소년들이 왜 연쇄적인 투신자살을 하는지에 대한 다양한 견해가 국내외에서 쏟아져 나오고 있습니다. 한국만의 특이한 사회적 현상에 관심을 가진 외국의 학자와 전문가, 연구자들이 속속 한국을 찾아오고 있다는 소식도 아울러 시청자 여러분께 알려드립니다. 한국의 자살 문제를 조사하기 위해 어제 입국한 세계보건기구(WHO) 사무국장에 이어서 오늘은 국제자살예방협회(I.A.S.P) 사무총장과 관계자들을 만나 앞으로 국내에서의 활동 방향과 자살을 방지할 어떤 대책을 가지고 왔는지에 대한 의견을 물어볼 것입니다. 화상전화가 연결될 때까지 시청자 여러분은 잠시 기다려주십시오.

"어쩐지 무서워요."

그녀가 귓속말을 소곤거렸다.

…… 자살이라는 비극적 본질보다는 얼마나 시청률을 높일 수 있는 이슈인지에 더욱 민감한 반응을 보이는 언론 매체들.

"저게 무슨 지랄들입니까? 아이들 투신자살하는 문제를 무슨 야구 시합 중계하는 것처럼. 참 말세입니다, 말세."

머리를 바투 깎은 운전사가 룸미러로 그를 보며 동의나 구하듯 말했다.

"요즘엔 별걸 다 중계를 하는군요."

그의 맞장구에 힘을 얻었는지 운전사가 이야기를 이었다.

"손님, 말도 마십시오. 지금 시중엔 청소년들의 투신을 막기 위해 베란다 창살을 사려는 사람들로 철제 창살이 품귀 현상을 빚고 새시 기술자들이 없어서 난리랍니다. 또 저층 아파트로 이사 가려는 사람들로 단독주택과 저층 아파트는 집값이 30퍼센트나 올랐는데도 매물이 없다지 않습니까. 반대로 고층 아파트는 가격이 뚝 떨어졌고요. 제가 사는 고층 아파트는 밤새 가격이 25퍼센트나 하락했습니다. 이게 무슨 꼴입니까? 나라 꼴이 이래서야 어떻게 우리 같은 서민들이 희망을 갖고 살아가겠습니까?"

운전사는 방송에서 보았거나 신문에서 읽었을 기사를 자신만 아는 고급 정보나 되는 양 마구 떠들었다. 이어지는 국가 정책에 관한 비판과 자신들의 억울한 문제. 말이 이야기지 소음이나 다름없었다. 말의 폭탄 사이로 문득 정부 관계 대책 홍보실에서 어느 기자가 정부 관계자에게 묻는 질문이 그의 귀에 들어왔다.

일전에 어느 지방지에 이번 청소년 연쇄 투신 사건에 관한 특집 기사가 실린 적이 있습니다. 현재 일어나는 청소년 연쇄 투신자살이 시중에 보급되어 있는 어떤 PC 게임과 관계가 있으며 그 사건을 수사하던 경찰관이 게임으로 인해 중상을 입었다는 보도였습니다. 혹 그 사실을 알고 계시는지, 만약 알고 계신다면 어떤 대책을 가지고 계시는지 알고 싶습니다.

우리도 그 사실을 이미 알고 있습니다. 하지만 조사 결과 아무런 관계도 없는 터무니없는 기사로 밝혀졌습니다. 그 기사로 인해 피해를 본 게임 제작 업체에서 기사를 내보낸 신문사를 상대로 손해배상소송을 제기할 움직임을 보이고 있다는 게 우리가 알고 있는 전부입니다. 다음 질문 하실 기자분.

그가 나직이 한숨을 내쉬었다. 가슴에 머리를 기대고 있던 그녀가 얼굴을 들어 걱정스런 눈길로 그를 바라보았다.

\*

중환자실에 있어야 할 강 계장은 없었다. 병실 담당자를 찾아서 물어보자 차트를 뒤져보지도 않은 채 환자의 이름만 듣고는 그에게 십이층 특별실로 옮겨졌다는 걸 알려주었다.

그는 수경과 함께 엘리베이터를 타고 십이층으로 올라갔다. 엘리베이터 안에 고즈넉하게 클래식 음악이 흘러나왔다.

"여긴 좀 특별한 곳인가 봐요."

엘리베이터를 나와서 주위를 둘러보던 수경이 말했다. 돈 많은 부유층이나 귀빈들을 위해 따로 마련된 병실인 듯 시설은 고급스러웠고, 진찰을 다니는 간호사들의 복장도 비교적 깔끔하고 멋을 부린 듯 보였다. 자본주의의 논리. 아무리 아프더라도 자신은 이런 곳엔 못 올 것이다. 하루 입원비가 그의 한 달 생활비에 버금갈 터니까.

중앙 카운터로 가자 컴퓨터를 두들기던 접수부 여직원이 환자의 이름을 물었다. 여직원은 어떻게 찾아왔느냐고 묻고 그를 응접실처럼 생긴 곳으로 안내했다. 푹신한 고급 가죽의자에 액정 TV에 책을 볼 수 있도록 서가까지 갖춘 곳이었다.

마침 그 안에는 두 사람이 먼저 와 있었다. 그와 수경이 들어서자 창가에 서서 바깥을 내다보던 남자가 몸을 돌렸다. 머리가 희끗하고 얼굴에 주름이 져 있었는데 나이는 육십대쯤으로 보였다. 베이지색 양복을 걸친 점잖게 생긴 학자풍의 노신사였다. 소파에 앉아서 의상 관련 여성잡지책을 뒤지던 여자는 금발의 서양 여인이었다. 몸매가 늘씬하고 세련미가 흘렀는데 대강 서른 안팎으로 보였다.

"영준이를 찾아오셨습니까?"

노신사가 그에게 친근하게 물었다. 형근은 남자가 누구인지 금방 알 수 있었다. 단아하고 명민해 뵈는 얼굴이 강 계장과 닮아 있었다. 틀림없이 미국에서 교수로 있다던 강 계장의 부친일 것이다. 그는 노신사가 내미는 손을 잡았다.

"우형근이라고 합니다. 강 계장과는 같은 소속의 경찰입니다."

"그러시군요. 저는 영준의 아비 되는 사람입니다. 그리고 이쪽은 제 와이프입니다."

노신사가 자신과 서양 여자를 소개했다. 여자가 소파에서 일어나 살짝 무릎을 굽히며 그와 수경에게 인사를 했다. 놀랄 일이었다. 여태껏 영준의 모친을 사업하는 나이 든 여자쯤으로 알고 있었기 때문이었다. 그의 표정을 살핀 노신사가 내심을 알아챈 듯 설명을 덧붙였다.

"오 년 전에 얻은 세번째 아내지요."

서양 여자가 그를 향해 손짓을 하며 미소를 보였다. 태도로 보아 한국말은 서툰가 보았다.

"부인 되십니까? 무척 아름답습니다."

영준의 부친이 수경을 보고 말을 건넸다. 손으로 입을 가리는 수경의 얼굴이 붉어졌다. 그는 뭐라고 설명할까 궁리하다가 그만두었다. 어차피 뭐라고 설명한들 아무 소용이 없을 터였다.

"강 계장은 어떻습니까?"

그가 제일 물어보고 싶은 말이었다. 영준의 부친이 짧게 기침을 하며 목청을 다듬었다.

"중상이지만 담당의 말로는 생명에는 지장이 없고 며칠 지나면 의식을 찾을 거라고 하는군요. 늑골을 비롯한 여러 군데 골절상이 있고 폐에 손상을 입긴 했지만 머리 부분은 다행히 큰 부상을 입지 않은 모양입니다. 이렇게 찾아주신 동료분의 걱정 덕분입니다."

"별말씀을. 그럼 수술은 완전히 끝난 겁니까?"

"경과를 봐야 알겠지만 아직 이차 수술이 남아 있는 모양입니다. 한 달쯤 입원해 있어야 한다고 하더군요. 우연히도 이 의과대학의 학장과는 유학 시절부터 잘 아는 사이입니다. 그래서 부탁을 해서 이쪽으로 옮기게 된 거지요."

문이 열리고 접대 담당 간호사가 넉 잔의 차와 약간의 다과를 쟁반에 담아 가져왔다.

"마침 얼마 전부터 이 사람과 함께 한국에 나와 있다가 연락을 받은 것입니다. 이제 내일모레면 다서 서울로 올라가봐야 합니다. 학회 모임도 두어 군데 있고, 장손이다 보니 이런저런 집안의 정리할 일도 약간 있어서요."

"그러시군요."

"사는 게 왜 이렇게 바쁜지 모르겠군요. 살날도 얼마 남지 않았는데 말이죠."

쓸쓸히 자탄조의 말을 흘린 영준의 부친이 정색을 했다.

"이렇게 물어도 괜찮을지 모르지만, 혹 영준이 왜 아파트에서 투신을 했는지 알고 있습니까?"

그는 뭐라고 마땅히 대답할 말이 없었다. 그렇다고 게임 때문이라고 설명하려면 얘기가 길어졌다. 이해할 수 있을지도 의문스러웠다.

"아마 외로워서였을 거야. 불쌍한 녀석······."

그의 대답이 없자 영준의 부친이 자문자답하며 쓸쓸히 고개를 주억거렸다.

"와이프 되시는 이분은 미국분이신가요?"

화제를 돌리기 위해 그가 말을 건넸다. 사실 궁금하기도 했다. 젊은 서양 여자를 돌아본 영준의 부친이 멋쩍은 미소를 머금었다.

"미국의 대학교에서 만난 제자입니다. 어쩌다 보니 함께 살게 되었지요."

"실례지만 영준의 어머니는 어디 계십니까? 강 계장에게선 사업을 하고 계신다는 말을 들었는데······."

"그것까지 아시는 것을 보니 평소 우리 영준과 매우 친하게 지낸 모양입니다. 어릴 때부터 집안 이야기는 좀체 안 하는 아이였죠. 영준의 모친과 헤어진 지는 벌써 십 년이 넘습니다. 소문으로는 어떤 사업가와 결혼을 해서 필리핀인가 어디에 살고 있다는 소식은 들었습니다."

그는 비로소 강 계장의 외로움이 어디에 연유한지를 알 것 같은 기분이었다. 외국을 떠돌며 젊은 서양 여자와 사는 아버지와 다른 남자를 만나서 소식을 끊고 살아가는 어머니. 강 계장이 마음을 기댈 곳은 애초부터 없었던 셈이었다.

"영준이 어릴 적부터 외롭게 큰 아입니다. 젊었던 시절 내가 너무 바깥으로만 나돈 탓이죠. 뭐, 지금 와서 후회해봤자 아무 소용없습니다만…… 암튼 옆에 이처럼 영준을 보호해주는 분이 계시니까 다소나마 마음은 놓입니다. 앞으로도 영준을 잘 부탁드립니다. 친동생처럼 여기고 잘 보살펴주십시오."

영준의 부친이 다시 손을 내밀었다. 그는 악수를 나누며 강 계장이 게임을 하다가 투신을 하게 된 것은 그가 자라온 고독한 환경에 기인한 게 틀림없을 거라는 확신을 가졌다.

\*

스위치를 올리자 떠듬거리며 형광등이 켜졌고 실내가 푸르게 밝아졌다. 자주 사람이 드나든 적 없는 집 안은 해저동굴처럼 썰렁했다. 자신은 한 마리 길 잃은 물고기였다.

노후에도 계속 이렇게 산다고 상상하면 좀 끔찍하군. 그는 식탁의자에 앉아 양말을 벗으며 생각했다. 슈퍼에서 일주일 치 식빵이나 사다 나르고, 주방에서 옹색하게 라면이나 끓여 먹겠지. 배를 채운 뒤 거실에 웅크리고 앉아 멍청하게 TV나 바라볼 것이다. 혼자 사는 게 어렵다는 건 생활이 힘들어서가 아니라 무언가 나눌 사람이 없다는 점에 있는 것이다.

만약 수경이 있다면 어떨까. 그녀와 차를 마시며 이런저런 이야기를 나누고, 심심하면 산책이나 하다가 주말이면 가까운 산을 찾아 등산을 떠나는 것도 좋을 것이다. 그녀는 지금 뭘 하고 있을까. 학원은 문을 닫았을 시간이고, 집에서 책을 읽거나 자신이 좋아하는 클래식 계통의 음악을 듣고 있겠지. 다음 달에 집 안을 청소한 다음 슬쩍 초대를 하면 어떨까. 그녀는 놀라는 한편 좋아하겠지. 무엇이든 잘 감탄하고 감동을 받는 성격이니까.

그녀를 생각하자 우울했던 기분이 햇살을 받은 안개처럼 걷혔다. 그녀가 보고 싶었다. 목소리나 들어볼까. 그는 망설였다. 남자가 너무 감정을 내보이면 안 된다는 그 나름의 기준 때문이었다.

때마침 소파 위에 던져둔 휴대폰이 울렸다. 여덟시 반이 넘어 있었다. 그는 얼른 휴대폰을 집어 들었다. 실망스럽게도 화면에 뜬 것은 양동일 경사의 휴대폰 번호였다. 웬일일까. 양 경사는 퇴근 무렵에 먼저 사무실을 나가지 않았던가. 근래 들어 조금 업무가 바쁜 듯했다. 표정도 그다지 밝지 않았다.

휴대폰 속의 음성엔 울적함과 술기운이 뒤섞여 있었다. 함께 한잔하고 싶으니 오거리 부근의 곰장어를 잘하는 술집에서 만났으면 좋겠다는 전화였다. 술을 마시고 싶었으면 퇴근할 때 한잔하자고 붙잡든지. 벗어

던졌던 양말을 다시 주워 신으며 그가 투덜거렸다.

양 경사가 말한 술집에 아직 양 경사는 보이지 않았다. 그는 벽과 면한 구석 자리를 차지하고 앉아서 무료하게 양 경사를 기다렸다. 주모가 컵을 가져와서 물을 부어주고 투실한 엉덩이를 흔들며 주방으로 들어갔다.

양 경사는 무슨 일로 이 시간에 술집으로 나오라고 했을까. 평소엔 좀체 술 마시자는 말이 없었다. 양 경사는 팀에서 팀장인 그를 제외하면 제일 연장자여서 이인자나 마찬가지였다. 성격도 좋고 연배도 비슷해서 잘 어울릴 듯했지만 파트너로 뛰기에는 왠지 마음이 내키지 않았다. 성격이 급한 그와 달리 일하는 자세가 느긋했다. 천하에 바쁜 일은 없어 보였다. 그건 양 경사만의 스타일일 것이다. 따라서 그와의 부조화는 스타일이 다르기 때문에 생겨난 것이다. 남녀 사이의 부조화처럼. 별다른 이유는 없었다.

양복 차림을 한 네 명의 남자가 술집 안으로 들어섰다. 다들 삼십대 전후로 인근 사무실의 직장 동료인 듯 보였다. 전작이 있었는지 얼굴에 술기운이 돌았다. 그와 대각선에 자리를 잡은 그들은 곰장어와 파전, 그리고 소주를 주문했다.

주방과 맞닿은 벽면에 설치된 TV에서는 공영방송에서 아홉시 뉴스를 내보내고 있었다. 청소년 연쇄 자살에 대한 정부 대책을 비판하는 내용의 보도를 내보내는 중이었다.

한 시인이 신문에 기고한 '투신한 청소년들을 위한 진혼곡'이란 글이 독자들의 전폭적인 호응을 얻는 가운데 정부는 지나치게 선정적인 방송이 사회적 불안을 야기함과 동시에 청소년의 모방 자살을 부추기고 있다는 판단 아래 자살에 관한 방송을 가급적 중지하거나 자제해줄 것을 관계 기관을 통해 각 언론사에 요청해왔습니다. 아울러 사회적 혼란과 소요를 방지하기 위하여 통계청과 경찰청에서도 변사자 통계 자료를 일체 외부에 공개하지 않기로 방침을 결정했습니다. 또한 국회에 계류 중인 자살방지법을 조속히 심의 통과시켜줄 것을 국회에 요청하기로 했습니다.

"도대체 자살방지법이란 게 뭐냐?"

소주병을 따던 한 남자가 좌우를 보며 물었다.

"자살을 방지한다. 즉 높은 곳에 가지 말고, 위험한 곳에 가지 말고, 죽지도 말라, 이 말 아니야. 그래서 자살을 방지하는 법이지."

"그럼 법을 어기면 벌금을 매기겠네? 죽은 자들에게 왕창 벌금을 때리면 되겠군. 헌데 저승까지 어떻게 받으러 가나?"

"부모한테 받으면 되잖아. 자식 잘못 키운 죄로 말이야."

"빌어먹을. 허튼소리 말고 술이나 돌려."

한 남자의 질타에 세 명의 남자가 한꺼번에 키들거렸다.

양 경사가 두리번거리며 술집 안으로 들어섰다. 문지방을 넘는 걸음이 불안정했다. 그를 발견하자 다가와서 주저앉듯 의자에 엉덩이를 내려놓았다.

"모처럼 우 팀장과 한잔하고 싶었어."

입에서 술 냄새가 물씬 풍겼다. 형근은 주모를 불러서 소주와 곰장어를 시켰다. 양 경사가 그를 의미가 담긴 눈길로 물끄러미 바라보았다.

"사람을 불러놓고 그렇게 바라보고만 있으면 어떻게 해? 무안스럽잖아."

"여기는 술집이고 둘만 있으니까 팀장 소리는 빼고 오늘은 그냥 우 선배라고 부르지. 우 선배가 존경스럽게 보여서 그래."

"자다가 남의 집 봉창 두드리는 소리라더니, 밤중에 술집에 불러놓고 그건 무슨 소린가?"

주모가 소주와 함께 기본으로 주는 반찬 몇 가지를 내왔다.

"아내와 이혼을 하고도 어떻게 아무런 일이 없던 것처럼 사는지 놀라워서 그래."

양 경사가 소주병을 따서 그의 잔에 넘치도록 채웠다. 그리고 그가 부어줄 틈도 없이 자신의 잔을 채웠다. 넘친 술이 탁자에 흘렀다.

"그렇지 않음 남자가 이혼했다고 울고 다닐 수도 없지 않아. 그렇다고 내놓고 자랑을 하고 다닐 것도 아니고……."

"그런가."

양 경사가 소주를 입안에 털어 넣었다. 탁자 위에 소리 나게 잔을 내려놓은 그가 다시 자신의 잔을 채웠다. 그가 소주병을 빼앗아 자신의 앞에다 놓았다.

"천천히 마셔. 그러다간 안주도 나오기 전에 취해 쓰러지겠어. 그간 무슨 일이 있었나?"

"있었지. 기가 막힌 이야기지."

양 경사가 그의 어깨 너머를 바라보는 망연한 눈길이 되어 소주잔을 홀짝거렸다.

"누군가에게 이야기를 털어놓고 싶었는데 마땅한 사람이 없더라고. 보통 때는 친구가 많았는데 막상 그런 말을 하자니 내키는 친구가 없다니 말이야. 헌데 불쑥 우 선배가 머리에 떠오르는 거야. 무슨 까닭인지 우 선배만큼은 내 얘기를 진지하게 들어주리라는 생각이 들었어. 그래서 이렇게 막무가내로 우 선배를 불러낸 거지."

그가 소주를 한 잔 마셨다. 목젖에 싸한 기운이 흘러내려갔다. 주모가 달아오른 철판에 갓 잡아 토막을 낸 곰장어를 얹어서 내왔다. 죽어가는 생명의 꿈틀거림. 보기에는 좀 징그러운 안주였다.

"무슨 이야긴데 그래. 심각한 이야기야?"

"참, 믿는 도끼에 발등 찍힌다더니 바로 그 꼴이 난 거지. 아내가 바람을 피웠어."

양 경사의 아내. 얼굴이 동글동글하고 음전한 여자. 덧니 때문에 웃을 때 얌전히 입을 가리며 웃는 아줌마. 언젠가 직원 모임 자리에서 그에게 형근 씨라고 불러도 되냐고 물었다가 곁에 있던 남편에게 꾸중을 들은 동료 직원의 부인. 스물 나이에 결혼해서 살림 잘 살고 자식들 교육 잘 시키는 평범한 주부. 그가 기억하는 양 경사의 아내였다.

"무슨 소리야? 확인해보고 하는 말이야?"

믿기지 않는 얘기였다. 몇 번 보지는 않았지만 바람을 피울 여자로 보이진 않았다. 하긴 바람을 피우는 여자가 따로 있을 거라고 믿는 건 남자들의 선입관일 수 있었다. 결혼한 남자들이 기회만 주어지면 누구나 바람을 피울 수 있는 것처럼 어떤 면에서 여자도 마찬가지일 것이다.

양 경사가 잔을 마저 비웠다. 근심 어린 한숨을 내쉰 다음 이야기를 계속했다.

"여동생의 전화를 받고도 믿기지 않아서 직접 뒤를 밟아봤지. 그런데 아내가 모텔에서 만나는 남자가 한둘이 아니더군. 정말 기가 막혀서. 낮에 곧잘 외출을 나갔던 모양이야. 꼿꼿이 학원에 나간다기에 그런 줄만 알았지. 그건 맹탕 거짓말이었어."

몰래 아내의 뒤를 캐는 중년의 형사. 학원에 간다고 나간 아내가 대낮에 교외의 모텔에서 만나는 수상한 중년 남자들. 개인 사업을 하는 남자도 있고, 거리를 쏘다니는 영업사원도 있고, 할 일 없이 빈둥거리는 무직의 건달도 있었겠지. 별다른 남자는 아니었을 것이다. 우리 주변에서 흔히 마주치는 이웃집 남자들과 하등 다를 바 없었을 것이다. 다만 자신의 아내와 몰래 혼외정사를 가졌다는 것 외에는.

"한둘이어야 잡아넣든지 하지. 그리고 잡아넣으려면 먼저 이혼을 각오해야 되잖아. 일단 아내를 잡아서 다그쳤어. 왜 그랬느냐고? 대체 무슨 이유로 다른 남자와 놀아났느냐고?"

"그랬더니?"

잔을 들었더니 빈 잔이었다. 소주병도 비어 있었다. 그는 소주 한 병을 더 시켰다. 네 명의 남자들이 주섬주섬 주머니에 담배며 라이터를 챙겨 넣었다. 술자리를 파할 모양이었다. 다들 얼굴이 불콰했다. 시간이 열시를 넘고 있었다.

"그저 외로워서 그랬다더군. 너무 황당한 대답에 뺨을 한 대 쳤어. 생각하니 분이 치밀더군. 누군 외롭지 않은 줄 알아? 일이 바빠서 외로울 시간이 없었던 거지. 그리고 둘이 근처 소줏집에 갔지. 소주잔을 비우며 함께 울었지. 아내가 고백을 하더군. 자식 크고 할 일이 없어지니까 자신이 왜 여태까지 아등바등 살았는지도 모르겠고, 그래서 외로웠다더군. 속절없이 늙어가는 게 서럽고, 믿었던 남편은 전혀 남처럼 여겨지고. 앞으로 남은 생은 외롭기만 할 것 같고, 그래서 바깥으로 나돌았다는 거야. 제길."

두 번째 소주병이 바닥을 드러낼 즈음 양 경사가 내심을 털어놓았다.

"헤어질 생각을 해봤지. 그렇지만 곰곰 생각해보니 그 많은 세월을 함께 했던 기억이 떠오르고, 앞으로 새로운 여자를 만나서 그 삶의 추억들을 다시 만들어나가야 한다고 생각하니 앞이 캄캄한 거야. 끔찍스럽기도 하고. 사실 육욕은 순간적인 거잖아. 한 남자를 애정을 갖고 꾸준히 사귄 것도 아니었고. 따지고 보면 내가 자주 곁에 있어주지 못해서 그런 것이기도 하잖아. 용서하기로 했어. 자식들을 생각해서라도. 그 대신 아내에게 다짐을 받아놨지. 다시는 바람을 피우지 말라고 했어. 그땐 정말 이혼할 각오를 하라고."

불현듯 이혼한 아내가 떠올랐다. 아내는 전혀 바람을 피우지 않았다. 바람을 피웠으면 그건 사랑이 식었거나 애정의 부재로 인한 것일 터였다. 하지만 그와 헤어진 아내와는 세상을 보는 사고방식과 삶의 스타일에 차이가 있었다. 그건 더 풀기 어려운 문제였다.

"우 선배, 내가 한 행동 잘한 일 같아?"

"그래, 썩 잘했어. 이혼하면 그때부턴 나처럼 매일 식당 밥 신세라는 것만 알아둬."

그가 파전과 함께 소주 한 병을 더 시켰다. 왠지 술에 취하지 않곤 잠이 오지 않을 듯싶은 뒤숭숭한 밤이었다.

\*

 어디선가 종소리가 울린 것 같았다. 근처 교회가 있는 모양이라고 생각되었다. 아니면 꿈에서 들은 종소리든지. 그는 조심조심 의식을 찾았다. 꿈 조각들이 달아나지 못하도록. 하지만 반추하는 사이에 꿈들은 조금씩 기화되어 어디론가 사라져갔다. 오래전 보았던 흑백영화처럼 대강의 윤곽만 남았다.
 "잘 주무셨어요?"
 옆에 그녀가 한 손으로 턱을 괸 채 비스듬한 자세로 누워 있었다. 맑은 눈길로 보아 깨어난 지 오래된 듯 보였다. 잠든 그를 지켜보고 있었을 것이다. 남녘으로 난 창문이 환하게 밝아 있었다. 여름이 가까워오면서 해가 길어진 탓이다. 출근하기엔 아직 시간은 남아 있을 것이다.
 그가 손을 뻗어 흘러내린 그녀의 머리칼을 귓등 뒤로 쓸어 넘겨주었다. 그녀가 다가와 그의 왼쪽 어깨에 머리를 얹었다. 그녀의 손이 그의 가슴을 가만가만 쓰다듬었다. 하얗게 쇄골의 윤곽까지 드러난 그녀의 벗은 어깨를 보고 있자니 아래쪽에서 밀물이 들기 시작했다. 아침 조수. 그는 무시하고 대화나 나누기로 마음먹었다. 그녀의 다리가 그의 다리 위에 얹혔다. 매끈한 살갗의 감촉이 느껴졌다.
 "꿈을 꾸었어."
 그는 요즘 그녀에게 말을 놓고 지냈다. 그녀도 그게 더 친하게 느껴져서 좋다고 했다.

"어떤 꿈이었어요?"

"눈이 엄청 많이 왔어. 소리까지 사라질 정도로. 잠결에 소변이 마려워 일어났다가 눈이 내린 걸 본 거지. 난 옆에 잠든 형을 조심스레 깨워서 소리 나지 않게 옷을 찾아 입고는 함께 방을 나왔어. 바깥은 그야말로 온 천지가 새하얀 눈 세상이었어. 형과 나는 밤새도록 손 시린 줄도, 옷이 젖는 줄도 모르고 눈을 가지고 놀았어. 커다란 눈덩이도 만들고.

희부옇게 새벽이 밝아서 겨우 집으로 돌아왔을 때 옷은 흠뻑 젖어 있고 추워서 벌벌 떨었지. 빗자루로 마당을 쓸고 있던 아버지와 딱 마주쳤어. 이제 크게 혼이 나겠구나, 우리 형제는 겁이 덜컥 났어. 아버지가 딱하고 한심하다는 눈길로 우리를 보더니 말하더군. 옷을 벗고 들어가서 더 자렴. 한잠 달게 자고 났더니 우리가 밤새 뭉쳐놓은 눈뭉치가 우리집 마당에 눈사람이 되어 척 버티고 서 있는 거야. 숯으로 된 눈까지 달고. 어머니가 웃으면서 말했어. 너희들 자는 사이에 아버지가 가져와서 만들어놓았단다."

"꿈속이라도 좋았겠네요."

그와 부친과의 간극을 잘 아는 그녀가 진심으로 말했다.

"정말 너무 좋았어."

말은 그렇게 했지만 그게 어릴 때 겪었던 실제의 일이었는지 아니면 그저 꿈이었는지 그로선 알 수 없었다. 그는 요사이 이와 유사한 꿈을 많이 꾸었다. 아버지의 목말을 타고 노을 지는 억새밭 사이를 거니는 꿈, 꽃이 무리 지어 피어난 경사진 풀밭에서 가족들이 정답게 둘러앉아서 노는 꿈. 맑은 물이 흐르는 강에서 어머니는 옷가지를 빨래하고 자신과 형은 물놀이를 하고 있는 꿈.

마치 오랫동안 주둥이를 묶어놓았던 꿈의 보따리가 풀려난 것 같았다. 잊고 있었던 꿈들이 한꺼번에 쏟아져 나왔다. 그렇다고 꿈 때문에 잠을 설치거나 하진 않았다. 꿈은 깨어나고 싶지 않을 만큼 아늑하고 아름다웠다. 오랫동안 그는 어릴 적에 관한 꿈을 꾸지 않았다. 언제부터 이런 꿈을 꾸기 시작한 건지 아리송했다. 수경을 만난 다음부터인지, 아니면 아버지의 병실을 다녀온 다음부터인지 명확하지 않았.

"그리고 말이야."

"다른 꿈도 있어요?"

아버지의 병실에서 들었던 종소리가 계속해서 마음속에 울려 퍼지는 느낌이야. 매일처럼, 이 시간에도. 하지만 그 말은 하지 않았다. 나중에 해도 늦지 않을 것이다.

"몇 개 꾸긴 했는데 그만 잊어먹었어."

그가 그녀의 볼에 짧게 입을 맞추었다. 그의 맨살에 그녀의 젖꼭지가 느껴졌다. 그가 이불 안으로 손을 밀어 넣었다.

"이제 그만 일어나야죠."

그녀가 먼저 일어나서 그의 손을 잡아당겼다.

그가 욕실에서 세수를 하고 나왔을 때 후각에 된장국 냄새가 맡아졌다. 그가 가장 좋아하는 음식 중의 하나였다. 그는 출근 준비를 마치고 거실로 나왔다.

"나가봐야지."

백악기의 추억

그의 말에 주방에서 보라색 슬립 차림으로 아침을 준비하던 그녀가 나와서 그를 건너보았다.

"아침식사는 하고 가셔야죠."

"그냥 사무실 근처에서 간단하게 해결하지 뭐. 여태 그래왔는데……."

"그러지 말고 앉으세요. 준비 다 되었어요. 그냥 가시면 정말 섭섭해 할 거예요."

그녀가 팔을 잡고 그를 끌었다. 그는 못 이긴 채 식탁 앞에 눌러앉았다. 남자에겐 체면이란 게 필요할 때가 있다. 생활에는 그다지 쓸모없겠지만, 요컨대 수탉의 볏이나 사자의 갈기 같아서 없으면 폼이 나지 않는 것이다.

\*

승용차를 몰아 경찰서로 가는 동안 그는 도로변을 따라 늘어선 아파트 단지에 검은색 조기를 게양해놓은 집들을 많이 볼 수 있었다. 청소년 연쇄 자살 사건에 대해 아직 별다른 대책을 내놓지 못하고 있는 무능한 정부에 대한 시민들의 항의의 표시였다. 아울러 죽은 청소년들을 애도하는 만장이기도 했다. 어제만 해도 그렇게 눈에 띄지 않았지만 오늘은 확연히 많은 집들이 검은 조기를 베란다에 내걸어놓고 있었다. 흡사 죽음과 전쟁을 치르고 있는 도시 같았다. 검은색 조기로 인해 도시 전체가 어둑어둑하게 느껴질 정도였다.

……현대의 컴퓨터 문명은 인간의 꿈과 시간과 기억을 잡아먹는 거대한 공장을 만들었다. 사람들은 이제 모든 꿈과 기억을 컴퓨터 전자칩에 저당 잡힌 채 미약한 전류의 변화에 따라 일희일비하며 살아가게 되었다. 그 이면에는 상상도 못한 거대한 음모가 도사리고 있다. 인간의 꿈을 모아서 팔아먹는 인류 초유의 지능적인 조직이 이를 움직이고 있는 것이다.

그가 틀어놓은 카라디오에서는 일전에 방송기자가 대정부 질문에서 언급한, '지옥의 여신'이란 게임에 중독되어 투신자살한 청소년들에 대한 지방지 신문기사 내용이 인터넷을 통해 전국에 유포되면서 하루속히 그에 관한 수사에 착수하라는 시민단체의 항의가 빗발친다는 방송을 내보내고 있었다.

이어서 시민들의 주도로 청소년 전자게임 정화위원회와 유해 게임 감시 시민단체가 설립되었다는 뉴스도 내보냈다. 뒤이어 전자게임 심사를 맡은 문광위 소위 국회의원들을 비롯한 관련 기관에 대한 한국게임개발협회의 치밀하고 조직적인 로비 실태도 한 영상물등급 심사위원회 심의위원의 폭로로 방송에 집중적으로 보도되었다.

경찰서 앞 사거리에서 신호등을 기다리면서 그는 어제 저녁 침실에서 차를 마시며 수경이 했던 말을 새삼 떠올렸다.

전 정말 어른들의 잘못이 크다고 생각해요. 지금의 청소년들이 하는 게임을 봐요. 대부분의 내용이 잔혹한 전쟁이잖아요. 적을 죽이고 파괴하고 빼앗고 지배하는 것이죠. 악이라는 이름 아래 용이든 괴물이든 외계 생명체든 모두 가상의 적으로 돌리고, 그걸 파괴하고 죽이는 걸 당연히 여기고 있어요. 어른들이 만들어낸 죽음의 게임이죠. 이 세상이 얼마나 아름답고 소중한가를 배워야 할 청소년들이 오직 적이라는 이름 아래 각자 전자 기계를 하나씩 차지하고 앉아서 아까운 시간을 다 보내고 있잖아요. 삶을 배우고 나누고 베풀고 껴안고 사랑하는 법을 배워야 할 청소년들이 말이에요. 추억을 만들 시간도, 우정을 나눌 시간도, 사랑을 배울 시간도 없이. 그렇게 자라난 청소년들이 과연 어떤 세상을 만들겠어요. 그런 사회가 올바른 사회가 될 거라고 믿어지지 않아요. 그건 오직 약육강식이 판치는 죽음의 세계일 따름이에요. 지금 시중에 계속되는 청소년들의 연쇄 자살은 그 미래의 사회상을 미리 보여주는 것이고요.

그는 차를 경찰서 주차장 뒤편 나무 그늘 밑에 세워두고 뒷문을 통해 사무실로 걸어갔다. 복도에서 화장실에 다녀오던 양 경사가 그를 보자 반갑게 손을 들었다. 전에 없이 밝은 표정이었다. 비온 뒤에 땅이 굳는다더니 그 짝인가. 그는 마주 손을 쳐들었다.

"모래 당직 선 다음 날 한잔하는 게 어때?"

"그것 좋지."

그가 대답했다. 비밀을 한 가지 털어놓으면 그만큼 친근하게 느껴지는 건 무슨 까닭일까. 비밀을 공유한 때문일까. 감춰진 내면의 문을 하나 더 열었기 때문일까.

"팀장님, 오다가 제식 훈련 받는 전경들 보셨어요?"

사무실에 들어서자 입구의 책상에서 서류를 뒤적이던 장 순경이 물었다. 경찰서 마당에 열을 지어서 방패와 곤봉을 들고 데모 진압 훈련을 하고 있는 수백 명의 전경을 두고 하는 말이었다.

"꼭 큰 사태라도 일어나려는 것 같지 않아요?"
"사태는 무슨 사태가 나려고?"
"어제오늘 시민들 반응이 영 심상치 않잖아요?"
책상에 앉아서 신문을 뒤적이던 김 경장이 말을 받았다.
"그래야 정부에서 후끈 달아서 뭔가 대책이라도 내놓지 않겠어. 잘된 거지. 그나저나 김 경장은 이은정 양과 청춘사업은 잘되어가나?"
그는 책상 위에 손에 든 경찰수첩을 내려놓았다.
"노 코멘트, 일급비밀입니다."
김 경장이 씩 웃으며 대답했다.
"말도 마세요. 은정 씨인가 뭔가 하는 여자한테 홀려서 요즘은 나하고 술 마실 시간도 없답니다. 넨장, 예전에는 여자들 소개도 많이 해줬는데 그 공은 생각도 않고 말이죠. 하여간 여자 앞에선 우정이고 의리고 하나도 없다니까요."
황 경장이 일부러 얼굴을 찌푸리며 툴툴거렸다.
"의리 찾으려면 신혼여행도 함께 가야 하나?"
"주는 게 있으면 받는 게 있다고 은정 씨 친구를 하나 소개해줘야지."
황 경장과 김 경장을 파트너로 해주지 않는 건 너무 죽이 잘 맞기 때문이었다. 의기투합해서 엉뚱한 사고를 칠 수도 있었다. 둘을 보면 알콩달콩이란 말이 떠올랐다. 둘 다 남자라서 그렇긴 하지만 남녀였다면 썩 어울렸을 것이다.
"황 경장도 새로 좋은 여자를 만나서 연애하면 되지 않나."
"그게 어디 제 맘대로 됩니까?"

"그러게 살 좀 빼라고 내가 누차 말했잖아."

유치장에 갇힌 피의자를 만나고 오던 마 경사가 황 경장에게 퉁을 주었다.

"저, 팀장님. 과장님께서 좀 오시랍니다."

결재서류를 들고 사무실로 돌아온 이 순경이 그의 책상에 다가와서 말했다.

무슨 꼬투리를 잡았기에 부르는 것일까. 그는 두꺼비가 길게 혀를 뽑아서 순식간에 파리를 집어삼키는 장면을 연상했다. 칙칙하고 끈적끈적한 혀에 빨려들지 않으려면 정신을 차려야 했다.

"서 있지 말고 거기 자리에 앉아."

무슨 꾸중이 떨어질까 기다리며 우두커니 서 있는 그를 향해 과장이 책상 앞쪽의 소파를 가리켰다. 머뭇거리는 사이 책상에서 나온 과장이 먼저 접대용 소파에 앉았다. 그는 과장의 측면에 자리를 잡았다. 과장이 탁자에 얹힌 수화기를 들더니 구내번호를 누르고 홍삼차를 두 잔 가져오라고 말했다. 의외의 행동이었다.

"강 계장은 어때?"

"아직 의식이 없는 상태입니다. 얼마간 더 경과를 지켜봐야 할 듯싶습니다."

"그래. 구층에서 뛰어내렸으니 부상이 엔간하겠어. 그나마 차 지붕에 떨어졌으니 천만다행으로 목숨 하나 건진 거지."

"그렇습니다."

"암튼 그 친구 머리는 똑똑한데 너무 설치고 다니는 게 탈이야."

적당히 하란 말이야. 그게 출세를 위해선 제일 현명한 방법이지. 모난 돌이 정 맞는다는 말도 몰라. 그는 과장이 다음에 할 말을 답안처럼 머리에 미리 만들어보았다.

"하긴 정열적이긴 해. 보기도 좋고······."

과장이 고개를 끄덕이며 만족한 얼굴로 말했다. 잠깐 무언가 생각하던 과장이 목소리를 한 단계 낮추었다.

"그런데 말이야. 우 경위, 내 솔직히 물어보겠는데 강 계장이 게임에 중독되어 투신했다는 게 그게 사실이야? 자네하고 강 계장하고는 서로 친하니까 잘 알고 있을 것 아냐."

"그렇게 알고 있습니다. 강 계장이 의식을 차리면 더 자세한 걸 알 수 있을 겁니다."

"아냐. 무슨 흑막이 있어. 혹시 그 친구 여자 문제가 복잡하고 그런 것 아닐까? 그래서 실연을 당하고 홧김에 뛰어내렸거나. 그렇지 않고서야 게임중독으로 투신한다는 게 말이나 돼? 무슨 약물중독도 아니고. 그렇다고 도박처럼 거금이 걸려서 중독이 된다면 이해는 하지. 도대체 게임중독이 말이나 되냐고? 나이가 서른이 넘은 사람이 말이야."

"저도 잘 모르겠습니다."

"하긴 안다고 해도 말하긴 어렵겠지. 관두게. 그건 그렇고 자네 덕에 나 저 북부 골짜기로 쫓겨가게 되었어. 알고 있지?"

표정을 고친 과장이 짐짓 눈을 부릅뜨고 두꺼비가 파리를 노리는 것처럼 그를 노려보았다. 그도 들어서 알고 있었다. 이미 직원들 사이에 이야기가 돌고 있었다. 영전을 하리라 여겼던 형사과장이 오히려 북쪽의 어느 중소도시로 전출 명령을 받았다는 소식이었다. 그게 상부에 손을 잘못 쓴 건지, 유치장의 피의자 자살을 비롯한 강 계장의 투신 등 사건이 많았던 게 지휘관 평가에서 감점 요인으로 작용했는지는 알 수 없었다.

"얼핏 듣기는 했습니다."

노크 소리가 나고 임시직 여직원이 쟁반에 차를 담아 들어왔다. 과장의 눈이 차를 내려놓고 나가는 여직원의 팽팽한 엉덩이를 쫓았다. 문이 닫히고 나서야 과장의 눈이 그에게로 돌아왔다.

"자네하고 일한 지 한 이 년이나 되었나?"

찻잔을 들며 과장이 물었다.

"예. 그쯤 되었습니다."

과장이 그의 얼굴을 쓰윽 위에서 아래로 한차례 훑어보았다.

"그래. 밉거나 곱거나 잘 지내왔지. 사실 자네는 인간성은 참 좋은 사람이야. 농땡이를 좀 쳐서 그렇지. 다른 부하 직원들도 자네를 믿고 따른다는 거 잘 알고 있어. 나하곤 좀 안 맞는 구석이 있었지만 그런대로 괜찮은 경찰이었어. 다른 과장이 오면 잘해봐."

"알겠습니다."

"참, 하나 더 말해둘 게 있어. 원래 강 계장에게 얘기해두려고 했는데 저렇게 병원에 누워 있으니. 자네, 전임 최 계장 잘 알지? 당연히 잘 알겠지. 지난달에 사거리에서 룸살롱인가 개업했잖아."

"예. 잘 알고 있습니다."

보름 전인가 번쩍거리는 외제 BMW 승용차를 몰고 보란 듯이 경찰서에 나타난 적이 있었다. 형사계 직원들에게 드링크며 청량음료며 마실 것을 잔뜩 풀어놓고 갔었다. 듣기론 방범과장에게 볼일이 있다고 했다.

"조폭들과 어울려서 무슨 좋지 않은 짓을 저지르고 다닌다는 정보가 들어와 있어. 자네가 잘 지켜봐."

"알겠습니다."

이럴 때 강 계장이 있으면 한층 수월할 것이다. 그는 강 계장의 빈자리가 좀 아쉬웠다.

"북쪽으로 가면 공기는 좋겠지?"

과장이 물었지만 대답할 말이 마땅찮았다.

"어제 진찰을 받았는데 말이야. 담당 의사가 살고 싶으면 하루속히 살을 빼라는군."

"아무래도 운동 좀 하셔야겠습니다."

그가 과장의 불룩한 배를 보며 말했다.

"거기 가면 만사 제쳐두고 열심히 운동부터 해야지. 배가 너무 나와서 말이야. 이게 다 망할 놈의 복부 지방이라는 것 아냐."

과장이 손으로 둥글게 나온 배를 툭툭 두드렸다. 그가 미소를 지었다.

"차 다 마셨으면 어서 나가서 일 봐야지. 강 계장도 없는데 말이야."

과장이 벌떡 일어나더니 직접 문을 열어주었다. 턱짓이 아닌, 손수 문을 열어준 건 처음이었다. 과장이 문을 나서는 그를 향해 손을 내밀었다. 그의 손을 잡은 과장이 힘주어 아래위로 흔들었다.

"우형근 경위. 이 바닥에 있으면 또 보게 되겠지. 건강 조심하도록."

과장이 진심 어린 얼굴로 말했다.

## 12

그와 황 경장이 주차장에 차를 세워두고 병원 현관문에 당도했을 때 뒤편에서 택시 한 대가 와서 멎었다. 택시에서 내린 사람은 사회부 김 기자였다. 김 기자는 손으로 머리를 가린 채 뛰다시피 병원 현관 테라스 밑으로 들어왔다. 그와 황 경장은 김 기자가 방수 코트에 묻은 빗방울을 털어내는 모습을 지켜보았다.

"무슨 날씨가 이렇게 사나운지."

김 기자가 빗물 묻은 손등을 손수건으로 훔치며 투덜거렸다. 형근은 서편 하늘을 올려다보았다. 비가 쏟아지는 가운데 먹장구름이 하늘을 잔뜩 메우고 있었다. 아마 며칠은 더 비가 내릴 것 같았다. 철 이른 폭우였다. 어제 오후부터 날씨가 좋지 않았다. 비가 많이 내리는 데다가 바람까지 심했다. 밤에는 잠을 못 이룰 정도로 오랫동안 번개가 치고 천둥이 우르릉거렸다. 사회가 뒤숭숭하니 날씨까지 엉망이구나 싶었다.

"이렇게 불러줘서 고맙군요."

김 기자가 그에게 정색하며 인사를 했다. 어제 저녁에 그가 강 계장이 입원한 병실로 전화를 걸었더니 담당 간호사가 어젯밤부터 강 계장의 의식이 또렷이 돌아왔다고 말했다. 물론 짧은 시간이라면 면회도 가능하다고 했다. 그래서 곧장 김 기자에게 전화를 넣었던 것이다. 김 기자는 매우 흥분하고 또 기꺼워했다. 그렇지 않아도 강 계장의 의식이 회복되는 대로 게임중독 현상에 관한 상세한 정보를 듣고 싶었던 것이다.

아직 정부나 사회가 현재 세계적 관심을 끄는 청소년 연쇄 투신 사건이 게임중독으로 인한 것이라고 믿고 있지는 않지만 만에 하나 그게 사실로 밝혀지는 경우, 게임중독으로 투신했다가 중상을 입고 깨어난 수사경찰관의 증언은 잘만 하면 세계적인 특종이 될 수 있는 건수였다. 한국에서 발생한 청소년 연쇄 투신 사건은 이미 CNN, ABC, BBC를 비롯한 세계 유수의 방송망을 타고 전 세계적인 뉴스거리가 되어 있었다.

"일단 들어갑시다."

황 경장이 말했다. 세 사람은 병원 안으로 들어섰다.

엘리베이터를 타고 특실병동에 내렸을 때 김 기자는 병동 내부의 고급스러움에 몹시 놀라는 눈치였다. 푹신한 카펫이 깔리고 잔잔한 음악이 흘러나오는 병동은 일류 호텔이나 다를 바 없었다. 감탄의 눈길로 주변을 둘러보던 김 기자가 그에게 물었다.

"강 계장이 돈이 많은 모양이군요?"

"집안의 유산이 많다고 들었습니다."

"부럽군요. 부자들은 몸이 아파도 이런 호텔 같은 곳에서 지낼 수 있다는 게."

김 기자가 정말 부러운 눈치를 보였다.

접수부 여직원의 안내를 받아서 강 계장의 병실에 들어갔을 때 허벅지까지 오는 분홍 원피스 제복을 입은 담당 간호사가 그들을 맞았다. 용모가 예쁘장하게 생긴 젊은 아가씨였다. 병상에 누워 있던 강 계장이 그들을 보자 얼굴 가득 반가움을 드러냈다. 팔과 다리에 깁스를 하고 있었지만 얼굴은 깔끔했다. 머리도 잘 빗겨져 있었고, 간호사가 아침에 면도를 해주었는지 턱도 푸르스름했다.

몸 상태는 어떤지, 현재 통증은 없는지 등의 의례적인 인사말이 오간 뒤 강 계장이 눈짓으로 슬쩍 출입문 안쪽에 비서처럼 서 있는 간호사를 가리켰다. 그가 얼굴을 가까이 가져가자 강 계장이 그의 귀에 대고 말했다.

"저 간호사, 몸매 한번 죽이지 않아요?"

그가 미소를 흘렸다. 역시 개구쟁이 버릇은 여전했다. 의식이 깨어난 지 얼마 되었다고 벌써 여자 몸매를 평한다는 게 우스웠다.

"보다시피 몸은 깁스를 해서 꼼짝 못 하지만 머리만큼은 멀쩡합니다. 물을 것 있으면 얼마든지 물어보세요."

중상을 입은 사람답지 않게 강 계장이 먼저 이야기를 유도했다. 직업적인 본능이 발동된 김 기자가 수첩에 필기할 준비를 한 뒤 긴장한 얼굴로 질문을 던졌다.

"제일 묻고 싶은 건 게임을 계속했을 때 과연 어떤 심리적 현상이 일어났는지, 또 아파트에서 투신을 할 때 어떤 정신 상태에 있었는지, 투신 행위가 정말 게임으로 인한 것인지 알고 싶군요."

김 기자가 사전에 미리 준비해온 질문을 한꺼번에 쏟아냈다. 그 질문은 사실 그가 묻고 싶었고 알고 싶었던 사항이기도 했다.

"그 질문을 받을 줄 알고 어제부터 병석에 누워서 곰곰이 당시 상황을 정리해두었지요. 첫째는 게임을 하는 동안 늘 외로움에 시달리게 됩니다. Madre, '지옥의 여신' 게임에 나오는 여신의 이름입니다. Madre의 사랑을 받을 때는 환희에 젖지만 만일 관문을 통과하지 못해 여신의 사랑을 얻지 못할 때는 심한 외로움과 우울증에 빠져들게 됩니다. 둘째, 투신에 관한 건 청소년들이 게임을 하면서 여신에게 사랑을 얻지 못한 외로움과 우울함이 잠재의식에 남아 있다가 의식과 무의식의 경계인 잠에서 깨어나는 순간 엄청난 외로움을 느끼게 되고 그게 곧장 자살로 이어지는 것으로 판단됩니다. 저 역시 그런 경험을 했으니까요."

"그럼 투신 행위가 정말로 게임에 기인한 것이라 믿는 거군요."

"지금도 그렇게 믿고 있습니다. 단, 증거는 댈 수 없지만……."

강 계장이 신중하게 대답했다.

"게임을 하면서 외로움을 느꼈다고 했는데 구체적으로 어떤 건지 알고 싶습니다."

김 기자의 질문에 형근은 지난 생일파티에서 강 계장이 그에게 얘기했던 게임을 할 때의 외로움을 떠올렸다. 이 세상에 혼자 남은 듯한 외로움이라고 했던가. 삶이 외롭고 허무하게 느껴진다고 얘기했었다.

강 계장은 게임 당시의 외로움을 간략하게 김 기자에게 설명했다. 다 받아 적은 김 기자가 다음 질문을 이었다.

"투신할 당시의 생각이나 감정, 혹은 느낌 따위가 기억에 남은 건 없었나요? 만약에 기억난다면 말입니다."

"당연히 제정신이 아니었으니까 투신을 했겠지요. 의식이 있었다면 백치처럼 죽을 줄 뻔히 알면서 고층 아파트에서 뛰어내리진 않았을 테니까요. 하지만 병상에서 의식을 찾은 뒤로 계속해서 투신한 그날 아침 잠결에 있었던 일을 더듬다 보니 어렴풋하게나마 당시의 기억 일부를 찾아낼 수 있었습니다."

"그게 뭔가?"

궁금함을 참지 못한 그가 김 기자가 묻기도 전에 먼저 말을 꺼냈다.

"혹시 빛도 잘 안 들어오는 깊은 물속에 들어가보셨는지 모르겠군요. 전 대학 다닐 때 재미로 한동안 스쿠버를 했습니다. 장비를 메고 혼자 깊은 바닷속으로 잠수해 들어가면 문득 완전한 정적과 만납니다. 우주에 홀로 있는 듯한 그런 절대적인 정적과 외로움이죠. 존재의 심연이라고나 할까요. 암튼 기억을 정리하면 이렇습니다. 방금 말한 그런 절대적인 정적 속에 잠겨 있을 때 문득 어떤 소리가 들립니다. 마치 심장박동 소리나 혹은 둔중하고 규칙적인 울림 같은 소리죠. 게임에서 여신이 위험에 처했을 때 들려오는 배경 음향과 흡사합니다. 그 소리는 무한히 슬프고 외롭습니다. 잠결에 얼핏 그 소리를 들은 것 같습니다. 아마 내가 베란다로 나갔다면 그 소리를 따라갔을 겁니다. 여신을 구하기 위해서죠. 참, 그 말이 생각나는군요. 그리스 신화에 나오는 세이렌이란 인어가 바다를 항해하는 어부를 유혹할 때 내는 소리가 있다더군요. 그 소리를 들은 적은 없지만 아마 내가 들은 소리가 그런 유형의 소리가 아니었을까 싶군요."

강 계장의 이야기를 듣던 중 문득 그의 뇌리에 아이가 모체에서 이탈되어 나올 때 처음 느끼는 감정이 원초적 슬픔이라고 했던 정신과 의사의 말을 떠올렸다. 자살자가 무의식 상태에서 유혹을 느끼는 게 어쩌면 슬픔의 공조 현상 때문은 아닐까. 잠결에 들려오는 기이하고 슬픈 소리를 쫓아가다가 결국은 자신도 모르게 아파트에서 투신을 하게 되는 건 아닐까. 죽음에의 유혹. Madre 여신의 뿌리칠 수 없는 유혹. 그건 어머니, 즉 모체를 잃게 된 아기의 슬픔과 같은 종류의 것이 아닐까.
　"그렇다면 게임에서 여신이 위험에 처했을 때마다 들려오는 그 기이한 음향이 잠에서 깨어나기 직전의 무의식 상태인 청소년들을 유혹하여 아파트에서 투신케 했다. 이렇게 정리가 되겠군요."
　"그런 셈이죠."
　"지난번에 우 경위님이 제게 주신 자료를 보면 게임을 한 청소년 중에서 투신을 하는 부류와 그렇지 않은 부류의 차이점은 투신을 한 청소년의 경우, 오랜 기간 아파트에서 생활했고, 부모의 관심을 받지 못하고 외롭게 혼자 성장한 청소년이라는 게 어느 부분 확실하게 드러났다고 할 수 있습니다. 여러 통계자료도 그런 사실을 뒷받침하고 있습니다. 하지만 여기에 한 가지 문제가 남은 것은 그렇다면 왜 단독주택이나 저층 아파트에 사는 청소년들은 투신을 하지 않았느냐 하는 점입니다. 동일한 게임을 했고, 동일한 음향에 의한 최면 상태에 빠져서 투신을 했다면 그 청소년들도 똑같이 투신 행위를 해야 맞을 텐데 말입니다."
　"그건 저로서도 아직 풀지 못한 수수께끼입니다."
　강 계장이 미진한 표정으로 대답했다.

"약속한 시간이 다 되었습니다. 이제 환자분이 안정을 취할 수 있도록 병실을 나가주시겠습니까?"

뒤편에 물러서 있던 간호사가 가까이 다가와 말했다. 푹신한 가죽소파에 거구의 몸을 묻고 있던 황 경장이 아쉬운 표정으로 몸을 일으켰다.

"우선 게임에서 나오는 그 음향이 정신에 어떤 영향을 끼치는지 그 부분부터 조사해봐야 할 것 같군요."

김 기자가 새로운 의욕에 차서 말했다. 강 계장이 머리를 끄덕였다.

\*

출근한 그가 의자에 앉아서 조간신문을 읽고 있을 때 전화벨이 따르릉 울렸다.

"황 경장, 전화 좀 받아."

신문에서 눈을 떼지 않은 채 그가 말했다. 오늘 아침 신문에는 청소년 연쇄 자살 사건에 대한 외국 전문가의 연구 결과를 대서특필로 싣고 있었다.

한 면을 거의 차지한 기사에는 투신자살한 청소년들의 뇌를 해부해 본 결과 대뇌 신경전달물질인 세로토닌(Serotonin)이 정상인의 삼분지 일 정도로 줄어 있는 것이 확인되었다고 실려 있었다. 아울러 오래전에 캐나다 왕립 오타와 병원에서는 세로토닌이 뇌에서 분비되는 자살 억제 물질이라는 사실을 밝혀낸 바 있으며, 미국에서도 몇 년 전에 자살로 사망한 사람들의 대뇌 속 세로토닌이 정상인에 비해 현저히 줄어 있다는 연구 결과가 발표된 사실을 자세하게 싣고 있었다. 아울러 세로토닌이 우울증이나 인간의 감정 조절 기능과도 밀접한 관계가 있다는 의학적 정보까지 덧붙여 놓고 있었다.

투신자살한 청소년들의 대뇌 속 세로토닌의 부족이 경쟁적 학업에서 오는 과다한 스트레스 때문이라는 의학계의 주장과 대기오염과 지나친 콘크리트의 남용으로 인한 환경 재앙이라는 일부 환경 전문가들의 주장을 받아들인 정부는 각계의 전문가들로 구성된 특별 조사반을 구성할 것이란 기사도 실려 있었다.

그 하단엔 작게 시민단체와 교육계, 학부모들의 빗발치는 지탄과 청소년 자살 유발 게임 관련 수사 촉구를 받아들인 정부가 관련 기관의 협조를 얻어서 이번에 문제가 된 '지옥의 여신'이란 게임을 유해성이 밝혀질 때까지 잠정적으로 사용 중지해줄 것을 게임 관련 단체와 게임 협회, 전국 PC 게임방 협회에 정식으로 요청했다고 밝히고 있었다.

"팀장님, 서장실로 좀 오랍니다."

전화를 받은 황 경장이 그에게 전했다.

"서장님이?"

널찍한 서장실에는 듬직한 몸집의 서장 말고도 낯선 양복 차림의 두 남자가 더 있었다. 둘 다 사십대의 남자로 덩치는 작지만 차갑고 단정해 보였다.

"인사하지. 이쪽은 중앙지검 특수부에서 나오신 김 검사님이셔. 옆 분은 수사관이시고."

그는 검사와 수사관과 잇달아 악수를 나누었다. 그를 날카롭게 지켜보던 매부리코 검사가 딱딱한 어조로 말했다.

"우 경위라고 하셨던가. 수사 협조를 부탁하려고 합니다. 잘 아시겠지만 그동안 경위가 수사한 청소년 변사자 신상 조사 서류와 PC 게임방 관련 자료를 모두 우리에게 넘겨주어야 하겠습니다. 앞으로 청소년 자살과 게임에 관련된 수사는 전적으로 우리 특수부 검사 팀에서 맡아 할 것입니다."

"그렇게 하죠."

그가 당당하게 말했다. 바라던 바였다. 그들이 그가 넘겨준 수사 자료를 받아서 수사용으로 참조할지 아니면 없애버릴지 그로선 알 수 없었다. 하지만 중앙지검 특수부에서 집중적으로 수사를 하다 보면 보다 나은 수사 결과를 얻을 수도 있을 것이다.

캐비닛에 넣어둔 수사 자료를 넘겨주기 위해 검찰 수사관과 함께 사무실로 내려왔을 때 또 다른 두 명의 낯선 손님이 그를 기다리고 있었다. 꽤나 이름난 시사주간지 여기자와 카메라맨이었다. 서울서 내려왔다는 젊은 여기자는 PC 게임과 청소년 투신자살과의 연관관계를 처음 밝혀낸 수사 경찰관으로서 다음 주 잡지의 표지 인물로 그를 싣고 싶다고 말했다. 그는 병원에 있는 강 계장과 의논한 다음에 가부를 결정하겠다고 대답했다.

\*

병상에 누워서 TV를 보고 있던 강 계장이 그를 보자 반색했다. 강 계장의 눈길이 문득 그의 곁에 선 수경에게 가서 멎었다.

"저 예쁘신 여성분은 누구시죠?"

강 계장이 그에게 귓속말로 물었다. 대강은 짐작하고 있는 눈치였지만 그를 곤란하게 만들려고 하는 수작 같았다.

"글쎄, 뭐라고 소개하면 좋을까?"

그가 머뭇거리는 사이에 강 계장이 먼저 수경에게 말을 건넸다.

"앞으로 형수님이라고 부르면 되겠습니까? 제가 형이 없거든요."

수경이 대답할 말을 잃고 쑥스러운 기색을 보였다.

"어딜 가시려고 그렇게 차려입고 나오셨습니까?"

여름 양복을 입은 그와 화사한 양장 차림의 수경을 보며 강 계장이 물었다.

"오늘이 오월 마지막 일요일 아닌가. 날씨도 너무 화창하고 해서 말이야. 그동안 바빠서 봄나들이 한번 못 했는데 오늘 가까운 공원에 가서 바람이라도 쐬려고. 병원에 들러서 강 계장을 본 다음에 말이야."

"내가 다치지만 않았어도 함께 나들이 갔을 텐데 아쉽군요."

강 계장이 미간을 접으며 섭섭한 표정을 지었다.

"그러니까 빨리 나아야지."

"보름 뒤면 보행은 가능하답니다. 다 나으면 셋이 함께 어디 피크닉이라도 가는 게 어때요?"

"그거 좋은 생각이야."

얘기를 나누는 중에 노크 소리가 났고 세 명의 남자가 병실에 들어섰다. 데이트가 있는 듯 깔끔하게 양복을 차려입은 사람은 김 경장이었고,

다른 두 명은 정복의 경찰이었다. 김 경장이 그를 보고 눈을 찡긋했다.

"자, 인사드려. 우리 형사 2계의 계장님이셔."

두 명의 경찰이 누워 있는 강 계장에 경례를 부치며 성명을 외쳤다. 강 계장이 당황스러워하는 표정이 역력했다.

"새로 우리 2계에 발령받아 온 순경들입니다. 계장님에게 인사 보고도 드릴 겸 데리고 왔습니다. 괜찮지요?"

김 경장이 장난스럽게 빙글빙글 웃었다.

"참, 한 가지 더 계장님께 알려드리겠습니다. 저 다음 달 초순으로 결혼 날짜가 잡혔습니다. 휴가를 주셔야겠습니다."

상황을 지켜보던 수경이 빙그레 웃었다. 김 경장과 두 명의 새로 온 순경이 나간 다음에 병실을 나서려던 그에게 강 계장이 물었다.

"한 가지 묻고 싶은 게 있습니다. 전번에 얘기한 청소년 변사 사건 중에서 왜 고층 아파트 거주 청소년만 투신을 하고 단독주택이나 저층 아파트 거주 청소년은 투신을 하지 않는지에 대한 건 밝혀냈습니까?"

"아니, 아직 그걸 모르겠어."

그의 자신 없어하는 말을 듣고 있던 수경이 살짝 웃는 것 같더니 차분히 입을 열었다.

"두 분이 너무 어렵게만 생각하시는지도 몰라요. 이건 문외한인 제 생각이지만 사는 곳이 고층이면 누구나 한 번쯤 아래를 내려다보며 아, 이 높이에서 뛰어내리면 죽겠구나, 하는 생각을 다들 갖게 되잖아요. 그게 무의식 속에 저장되어 있다가 잠결에 실행으로 옮겨지는 것 아닐까요. 간단히 말해서 죽음의 유혹에 지는 거죠. 그 원인은 내면에 잠재된 깊은 외로움이나 우울함이겠죠. 누구든 자신을 사랑해줄 사람 하나 없는 삭막한 세상이라면 약간의 좌절만 있어도 삶에 미련을 갖지 않을 거라고 봐요. 특히 마음속에 간직한 추억 하나도 없다면 말이죠. 우리가 깊이 절망하고 좌절할 때 죽느냐 사느냐를 선택하는 건 바로 그 약간의 마음가짐의 차이라고 생각돼요. 저층에 사는 청소년들은 애초에 뛰어내린다는 생각 자체가 없었기 때문에 괜찮은 것이고요."

강 계장이 놀란 얼굴로 수경을 바라보았다. 그 역시 수경의 말에 놀라지 않을 수 없었다. 단순한 결론이지만 확실히 문제의 핵심을 찌르고 있었다. 그게 정답인지 아닌지는 확인해볼 수는 없지만 충분히 설득력이 있었다.

그는 수경이란 여자를 새롭게 보는 느낌이었다. 지금의 그런 마음의 깨달음을 얻으려면 얼마나 많은 슬픔과 고통의 강을 건너온 건지 이해할 것 같았다. 그런 그녀의 고통을 함께 이해하고 나누고, 그녀의 어깨를 짓눌렀던 슬픈 기억을 자신의 힘으로 덜어내주고 싶었다. 그는 강 계장이 보든 말든 손을 내밀어 그녀의 손을 잡았다.

| 작가의 말 |

 아직도 나는 세상 살아가는 일에 익숙하지 못하다. 세월이 나에게 가져다준 것은 고적한 독신자의 생활일 뿐이다. 때때로 나는 곤혹스런 삶의 멀미에 시달리기도 한다. 파산선고처럼 느닷없이 닥쳐오는 외로움이나 슬픔, 상실감 따위가 내 삶을 뿌리까지 휘저어놓는다. 어떤 연유에선지 그런 감정은 좀체 내성 같은 게 생겨나지 않는다. 그럴 때마다 나를 위로하고 구원해주는 건 어줍게도 지나간 시간의 무늬 혹은 추억이라고 불리는 것들이다.
 내 어설픈 삶의 지층을 이루며 겹겹이 쌓인 그것들은 시간이 흐를수록 오래된 보물처럼 점차 유미적이며 추상적인 색채를 띤다. 사실 그 추억들은 거의 낡고 보잘것없는 생활의 부산물에 불과하다. 햇살을 받아 반짝이던 영도구의 황금빛 해안 풍경, 곳곳에 펼쳐진 좁고 비탈진 골목길, 비 온 다음 날 여름 아침의 축축하면서 달콤한 공기 냄새, 외로운 저

녘나절에 들려오는 단아한 풍금 소리, 만종처럼 붉은 낙조가 내리던 동대구 변두리 동네의 낮은 슬레이트 지붕들, 또는 어려운 한 시절을 살아간 저잣거리의 장사치들이 호객하는 소리거나 내 곁을 잠시 스쳐간 사람들의 곰살궂은 얼굴들이기도 했다.

  이 작품은 그러한 상념에서 비롯된 이야기다. 각박한 세월 속에서 인간의 삶은 어떤 영속성을 가지고 있으며, 시간이 빚어낸 과거와 추억, 꿈과 경험이 개인의 삶에 어떤 영향을 미치는가에 대한 고찰이다. 아울러 갈수록 냉혹해지는 서구 자본주의의 틈바구니에서 소외되고 방치된 개인의 고독이나 외로움이 어떤 비극적 형태로 표출되는지, 그 근원적 해결책은 없는지에 대한 소설가적인 질문인 셈이다.

  집필은 겨울철마다 찾곤 하던, 만년설을 머리에 인 안나푸르나 산이 바라보이는 네팔의 포카라란 곳에서 이루어졌다. 나직나직한 집들이 들어선 조용한 동네와 아기자기한 골목들, 새처럼 자유롭게 뛰노는 아이들과, 붉고 흰 꽃이 핀 정원과 햇살 아래 한껏 평화로운 가축들. 비록 가난하고 낙후된 지역이긴 해도 이미 우리 주변에서 사라진 서정적 풍경과 풋풋한 인정이 남아 있어서 추억에 관한 소설을 집필하기에는 적당한 장소였다.

  사실 작품 구상이나 집필보다 책을 펴내는 일에 더욱 어려움이 많았다. 정신적으로 지쳐 있을 때 다행히 '한국문화예술위원회'의 심사를 거쳐 창작지원금을 받게 된 것이 집필 활동에 적지 않은 활력소가 되었음을 밝혀둔다.

또한 늘 푸른 소나무처럼 항시 마음의 스승이 되어주신 김원일 선생님께도 이번 기회를 빌려서 감사드리고 싶다. 아울러 이 책의 출판을 맡아준 '자음과모음' 출판사 여러분에게도 고마움을 느낀다. 마지막으로 풍랑 속의 가랑잎처럼 위태롭게 흔들리는 나를 오랜 믿음으로 격려하고 지켜봐준 주위 사람들의 고마움이야 어찌 말로써 다 표현할 수 있을 것인가.

2010년 4월 박희섭